전원의 한담

田園의 閑談

머리말
巻 頭 言

사람은 사회적 동물이기 때문에 누구나 다른 사람과의 교감(交感)이 필요합니다. 그런데 향촌에 살다보면 교감 대상의 결핍을 느낄 때가 있습니다. 비가 오는 날, 눈이 내리는 날, 꽃잎이 우수수 떨어지는 날, 낙엽이 펄펄 날리는 날 등등 이런 날은 누구라도 붙들고 이런저런 이야기를 나누고 싶어집니다.

그래서 옆에 있는 사람과 이야기하듯 적어온 것이 이 글이고 문체도 존대어가 되었습니다.

「침묵은 금」이라는 말이 있습니다. 천금(千金)의 가치가 있는 말도 있지만 세상에 이롭지 못한 말이 하도 많으니 입 조심하라는 경구(警句)일 것입니다.

지금은 넘쳐흐르는 말로 병들어가는 세상입니다. 그런데도 세상사 손을 놓은 향촌에 묻힌 촌로(村老)까지 또 끼어드는 것이 좀은 송구함이 없지 않습니다.

향촌이란 곳은 귀가 어둡습니다. 그래서 시대나 사회의 흐름에 둔하고 귀 동냥, 입 소문이 늦습니다.

　그러니 이 글이 시대나 사회의 흐름을 꿰뚫는 예리함이나 사람들의 마음을 움직일 수 있는 명쾌함 같은 글이 아닙니다. 그저 사람 사는 이야기, 보고 느낀 그대로의 이야기인 즉 그저 이 사람의 말을 들어준다고 생각하고 하루에 한 편 씩만 읽는다면 때로는 심심풀이는 되지 않을까 생각됩니다.

　이제까지 살아오면서 인연을 맺었던 모든 사람들에게 고마움을 표하면서 이 책을 드립니다.

2015. 6. 1. 송항헌에서

신 충 교

012·-080

전원생활

세상에는 살기 좋아 보이는 곳이 참 많습니다.
그러나 다 살기 좋은 곳은 아닙니다.
살기 좋은 곳이란 누구와 어떻게 살아가느냐에 달렸기 때문입니다.
전원생활도 온 가족이 만족감을 가질 수 있으면 낙원일 수 있지만
그렇지 못할 때에는 불편하고 지루하며 권태로운 곳일 수 있습니다.

086 - 147

전원의한담

혼자 바둑을 두어보셨습니까?
대국자가 없어도 머릿속에는 온갖 전술이 거미줄 같이 얽혀있고
돌을 든 손은 신중하게 움직입니다.
창밖을 내다보면서 혼자 이런 저런 이야기를 합니다.
저 나무들이 귀담아 들었다가 바람이 불면
누구에겐가 이 이야기를 들려주겠지요.

전원(田園)의 **한담(閑談)**

150 - 212 미답의 길

우리네 살아가는 길은 아무도 걸어보지 않은 길을 걸어가는 것.
그래서 매양 내딛는 발걸음은 개척자의 발걸음이고 탐험가의 모험의 발걸음입니다.
미답의 세계로의 행진이 우리의 숙명일진대 동반들이여 힘들고 어려워도
어깨를 걸고 힘을 내어 앞으로 나아갑시다.

218 - 298 촌로의 넋두리

세상은 넓디넓고 사연들도 많고 많습니다.
촌로의 좁은 안목으로 세상을 이야기한다는 것이
문구멍으로 세상을 내다보는 것과 무엇이 다르겠습니까?
그저 푸념이나 넋두리로 치부하십시오.

전원 생활

전원(田園)의 **한담(閑談)**

귀향(歸鄕)

　기존의 법으로는 퇴임의 시기가 아직 남아있어 자리를 떠날 마음의 준비가 되어있지 않았던 많은 교직자들이 갑작스런 정년 단축이라는 정부 시책으로 홀연히 떠날 수 밖에 없었던 것이 1999년의 일입니다. 졸지에 퇴출을 당하는 많은 교직자들의 가슴에 멍이 든 것은 사실이나 기왕 떠나는 자리에서 불평이나 원망이 무슨 소용이겠습니까? 낙엽이 지면 그 자리에 내일을 감당할 잎눈이 예비(豫備)되어 있는 법, 미련 따위는 흘흘 털어버리고 새로운 삶의 장(場)으로 발길을 내딛는 것이 바람직하지 않습니까?

　1999년 8월 31일, 후임교장과 업무 인계를 마치고 도장 하나 달랑 들고 교문을 나섰습니다. 인생의 한 장르(genre), 공직 무대의 마지막 막(幕)이 내려지는 순간입니다. 가슴속은 스산한 바람이 이는 것 같고, 외로움 같은 감회와 함께 눈시울이 붉어져 왔습니다. 그러나 40여년의 공직생활 속에서 만났던 모든 이들에게 웃는 낯으로 고마웠다는 인사와 더불어 작별을 고하였습니다. 1999년 9월 1일, 이날부터 생활의 무대가 바뀌었습니다. 몇 밤을 지새며 새로운 생활무대를 궁리하였습니다. 이제 큰 무대에서는 내려왔지만 비록 작고 검박(儉朴)할지라도 내 나름의 활동무대를 만들어 누구에게도 부끄럽지 않고, 조그마한 보람이라도 느낄 수 있는 액터(actor:배우)가 되겠다고 다짐하였습니다.

무대의 배경은 고향인 용인시 양지(陽智)의 산과 전답, 주 대상은 사람(학생)이 아닌 농작물과 나무들, 정성과 땀을 요구하는 「키운다」라는 노작임에는 공통점이 있으나 생소하고 서투른 역할임에는 틀림없지만 이 배역에 말년을 걸겠습니다.

오늘, 생의 두번 째 부대의 막이 열리는 날입니다. 정장을 하고 학교로 향하던 발길을 작업복으로 갈아입고 부모님들의 땀이 배인 전답(田畓)으로 용약 진군하였습니다. 농부의 아들이지만 농사일은 어깨너머 공부도 등한시하였던 서생(書生)이었으니 실농군의 그림자도 못 쫓겠지만 비록 엇박이 농삿 꾼일망정 땀 흘려 일을 하다보면 떠나온 전막(前幕)의 잔상(殘像)이나 미련을 털어버리고 나름대로의 자리를 잡을 수 있으리라는 신념을 가지고 또 한 무대의 막을 열었습니다.

우리나라의 현실로 보아 작은 경작지의 소농이 농사를 생업(生業)으로 살아간다는 것은 쉬운 일이 아닙니다. 다행이 생계에는 큰 걱정 없이 여유로운 마음으로 생산 활동을 할 수 있는 처지인 것은 다행한 일이 아닐 수 없습니다. 농사일을 즐기면서 일을 함으로서 농산물은 자급자족을 하고, 덤으로 육체의 건강과 정신적 윤기를 얻는다는 것은 노년을 건강하게 일구는데 부족함이 없을 것입니다.

2000년, 삼십 여년의 타향살이를 접을 때가 되었습니다. 삼 십 여 년을 터 잡고 살아온 곳(수원시), 생활 패턴(pattern)의 중심이었던 곳을 떠나는 것은 섭섭한 일이나 새 배역을 맡은 액터는 새 무대로 가야하는 것이 원칙이고, 또한 부모님의 땀으로 이루신 전답의 관리와 임종도 지키지 못한 불효자식이 부모님의 묘소나마 지키는 임무 또한 가볍지 않으니 돌아오지 않을 수 없는 것입니다.

몇 년 전만해도 후미졌던 부모님 묘소가 있는 선산 앞에 국도(國道)가 개설되어 외진 산골이 번다한 길가가 되었습니다. 아직은 인가가 드물지만 부모님이 내려다보시는 산자락에 아담하고 예쁜 집을 지어 노년의 안식처를 꾸렸습니다. 그리고 앞마당은 잔디를 입히고, 주변은 울타리삼아 소나무와 주목, 각가지 관목과 정원수를 심어 치장을 하니 제법 전원주택의 태가 났습니다. 이름하여 송향헌(松香軒). 가꾸지 않아 참나무와 잡목으로 뒤얽히었던 선산의 수목은 점차 적송과 반송으로 임목이 바꾸어지고 틈새에는 각종 과수와 화목(花木)으로 메워갔습니다. 봄철이면 나무시장에 풀 방구리에 쥐 들락거리듯 분주다사하였고 주머니는 가벼워 갔습니다. 그래도 나무 한 그루, 화초 한 포기가 늘어가는 것이 신명이 났고, 매년 조금씩 자라는 것을 보노라면 마치 자식들 자라는 것을 보는 것 같이 흐뭇하기 그지 없습니다.

농작물은 농부의 발걸음 소리로 자란다고 하지만, 농부는 농작물의 자라는 모습을 보면서 행복감을 느낍니다. 거짓을 모르는 식물들은 사람의 마음을 비우게 하며, 전답을 거닐면 가슴속도 파랗게 채색되어 안정됩니다. 그래서 모든 작물을 새로운 눈으로 보게 되며 경이로운 현상들을 재발견하게 됩니다. 한눈을 판 사이에 훌쩍 자라난 작물을 볼 때에는 그저 기적(奇績)을 보는 듯하며, 화사한 꽃을 피운 것을 들여다보노라면 마음속에 꽃 한 송이가 함초롬히 피어나는 것 같아집니다. 그러기에 농부는 고달파도 작물에게서 격려와 위로를 받으며, 시름겨운 세상사를 잊게 하여 가슴 가득 행복감을 되찾을 수 있게 합니다.

농부는 작물들과 대화를 나눌 수 있는 감정의 교류를 하며, 그것들의 상태를 항상 성심을 다하여 돌보며 생육을 도와주려는 세심한 배려를 아끼지 않는 마음을 가져야 농심을 지닌 진짜 농부가 되는 것이며 그래야 비로소 작물 앞에 서면 마음의 안정과 행복감을 얻을 수 있다고 생각됩니다. 그러기에 농부는 작물이 시름대면 농부의 가슴도 아파오고, 작물이 생기가 돌면 농부의 가슴에도 생기가 넘치며, 땀 흘려 김을 맨 밭을 돌아보며 흡족한 미소를 짓고, 남의 전답 작물을 시샘하고 남의 것보다 못하면 부끄러워하는 것입니다. 그래서 농부는 항시 작물 주변에서 떠나지 못하는 것이며 한가할 틈이 없는 것입니다.

2009년에 직장 따라 외지에서 살던 아들이 귀향하였습니다. 젊은 힘이 도우니 어깨는 가벼워졌고 한가한 시간도 늘었습니다. 이 때부터 구석에 틀어박았던 책과 펜을 다시 찾아 글을 읽고 쓰기를 다시 시도하였는데 머리고 손이 무디어졌다는 것을 절감하지 않을 수 없었습니다. 그러나 일상사를 기록한다는 가벼운 마음으로 펜을 들고 사물을 보니 조금은 생각이 정돈되는 것 같으니 그나마 다행이랄까? 기왕에 작가도 저술가도 아닐진대 치매 예방을 위한 잡문쓰기로 치부하면 되지 않겠습니까?

이제 주변 환경을 살펴보겠습니다. 집 앞은 17번 국도와 면하였고 북쪽 100m쯤에서 42번 국도와 교차하고 영동고속도로 진입로와 연결되어 교통양이 폭주하는 곳입니다. 그러나 뒤를 돌아보면 아름드리 참나무가 빽빽이 들어선 고라니가 떼 지어 노니는 야산입니다. 그 중간쯤에 소나무와 전나무 잣나무 등 상록수로 치장한 산과 집이 우리의 안식처입니다.

도로변에는 주유소, 식당, 상점이 들어서서 불야성을 이루고, 연락부절인 차량의 불빛으로 밤에도 회중전등이 필요가 없습니다. 그러나 앞마당에는 이름 모를 새들이 지저귀고, 다람쥐, 청설모, 뱀, 도마뱀이 기어 다니며 고라니의 순방도 잦습니다.

거실에서 내다보면 온 세상이 싱그러운 푸르른 숲과 파란 하늘. 봄의 따스한 햇살과 함께 활짝 핀 꽃들과 상큼한 향기, 여름의 짙푸른 나무들과 소나기, 가을의 현란한 단풍과 안개, 겨울의 설경 그 순백의 향연을 여기 앉아서 조망할 수 있는 것이 얼마나 행복한 것입니까?

이제 집에서 생산하는 생산물을 살펴보겠습니다. 생산의 목적이 자급자족에 있으니 양적으로는 대단한 것이 못되지만 집에서 소비하기에는 충분하며 종류에 따라서는 친지에게 나누는 것도 있으니 만족스럽습니다. 우선 집주변(관리대상의 범위이지만 울타리가 없으니 집주변이라고 함)에서의 채취물로는 봄철에는 쑥, 냉이, 민들레, 씀바귀, 등의 들나물을 비롯하여 참두릅, 개두릅(엄나무 순), 참취, 홑잎, 곰취, 곤드레 나물, 삽취, 원추리 등의 산나물이 식탁을 풍성하게 하고, 여름철에는 질경이, 고들빼기, 둥굴레, 가을에는 느타리, 표고와 각종 야생 버섯이 우리를 즐겁게 합니다. 밭 작물은 콩(흰콩, 검정콩, 푸른콩), 참깨, 들깨가 가장 넓은 면적을 차지하고 고추, 고구마, 감자, 땅콩, 도라지와 각종 채소류(족히 20여종은 될 것입니다.)를 재배하여 집의 식재료의 중요 부분을 감당합니다. 과수는 중부지방에서 식재 가능한 종류는 몇 주 씩 심었으나 수확이 가능한 것은 밤, 매실, 복숭아, 감, 보리수로 자급하는 정도이고, 자두, 앵두, 호두 등은 명목상의 목록 정도이지만 실상은 봄철에 꽃구경, 여름에 녹음, 가을에 열매를 헤아리며 감상하는 것만으로도 흡족합니다. 약용수는 산수유, 오가피, 오미자, 구기자, 헛개나무 등, 명문의 자손이지만 여기서는 푸대접받아 열매는 새들의 먹이가 됩니다.

　노동력은 얼마나 들어갈까요? 모임이 몇 파트 있습니다. 그런데 출석은 제명을 간신히 면할 정도 밖에는 못합니다. 친구들은 늙다리가 무엇이 그리 바쁘냐고 핀잔을 줍니다. 본래 농사일이란 눈을 감으면 일이 적고 눈을 뜨면 쉴 틈이 없는 것입니다. 그런데 터전은 넓고 일손은 없는데다가 서툰 솜씨니 몸만 바쁠 수밖에 없지 않겠습니까? 농작물의 파종, 김 매기, 추수와 나무들의 전지와 제초, 마당과 길의 잔디 깎기가 기본이며 잡다한 잔일들은 헤아릴 수도 없습니다. 모든 전답과 집 주변이 매끈하게 정돈이 되어야 정상인데 잠시만 쉬어도 이 구석 저 구석에 비정상의 조짐이 쏟아지고, 잠깐 눈을 감으면 풀숲에서 호랑이가 새끼를 치니 땀 드릴 틈이 있겠습니까?

　대체로 농번기에는 하루에 세 벌의 땀에 절은 빨래를 만들고, 그 외의 시기에도 한 두 벌의 빨래는 각오하고 있습니다. 그 결과 농번기에 체중이 3k쯤 감량이 되어 자연 다이어트 효과를 봅니다. 그러나 명년을 대비하여 겨울에는 열심히 체중을 늘려야합니다. 노동의 양은 계산할 수 없습니다. 그저 쉴 틈이 별로 없습니다. 그러나 괴롭다는 생각은 없습니다. 즐거운 마음으로 일하고 편안한 마음으로 주변의 것들과 잘 놀고 있습니다.

우리 집의 식탁은 대체로 풀로 채워집니다. 밖에서 사들이는 것은 육류, 어류, 기타 소소한 조미료 정도이니 거의 무농약 자연식입니다. 봄, 여름, 가을 동안 들, 전답, 산을 헤매며 식재료들을 갈무리하여 식탁에 올리기까지에는 안사람의 손가락마디가 휘어지는 수고가 있었지만 그 대가로 도시 사람들이 비싼 값을 주고도 누릴 수 없는 소위 참살이 식품(well being식품이라 하던가?)들을 식탁 가득 채운다는 것은 시골이 아니면 어디에서 찾을 수 있는 호사겠습니까?

세상에는 돈으로 환산할 수 없는 것들이 많지 않습니까? 농사를 짓는다는 것도 그중 하나일 것입니다. 농사에 쏟은 노동력과 정성에 대비 산물의 시장가치를 대차대조표로 만든다면 누구나 아연실색하고도 남을 것입니다. 그러나 돈이 아닌 그 무엇(something)으로 계산하는 방식도 있는 법, 그 방법은 각자에게 맡깁니다.

돌이켜보면 소시(少時)에 품었던 큰 꿈은 미완의 그림으로 남아있지만, 젊어서는 교단에 서서 학생들을 가르치고 늙어서는 농장에 서서 나무와 농작물을 키우면서 안온한 삶을 보낸다는 것은 축복받은 삶이 아니겠습니까? 미완의 화폭을 응시하는 늙은이에게도 아주 회한이 없을 수는 없지만 인생 자체가 미완이 아니던가요? 이나마의 삶도 어찌 혼자서 이룬 것이겠습니까? 수 없이 많은 이들의 도움의 손길에서 전해진 온기(溫氣)로 하여 이루어진 것, 이런 삶을 구가할 수 있게끔 도와준 모든 인연(因緣)의 줄이 닿았던 이들에게 감사할 뿐입니다. 이제 황혼이 가깝지 않습니까? 접을 것은 접고, 놓을 것은 놓고 붉은 노을에 감싸인 장엄한 낙조를 바라보는 것이 순리가 아니겠습니까?

내 고향 양지에서의 새로운 인생이 시작되었습니다.
(선물받은 고향의 그림 한 폭)

한거 양지(閑居 養志)

　푸른 숲과 맑은 공기가 있고 밤하늘에 별빛이 쏟아지는 한적한 시골에 자그마한 집을 짓고, 정원에는 정원수를 심어 풍치를 돋으며 텃밭에는 채소를 가꾸면서 한가로이 살아가는 목가적 전원생활을 많은 사람들이 꿈 꿉니다.

　40여 년의 교직생활을 접고, 고향 땅 부모님 댁(묘소)발치에 작은 집을 꾸렸습니다. 300여평 대지에 마당에는 잔디를 깔고 주위에는 좋아하는 소나무를 비롯해 각종 정원수, 뒷산에는 과수와 반송을 심었고, 집터 주변에는 채소밭을 일구어 씨를 뿌렸습니다. 나무들은 잘 자라 철 따라 아름다운 꽃 잔치를 열어주었고 채소밭은 먹고 남을 만큼 땀의 결실을 주었습니다. 가끔 방문하는 친구들은 이런 나의 생활을 '무릉도원에서 산다'고 부러워합니다.

　제자 중 하나가 낙향 선물로 글 한 폭을 선물했습니다. 가로대 「한거 양지」(閑居 養志). 표구를 하여 거실에 걸었습니다. 친구들은 「한거 양지」(閑居 養志)하고 「한거 양지」(閑居 陽智)하라고 고향명까지 들먹이며 격려합니다. 답하여 「한거」는 하되 양지를 못한다고 화답했습니다.

　「한거」(閑居). 여유로운 삶을 누리라는 뜻. 하긴 그렇습니다. 다 떨쳐버리고 내려왔으니 번다(煩多)했던 일상(日常)들, 번뇌와 고민을 수반하던 잡사(雜事)와 긴장과 갈등의 연속이었던 생활에서 벗어나 숲속을 한가로이 거닐 수 있고, 창문 밖의 설경을 조용히 내다 볼 수 있는 생활, 욕심도 미련도 다 버리고 왔으니 홀가분하게 평정심(平靜心)을 유지 할 수 있게 되었으니 표면으로 어찌 한거가 아니겠습니까? 때로는 막을 내린 무대에서 내려온 배우같이 허전한 마음이 들 떼도 있고, 때로는 두고 온 것에 대한 일말의 향수 같은 것을 느낄 때가 없지 않지만 가끔 찾아오는 산새소리, 뒷산에서 들려오는 꿩의 울음소리는 미소를 자아내기에는 부족함이 없습니다. 그러나 한거한다는 것이 정신적 평정심만으로는 다 이루어지는 것이 아닐 성 싶습니다. 이율배반 같지만 육체가 할 일 없이 권태가 따르는 편안은 한거의 참맛을 가져오지 못하는 것 같습니다.

땀 흘려 잔디를 잘 다듬은 다음 잘 깎인 잔디의 아름다움을 바라볼 때의 만족감, 나무를 손질한 후 주저앉아 잘 다듬어진 나무를 바라보면서 느끼는 청량감, 김을 다 매고 난 다음 바라보는 밭 이랑의 청결감, 이슬을 머금은 채소의 싱싱함을 바라볼 때에 즐기는 잔잔한 즐거움을 맛 볼 수 있을 때 심신(心身)은 새털같이 가벼워지고 무한한 해방감에 휩싸이게 되는 것입니다.

마찬가지로 생활 전체를 통해 땀 흘려 일하는 동안 육체는 달콤한 피로에 젖고, 마음은 무심(無心)의 견지(見地)에 들 때 진정한 한거(閑居)가 아닐까 합니다. 한가해 빈둥거리는 육체, 나태(懶怠)와 권태에 젖은 육체에서는 진정한 정신적 평정심을 얻기 어렵고, 정신적 평정심없이는 진정한 한거한다고 할 수 없을테니 말입니다.

모든 일이 그렇지만 땀 흘리며 일에 몰두할 때는 오직 그 일의 성취를 위한 노작만이 있을 뿐, 천둥이 울려도 벼락이 쳐도 듣지도 보지도 못하며, 세상 잡사를 다 잊는 무사(無思), 욕심과 영욕을 다 잊는 무욕(無慾), 온갖 걱정 근심을 잊게 하는 무념(無念)의 상태, 다시 말해 무심(無心)의 경지가 되는 것입니다. 그런 경험이 쌓이고 쌓여 마음의 진정한 평정을 차츰 찾게 되고, 마음의 평정을 얻어 갈 때 비로소 한거한다고 할 수 있지 않을까 생각됩니다.

「양지(養志)」. 뜻을 기르라는 뜻입니다. 뜻, 참으로 의미 깊은 말이며 다양하게도 쓰이는 말이기도 합니다. 그러나 분명한 것은 한거는 나 일신의 문제이지만 양지(養志)의 지(志,뜻)는 일신(一身)의 문제가 아닌 너들, 사회 전체와 연결되어 있는 것입니다. 그것도 사회와 연결되었다손 치더라도 「나」의 이기(利己)나 집착에서 비롯된 것에는 지(志)를 쓰지 않습니다. 「너」들과 사회에 이익이 되고, 역사에 보탬(Plus)이 되는 희망, 바램, 계획이라야 「뜻」(志)이라고 할 수 있는 것입니다.

그런데 양지(養志)라는 글귀는 「너」혼자 잘 먹고 잘 살지 말고 사회에 보탬이 되는 뜻을 세워 실천하라는 무서운 채찍과 같은 말인즉 나이 70이 넘은 사람에게는 너무 과분한 주문이 아니겠습니까? 다 타서 재가 되어 따끈한 불기라고는 다 이울어버린 늙다리에게 뜻을 기르라는 젊은 제자의 글귀는 걸어놓기에는 너무 버거운 것이 아닐 수 없습니다. 어찌 보면 축적되었던 지식과 정열과 애정은 무대에 있을 때 다 소진되어버렸고 이제는 텅 빈 그릇만이 덩그러니 남아있는 형상인데 이 그릇에 무엇을 다시 채워놓고 또 퍼주라는 주문인가? 참으로 아득한 심사가 아닐 수 없습니다.

분명 누구나 한거하면서 한거에 족하지 않고 동시에 양지를 하여야 바람직한 생활임에는 틀림이 없습니다. 그런 의미에서 본다면 한거에 자족(自足)감을 느끼는 한사(閑士)는 스스로에게는 평정심을 가지고 세상을 관조(觀照)하는 작은 즐거움에 도취한 은둔자(隱遁者)는 될지 모르지만 세상(世上)에 보탬이 될 수 있는 뜻을 세우기에 고뇌하는 구도자(求道者)는 되지 못하는, 어찌 보면 이기(利己)주의일런지 모르겠습니다.

과장한다면 인간이 신선(神仙)이 되는 것이 지상(至上)의 이상이며 동경(憧憬)해 마지않던 시대가 있었습니다. 그런데 천상(天上)에서 바둑을 두는 신선이 선(善)과 악(惡), 시비곡직(是非曲直), 의(義) 불의(不義), 정(正) 과 사(邪) 등 세상사에 방관자(傍觀者)에 불과하다면 그런 신선이 수만 명 있은 들 무슨 소용이 있겠으며, 그런 도피적 은둔자가 우리의 이상(理想)이 될 수 있겠습니까? 누구든 살아있는 자체가 수 없이 많은 사람들의 땀의 혜택을 입는 것임에도 불구하고 그들에게 주는 것이 없다는 것은 빚지는 생활이며 죄짓는 생활이 아닐까요?

지금의 나는 「저 푸른 초원위에 그림 같은 집을 짓고 사랑하는 우리 님과 한 백년 살고 싶어」라는 가사를 몸소 살고 있습니다. 창 밖에 쏟아지는 소나기를 바라보며 안온한 분위기에 흡족함을 느끼고, 나무와 장독대에 소복이 쌓인 눈을 바라보며 그 아름다움에 도취하며, 밤하늘의 별빛을 쪼이며 우주의 소리를 들으려 귀 기울이고, 땅

위에 발 붙이고 자라나는 모든 것들의 숨소리를 듣는 즐거움을 느끼면서 살아갑니다. 그러면서도 양지(養志)라는 소리가 귓가에 앵앵거리는 모기소리 같이, 목에 걸린 가시같이 적지 아니 부담이 됩니다.

「내일 죽는다 해도 오늘 사과나무를 심겠다.」고 뉴턴(Newton)은 말했던가? 그의 말은 「사과나무」심기에 이르고 늦음이 있을 수 없다는 말일 것인 즉 비록 그 결실을 보지 못하더라도 양지(養志)라는 한 그루의 사과나무를 심어보겠다는 마음가짐, 비록 지극히 작은 뜻일지라도 너에 대한 사랑, 사회에 대한 따뜻한 손짓일지라도 하여보겠다는 꿈을 꾸어보아야겠습니다. 「한거, 양지」(閑居, 養志)라는 액자를 걸어놓기 위하여서도 말입니다.

농사와 하늘

애초에 농사는 자연현상에 좌우됩니다. 그러기에 농군은 햇빛, 온도, 습도, 비, 바람, 서리 등등 포괄적인 자연현상을 일컬어 「하늘」이라 높임말을 씁니다. 그래서 「농사는 하늘이 도와야 하는 일」이라고 합니다. 사람은 변화무쌍한 자연에 오랫동안 주눅이 들어 기도도 하고 제사도 지냈으며 정성들여 자연의 자비를 기원하는 겸허의 자세를 지녔던 유약한 존재로 살아왔습니다. 그러나 과학의 발달이나 산업화로 점차 자연현상을 조금씩 극복하면서 자연에 대한 경외감은 거의 잊어가는 오만한 존재가 되어가고 있습니다. 대자연의 운행 속에서 사람들이 이를 극복할 수 있는 부분이 얼마나 미미한 것인지, 그 극복의 한계가 인류의 생존에 얼마나 제한적인 것인지 조차 알지 못하면서 마치 자연을 인간이 정복이나 한 듯 생각하는 사람이 점차 많아지고 있는 것이 현실입니다.

도시 사람들은 태풍이나 지루한 장마, 혹서와 열대야, 폭설이나 혹한으로 괴로움을 당할 때 만 「자연」의 위력에 깜짝 놀랐다가 금방 잊고 지나가는 경향입니다. 그나마 농사꾼은 눈만 뜨면 매 순간 자연의 숨결과 함께 하다 보니 자연은 농부들과는 불가분(不可分)의 동무이며 동시에 경외(敬畏)의 대상인 「하늘」인 것입니다.

자연은 따뜻한 햇볕과 공기가 있어 모든 작물에게 광합성작용을 할 수 있게 해주며, 촉촉하게 대지를 적시는 비를 뿌려 물을 공급하여주고, 절기에 따라 적절한 온기의 변화로 성장주기(成長週期)를 조절하여주며, 적절한 바람으로 통풍(通風)의 묘미로 건강한 몸체를 만들어 줍니다. 그래서 자연현상이 순후(淳厚)하여 순조로울 때 만물이 번성하고 농부도 덩달아 하늘에 감사하며 희희낙낙 풍년의 기쁨을 만끽할 수 있는 것입니다.

그와 반대로 자연의 기침 한번으로 농군들이 골병이 든다는 것도 잘 알기에 자연에 대한 경외와 겸허를 잊을 수가 없는 것입니다. 풍작을 기약하듯 화사하게 피어나던 과수원의 꽃밭에 난데없는 눈발과 서리발이 내리는 처절한 참상, 파종시기가 지나가는데 흙먼지가 풀썩이는 전답의 황량함, 전답 어디에나 작물의 푸르름이 가득하여야 할 시기에 가뭄으로 타 들어가는 들녘에 이글거리는 태양이 맹위를 떨치는 폭염, 간밤의 폭풍으로 하루아침에 쓰러져 누워버린 작물들의 추한 몰골, 무너지고 쓸려가고 묻혀버린 홍수의 잔해, 주렁주렁 꽃보다 아름다운 과일들이 하루아침에 땅바닥에 나동그는 상처받은 낙과(落果) 등등을 바라보는 농부의 마음을 헤아릴 수 있겠습니까? 전염병이라도 돌면 자식만큼 정성들여 키운 닭, 오리, 소, 돼지들을 살아 움직이는 채 그대로 흙구덩이에 밀어넣는 농부의 그 가슴속을 짐작이나 하겠습니까?

어떤 농부는 물싸움을 하다 살인을 했다고 합니다. 그 농부가 포악해서가 아니라 굶어 죽어가는 자식에게 밥 한 그릇을 먹이려던 애절한 사연의 실수 같은 생각이 들지 않습니까? 어떤 농부는 홍수가 쓸어간 들판에서 스스로 목숨을 끊고, 어떤 농부는 살처분(殺處

分)된 축사에서 목을 매었다 합니다. 이들이 경제적 손실에 절망하여 최후의 선택을 했다기보다 자식같은 작물이나 가축을 잃은 어버이의 비통함을 못 견뎌 자행한 선택이라고 생각되지 않습니까?

자연의 위력 앞에서 속수무책이 될 때 인간은 어쩔 수 없이 무력함을 한탄도 하고, 자연을 원망도합니다. 그러나 인간이 어떻게 생각하든 자연은 자연일 뿐, 자연이 인간에게 주는 무한한 혜택이든 인간을 위해(危害)하는 재해가 되든 자연은 무심한 자연이고 자연현상은 자연법칙에 따라 움직일 뿐입니다. 그럼에도 농부들은 자연과 몸을 부대끼며 살아가고 있기에 자연의 고마움도, 자연의 경외로움도 잘 알고 있기에 심정적으로 자연을 하나의 인격체적인 하늘로, 자연현상을 하늘의 뜻으로 이해하고 「경천(敬天)」의 마음과 겸허(謙虛)의 자세를 갖는 것입니다. 여기서 말하는 하늘이다, 경천이다 하는 것은 전래의 신앙적 의미가 아니라 자연과 자연현상의 이해와 그 이용의 한계를 자각하고, 자연 자체의 보존과 이를 존중하여야 한다는 정신적 자세를 의미하는 것입니다.

자연과 인간의 관계가 어찌 농부들만의 문제이겠습니까? 농부가 조금 더 자연에 가까울 뿐, 자연 밖에 존재할 수 있는 인간이 없듯이 자연과 인간의 문제는 인류 공통의 문제입니다. 자연과 자연현상을 적절히 이용하여 인류의 생존과 복지에 활용하거나 자연을 극복하여 인간의 삶을 보다 편리하고 안전하게 영위하려는 노력을 경주하는 것은 인간의 몫임에 틀림없습니다. 그러나 인간이 자연을 지나치게 침해하거나 왜곡(歪曲)시켜 자연의 질서를 교란시킬 때 자연의 반격은 인류를 파멸시킬 수 있다는 사실을 깨닫고 자연 앞에 겸허한 자세를 잊지 말아야 한다는 것은 재론의 여지가 없습니다.

　이즈음 「자연 보호」라는 구호를 어디서나 볼 수 있습니다. 이제는 자연 보호의 문제는 인류 생존의 지엽적 부차적 문제가 아니라 인류의 생존이 걸린 근본적 본질적 문제임을 명심해야 할 시점이 되었습니다. 이제는 구호가 아닌, 겸허한 자세로 문제의 본질을 직시하고 인간의 오만이 빚은 오류를 고쳐가야 할 때라고 생각합니다.

산채(山菜) 이야기

　시골에 살면 대부분의 식재료를 자급하는 것이 바람직한 것입니다. 그것은 경제적 이유에서 뿐만 아니라 「사는 맛」을 더하기 위하여서라도 필요하고, 생산 활동으로 몸을 움직임으로서 건강도 얻는다는 이점도 있기 때문입니다. 우선 채마전에서 싱싱한 채소를 얻어 건강식단을 만들고, 여건이 갖추어진다면 도시인들이 그렇게도 좋아하는 산채 등을 채취할 수 있다면 얼마나 좋습니까? 가꾸고 채취하는 재미도 있고 건강을 챙긴다는 것은 일석이조라고 할 수 있지 않겠습니까?

　집 주변에는 봄철이면 이름도 잘 모르는 풋나물들이 지천입니다. 쑥, 냉이, 돌나물, 씀바귀, 달래, 망초. 꽃다지 등이 몸만 움직이면 식탁을 채우고도 남아돌고, 뒷산에 오르면 두릅, 취나물. 원추리, 홑잎, 고사리, 음나무 순 등이 주인을 기다립니다. 여름에 접어들면 잔디밭을 침범하여 애를 먹이는 질경이, 고들빼기, 삽주, 잔대, 도라지, 오가피 잎 등이 풍성하게 잎을 피우고, 가을이면 버섯이 환호성이 절로 날 만큼 산을 덮습니다. 그저 문밖만 나서면 먹을거리가 눈에 띄고, 부지런만하면 찬거리 걱정은 놓아도 되고 종류에 따라서는 저장도 하고 인심도 쓸 수 있습니다.

집 사람은 다른 것은 몰라도 식재료에 대하여는 욕심이 많은 것 같습니다. 질펀하게 길을 메운 질경이를 잔디와 함께 깎아 버리면 먹을거리를 버렸다고 야단입니다. 그뿐이겠습니까? 삽주나 잔대 등을 보이는대로 옮겨 심어 다른 작물의 심을 자리를 잠식합니다. 돌나물을 다듬고도 그 뿌리나 줄기를 밭둑이나 정원 모서리에 뿌려 이 구석 저 구석에 돌나물 투성이 입니다.

살다보니 자연의 것을 채취하는 것이 시쁜 생각이 들어 재배하여보겠다는 생각이 들었습니다. 먼저 산에 자생하는 두릅나무를 밤 밭에 몇 주 이식을 하였습니다. 그런데 번식력이 왕성하여 이삼 년 지나자 두릅 밭이 되었습니다. 그러나 문제는 두릅이란 것은 봄에 단 한번 채취하면 그만이라는 것입니다. 그런 주제에 가시를 곤두세우고 자리를 차지하는 꼴이 영 달갑지 않지만 만들어 놓은 것을 어찌합니까? 좀 거슬려도 그냥 둘 수밖에 없지요. 두릅에 버금가는 것이 음나무입니다. 음나무는 일명 엄나무 또는 개두릅이라고도 합니다만 잎은 나물로, 나무는 약용으로 사용하는 유용한 나무이므로 잘 가꾸었습니다. 잘 자라 제법 그늘을 드리울 만큼 되었는데 누군가가 하루 밤 사이에 밑둥부터 잘라가버려 세상 무서운 것을 알았습니다. 오가피나무는 약용식물이니 중히 여겨 가꾸었습니다. 그 줄기와 뿌리는 약재이며 잎은 나물로 씁니다. 그 잎이 별미의 나물이지만 쓴 맛이 강하여 대부분의 사람들은 그 맛을 모르는 덕에 나무를 지탱할 수 있는 것이 다행입니다. 가을의 산에는 취 꽃이 단풍 사이에 조촐하게 핍니다. 그 씨앗을 받아 집 주변에 뿌렸습니다. 비교적 발아가 잘 되어 십여 년이 지난 지금은 집 주변 어디에나 취향이 퍼져 나갑니다. 화단에도, 마당에도, 석축 틈에도, 솔밭에도 취가 뿌리를 내리지 않은 곳이 없습니다. 여름의 산행에서 도라지꽃을 보셨습니까? 화사하지는 않지만 조촐한 그 꽃은 시골 처녀 같아 보기에 편안합니다. 그래서 씨를 받아 화초 삼아 뿌렸습니다. 그러다보니 도라지 밭이 되어 화단 구실을 단단히 하게 되었고 매년 이년 근은 먹을거리로, 약재로 쓰임새가 낳습니다.

욕심은 한이 없나봅니다. 곰취, 곤드레는 강원도의 전매특허요 섬 부지랭이는 울릉도의 특산이라 자랑하지요? 그래서 친구에게 부탁하여 곰취와 곤드레 묘를 구하고, 섬 부지랭이는 선배의 농장에서 빼앗듯 얻어 와서 정성껏 심었습니다. 부지런히 분주도하고 거름도 하여 이제 제법 별미의 찬으로 행세를 합니다. 이제 내년에는 고사리를 이식하여 볼까하고 계획을 잡아봅니다.

아마도 정신 사나운 집이라고 할런지 모릅니다. 또 끔찍이도 일을 좋아하는 사람들이라고 할런지도 모르겠습니다. 그러나 이런 오만 가지 것들을 돌아보는 재미가 어떤 것인지 맛을 알게 되신다면 전 세계의 모든 종류의 것을 모아 가꾸겠다고 설치실 지 모릅니다. 가꾸어 수확하고, 그것을 식탁에 올리면서 이 나물들에 엉킨 사연들을 엮으면서 한 끼의 식사를 나눈다는 것이 얼마나 큰 행복인지 아십니까? 또 부산하게 움직이면 크고 작은 근심 걱정, 몸 어느 구석에서 나타나려고 벼르고 있는 병통들을 다 잊고 무사무려(無思無慮)의 도사 같은 마음으로 그 작은 잎, 그 작은 꽃에 홀려 이리 기웃, 저리 기웃하는 것이 얼마나 정신건강, 육체건강에 좋은 것인지 아십니까?

　행복이라는 것이 별거 있습니까? 이렇게 온갖 시름 잊고, 온갖 잔병조차 잊은 채 식재료로서의 가치를 넘어서는 신비를 담은 잎이나 꽃을 상대로 대화도 하고 애무도 하면서 유유자적(悠悠自適) 하는 것도 행복이 아니겠습니까?

감(柿) 이야기

늦가을, 잎을 떨군 감나무에 빨갛게 매달린 감을 보는 것은 즐거운 일입니다. 얼마나 아름답고 풍요로운 정경(情景)입니까? 그 풍경이 보고 싶어 퇴직 후 낙향하자마자 집 뒤에 감나무 다섯 주를 심었습니다. 십여 년을 가꾸면서 애타게 열매 맺기를 기다렸습니다. 가을이면 얼지 말라고 싸주고, 봄이면 거름을 주면서 잘 자라기를 기원하였습니다. 마침내 9년차에 한 나무에서 꽃이 피었습니다. 그런데 열매가 보이지를 않습니다. 자세히 보니 낙과의 흔적이 보여 실망하였습니다.

십년차인 금년, 세 나무가 흐드러지게 꽃을 피웠습니다. 두 내외가 꽃구경을 하였습니다. 본래 감꽃은 파란빛이 진해 잘 보이지도 않고 화사하지도 않습니다. 그래도 꽃은 꽃인지라 자세히 보면 예쁜 구석이 없지 않습니다. 떨어진 꽃을 주워 씹어 봅니다. 옛날에는 꽃잎이 두꺼운 이 꽃을 아이들이 간식 삼아 주워 먹던 것이었으나 지금은 비타민의 보고라고 풍을 치면 먹을 사람이 있겠으나 그 맛은 별로였습니다. 가족의 산책로 옆이니 매일 가서 쳐다 봅니다. 꽃이 지고 자방(子房)이 도톰해지면서부터 들여다보니 눈독이 들어서인지 밤톨만 하게 자라면서 나무 밑에 낙과(落果)가 보이기 시작하였습니다. 나무도 제 분수 껏 자식을 기르는 것이니 얼마만큼 떨구는 것은 어쩔 수 없지만 너무 많이 떨어지니 야속하기도합니다.

우리 같은 초보 농군;과수 몇 그루씩 심는 사람이 경제적 이속을 위해 심겠습니까? 심고, 가꾸고, 꽃 피고, 열매 맺는 그 신비와 아름다움을 보자는 것이 더 큰 목적이니 열매를 많이 맺음만을 바라는 것은 아닙니다. 그러나 탁구공만한 것들이 수북이 떨어지는데 어찌 아깝지 않으며 속이 상하지 않겠습니까? 떨어진 놈을 주어다가 무엇에 쓸까 궁리도 하여보지만 결국 던져 버리고 맙니다.

초가을에 접어들어 낙과가 뜸해지고 잎 사이로 열매가 보이기 시작할 즈음이면 세어보기 시작합니다. 무성한 잎 사이로 잎 빛과 같은 풋감을 찾는다는 것은 숨바꼭질을 하는 것 같아 헤아릴 때 마다 그 수가 다르고, 내외가 같이 세어도 내외의 셈이 다 다르고, 매일매일의 수 또한 같지 않습니다. 가끔 그 수치를 가지고 내외가 실랑이 아닌 실랑이를 벌리면서 흠뻑 감나무 재미를 만끽합니다. 시골의 서툰 농부들의 즐거움이라고나 할까요.

늦가을에 접어들어 감나무가 빨간 단풍으로 물들기 시작하면 열매 또한 노란 얼굴을 들어내기 시작하고, 잎이 떨어지기 시작하면 그 수가 잎이 떨어지는 것에 비례하여 정확도가 높아집니다. 최종적으로 집계된 열매의 수는 세 나무에서 일흔 두 개로 판명되었습니다. 그 수가 적은 대신 얼마나 실한지 아이들 머리통만한 놈들이 일흔 두 개라니 얼마나 대견합니까? 가지가 휘도록 주렁주렁 매어달린 그 우람하고 당당한 놈들의 이름 대봉시랍니다. 매일 그 밑에 서서 꽃구경 하듯, 아니 자식 바라보듯 흐뭇한 미소를 짓습니다.

그런데 새들이 기웃거립니다. 그 도둑들이 과일이 익어가는 근맥을 보려는듯하여 걱정이 되어 순찰하는 발길이 더 잦아졌고 관찰의 눈길이 바빠졌습니다. 그러던 어느 날 위쪽의 감에 흠이 났습니다. 어느 놈이 한입 물어본 것입니다. 「아! 이제 감 감상은 끝났다」는 탄식과 함께 저녁 식탁에서 아이들에게 감 수확을 지시했습니다.

이튿 날 아이들이 빈 바구니를 들고 들어왔습니다. 왜냐구요? 밤 사이에 어떤 분이 몽땅 서리를 하여 간 것입니다. 「아!」 소리가 절로 나옵니다. 야속하고 분하고 화가 났습니다. 이는 감 한 접도 안 되는 것을 잃었다는 손실감에서 오는 감정만은 아닙니다. 감 한 접의 경제적 가치야 얼마나 되겠습니까? 그것을 가꾸고 그러면서 그것에서 느꼈던 감정, 즐거움, 행복감을 단번에 잃은 허탈감, 그리고 누군가에 대한 배신감 같은 것이 울컥 치밀어 오릅니다. 그러나 어쩌겠습니까? 잃은 것은 잃은 것이고 그간에 그것으로 하여 누렸던 행복감으로 만족해야지.

자! 내년을 다시 기약하면서 나무 가꾸기를 다시 시작하렵니다.

소나무 가꾸기

　내 고향의 뒷산은 소나무 숲이었습니다. 울진의 우람한 금강송림이나 춘양의 울울창창한 적송 숲은 아니지만 젊은 소나무의 아름다움을 드러내기에는 손색이 없는 숲이었습니다. 그런 숲이 일정(日政)시에 광솔 채취와 땔감으로 무자비하게 상처받고 벌채되어 몰골이 형편없이 되었습니다. 거기다가 6.25사변의 와중에 포화와 산불로 소실되어 드문드문 병신 소나무가 가련하게 산을 지키더니 그나마 70년대에는 솔잎혹파리와 송충이의 극성으로 전멸하고 지금의 산은 잡목으로 덮어버렸습니다. 산을 올려다보면 옛 송림의 정경이 눈에 선하고, 수난의 역정이 마음을 아프게 합니다.

　다행히도 모교인 양지초등학교에는 뒷산 소나무의 아픈 수난의 기억을 씻어주고도 남을 아름다운 소나무가 있습니다. 교사(校舍) 앞에 횡대로 줄을 선 이십여 그루의 아름답고도 품위 있는 이 반송(盤松)은 백여 년을 그 자리에 서서 이 운동장에 발을 디뎠던 수많은 소년 소녀들이 아름다운 꿈을 꾸는 모습을 지켜보았고, 그 아이들의 늙어가는 과정을 무심히 지켜보고 있습니다. 옛날에는 그렇게 넓어 보였던 운동장이 지금은 좁아 보이지만 이 우아한 소나무 밑에 서면 자신이 지극히 작게 생각됩니다. 그래서 소나무는 믿음직한 친구이며 품위 있는 스승 같아 애착이 컸습니다.

소나무, 이 얼마나 우아하고 품위 있는 나무입니까? 사계절 상록의 기상으로 우뚝 서서 세상을 굽어보는 그 자태에 위엄이 넘치고, 험한 풍상을 겪으면 겪을수록 고매한 품격과 고고한 자태를 더하는 의연한 노송을 보노라면 마치 노신사의 당당한 풍모를 보는 것 같아 그 그늘에서 안식을 취하고 싶어집니다.

이런 소나무에 대한 애착과 매력으로 소나무를 키우겠다고 작심하였습니다. 그러나 시작부터 만만한 것이 아니었습니다. 먼저 초심자의 실패담을 들어 보시겠습니까? 퇴직 후 부모님 묘소 발치에 작은 살림집을 꾸렸습니다. 시골이니 정원 겸 울타리로 생각하고 정원수와 꽃나무들을 심기 시작하였습니다. 그런대 정원 예정지 끝자락에 백여 년 이상의 노송이 자리를 잡고 있었습니다. 우람하고도 우아한 풍모가 모든 사람을 압도하고도 남을 이 나무가 불행하게도 도로부지에 걸쳐있어 불가불 옮기지 않을 수 없는 처지가 되었습니다. 막대한 경비와 인력을 동원하여 십여 미터 쯤 옮겨 심었습니다. 어려운 작업이었지만 옮겨 놓고 보니 그렇게 흡족하지 않을 수가 없었습니다. 또 어떤 조경업자의 꼬임에 빠져 그간에 조금씩 모아두었던 비상금을 털어주고 세 그루의 소나무를 더 심었습니다. 비록 활착 전이지만 네 그루의 큰 소나무와 좀 작은 소나무, 주목, 배롱나무에다 영산홍, 회양목 등으로 치장한 멋진 정원을 만들어 놓고 바라보는 기쁨과 만족감은 말로 표현할 수 없을 정도였습니다.

문제는 옮긴 소나무가 몸살을 하는데에서 생기기 시작하였습니다. 물정 모르는 사회 초년생의 어리석음과 나무에 대한 지식 부족으로

이에 대처하지 못하였던 것입니다. 나무가 아파하며 신음소리를 내는데 속수무책으로 한숨과 비탄으로 밤잠을 설칠 뿐이었습니다. 지금만 같았으면 소독도 하고 발근 촉진제라도 썼겠지만. 결국 세 그루는 말라 죽고, 그중 막내뻘인 나무 하나만이 살아남아 지금도 정원을 지키고 있습니다. 그래서 이 나무의 이름은 「xx만원 나무」가 되었고, 누구는 어리석은 숙맥이 되었습니다. 이런 첫 실패로 성목에 대한 욕심을 버리기로 마음먹었습니다.

모든 나무는 묘목일수록 어느 때나 어디서나 뿌리를 잘 내리지만 성목일수록 환경 변화에 적응하기가 어렵습니다. 특히 소나무는 이식이 어려운 나무 중에 한 종류라고 알려지고 있습니다. 이즈음 강원도 한적한 산골에서 모진 풍상을 겪으면서도 잘 자라 그 나름의 격(格)을 이룬 소나무를 옮겨 와 공원이나 정원을 꾸민다고 더러는 말라 죽이는 안타까운 관경을 볼 때 마음이 아팠습니다. 그래서 성목보다 묘목(묘목이 아니더라도 어린 나무)을 가꾸어보려고 작심하였습니다.

잘 아는 정원수 전문가가 반송과 주목의 묘목을 주었습니다. 마침 빈 자리가 있어 십 센티미터 간격으로 식재하였습니다. 어린 나무가 활착을 하니 생각보다 생장 속도가 빨랐습니다. 2년 마다 몇 번의 이식을 거듭하여 지금은 2.5m 간격이 되었지만 지나다닐 틈도 없게 맞닿아 새로운 식재 부지를 물색하여야할 고민에 빠지게 되었습니다. 한해에 20cm씩 자라니 자리다툼의 해결책을 찾는 것이 쉽지 않습니다. 나무가 잘 자라는 것도 꼭 좋은 것만은 아닙니다.

나무 밭을 돌아 볼 때에는 전지가위를 들고 갑니다. 어린나무의 전지(剪枝)는 나무의 내일을 위하여 계획적으로 성장을 조정하는 것입니다. 그러므로 어린나무의 가지 하나하나가 가위 끝에서 내일의 수형(樹型)을 결정할 수 있는 것입니다. 가위를 대는 순간이 나무의 내일의 모습을 결정하는 순간이기에 잘못된 가위질 한번으로 나무의 전정(前程)을 망칠 수도 있음으로 함부로 사용할 연장은 아닙니다.

우선 주 세력에 밀린 잔가지를 제거하고 묵은 솔가지를 털어 낸 다음 가지를 정비하는 작업을 합니다. 십 년 이십 년 후의 모습을 그려보면서 나무를 세심하게 관찰하여 어느 가지를 살리고, 어느 가지를 제거할 것인가를 고민합니다. 이 때에 예술가적 안목과 고뇌가 필요합니다. 그러나 무딘 심미안과 아둔한 예지로는 고심하면서 잘라도 순간의 가위질로 '아차'하는 때가 허다합니다. 나무의 한 가지를 놓고 종일 오락가락하면서 생각하고 또 생각하는 경우도 있고, 순 하나를 놓고 자를까 말까를 거듭하는 경우도 있습니다. 반송을 기르는 방법도 각기 달라 오뉴월에「순 주기」를 하여 상품화하려는 사람도 있으나 불가피하지 않는 한 순을 주지 않고 최소한의 조작으로 자연미 있는 나무가 되기를 바랍니다. 그러나 수간(樹幹)이 많은 것은 바람직하지 않아 셋 정도로 조정하고 싶지만 굵어진 가지를 자르려 톱을 들 때는 손이 떨릴 지경입니다.

지금은 제법「나무」라고 할 만큼 자랐습니다. 애초에 문외한의 솜씨이니 잘 가꾸었다고 할 수는 없습니다만 수형이 잡혀가는 것이 기쁘고 잘 자라준 것이 기특합니다. 이 나무들이 품위를 갖춘 멋진 풍모의 나무가 되려면 앞으로 삼, 사십 년의 세월이 필요할 것이고,

이를 가꾸는 사람은 이 나무 옆에 있기가 어렵겠지만, 우람하고 우아하고 위엄 있는 그런 멋진 자태를 그리며 가위를 들고 이 어린 나무를 바라봅니다.

「아! 멋진 소나무다」라고 환호하는 후손이나 후배들의 소리가 들리는 것 같기도 하여 빙긋이 웃어도 봅니다.

버섯 이야기

기적같이 났다가 바람같이 스러지는 것이 비섯의 일생입니다. 자연계에서 버섯의 역할은 막중합니다. 죽은 식물체를 분해하여 자연으로 되돌리는 것을 도와줄 뿐 아니라 많은 생명체에게 먹이가 됨으로서 생명을 유지할 영양을 줍니다. 사람에게도 각종 영양소를 제공하는 좋은 먹을거리가 됨은 말할 것도 없습니다. 물론 생명을 앗아갈만한 독을 가진 것도 있지만 더없이 좋은 먹을거리로 어떤 것은 금보다도 비싼 것도 있으며 약용으로도 널리 쓰입니다.

지금의 집으로 옮겨 와 농사를 짓기 시작하면서 자급(自給)을 위하여 참나무를 대목으로 표고와 느타리버섯의 종균을 접종하였습니다. 이듬해 가을에 버섯이 돋아나기 시작하였습니다. 어느 날 문득 사마귀 같은 것이 돋더니 이틀 후에는 예쁘게 갓을 핀 표고버섯이 되어있지 않겠습니까? 의외의 꽃을 보듯 신기하여 차마 아까워 따지 못하고 갓이 피기 전에 따야 상품(上品)이라하는데 갓이 핀 하품(下品)이 되어서야 딴 우(愚)를 범하였습니다만 매일 찬은 버섯잔치가 되었습니다.

다음해부터는 봄에도 가을에도 풍성하게 돋아나 제철에는 생으로, 여름 겨울에는 말린 것으로 연중 찬거리로 상에 올랐습니다.

그런데 어느 가을 추석 무렵, 산나물철도, 도토리철도 아닌데 아낙들이 뒷산을 누비는 것이 아니겠습니까? 그것도 울타리가 없으니 울안이라고 말할 수는 없겠지만 우리 집 영역 안 까지 기웃거립니다. 사연을 물어보았습니다. 버섯을 딴다는 것입니다. 이름은 어떤 이는 참나무버섯, 어떤 이는 참나무 가다발이라고 하는데 지금도 정확한 명칭은 모릅니다만 어쨌든 뒷산은 물론 밤나무 밭, 닭장 뒤, 심지어 울타리 밑에까지 돋았던 버섯이 야생 식용 버섯이었습니다. 발밑에 귀한 먹을거리를 매년 밟고 다니면서도 모르고 있었던 것입니다. 조금 따다가 애호박채와 함께 볶아보았습니다. 그 특유의 일품(逸品)요리를 삼년이나 모르고 지냈다니 억울한 생각까지 들었습니다. 하기야 모르는 것은 주먹에 쥐어주어도 모르는 것이니 어쩔 수 없는 것이 아닙니까? 다음 해부터는 때를 기다리느라 조바심을 치는 꼴이 되었습니다. 매년 버섯이 돋아나는 시기가 온도와 습도의 차이 때문에 들쭉날쭉 합니다. 그래서 구월 중순이 되면 혹여 때를 놓칠세라 버섯이 나는 곳을 기웃거립니다. 그놈들은 보호색으로 위장하는 재주가 있어 어려서는 여간 밝은 눈이 아니면 풀 속에서 찾아내기가 쉽지 않습니다.

가을비가 내린 아침이면 어제 저녁에도 보이지 않았던 것들이 화들짝 놀랄 정도로 발밑에 깔려 있는 것을 발견할 때도 있습니다. 풀숲에 숨죽이고 엎드려 있던 어린 것들이 밤사이에 어른이 되어 내로라 우뚝 일어선 것입니다. 자연의 경이로움에 놀랄 뿐입니다. 그러나 놀라고 있는 사이에도 버섯의 갓은 피어 가는 것, 서둘러 채취하여야 상품(上品)의 버섯을 얻을 수 있으니 서둘러야 합니다.

채취는 이삼일이면 끝납니다. 산을 누비며 버섯을 따는 과정은 신명이 나는 일입니다. 그러나 그 뒤처리는 재미없는 지루한 잡일이라 도망치고 싶지만 별수 없이 붙들려 하여야 합니다. 다듬고, 데치고, 헹구고, 갈무리 하는 것은 아내의 일이지만 도움이 필요한 작업이니까요. 작업의 끝은 쾌기를 만들어 금방 먹을 것은 냉장고로, 나머지는 냉동고로 직행하는 셋입니다.

인간은 자연이 허락하지 않으면 단 하루도 생존을 이어갈 수 없습니다. 자연이 생존에 필요한 모든 것을 주기 때문입니다. 버섯도 그중의 하나가 아닙니까? 하나하나 따면서도 땀 흘리지 않고 얻기만 하니 불로소득을 챙기는 것 같아 죄스럽기도 하고 감사한 마음이 절로 납니다.

80대 1의 속도전

농사 일 중에서 제일 힘 드는 것이 무엇이냐고 묻는다면 농부들은 '김 매기'라고 대답할 것입니다. 삼복(三伏) 염천(炎天)에 밭이랑에서 김을 매노라면 하늘에서는 불볕이 내려 쪼이고 땅에서는 무더운 김이 치솟아 숨은 턱턱 막히고 땀은 비 오듯 하여 몸은 흐물흐물 반쯤 익어 녹초가 됩니다. 그런데도 호미를 던지지 못하는 것은 농부들이 이런 고된 노고를 회피하면 소득을 얻을 수 없기에 감수하여야하는 고통인 것입니다. 그러나 그것이 전부는 아닙니다. 잡초가 우굿한 전답은 농부의 수치라고 여기는 자존심 같은 것이 있어 전답관리를 중요시하고, 부차적으로는 힘들여 잡초를 제거하고 말끔해진 밭이랑을 돌아보며 느끼는 성취감은 해본 사람만이 느낄 수 있는 기분일 것입니다.

그런데 말입니다, 야속하게도 힘써 김을 매고 돌아서면 땀이 식기도 전에 잡초가 다시 고개를 드는 아우성 소리가 들립니다. 삼사일만 지나도 언제 김을 맸느냐하듯 다시 잡초가 밭이랑을 점령합니다. 잡초는 밤도, 휴일도, 악천후도 상관없이 쉬지 않고 자랍니다. 농부가 비명을 질러도 잡초의 키는 작물의 키를 항상 앞서 갑니다.

초보 농군일 때에는 덥수룩한 밭이랑 때문에 애가 타서 호미를 놓을 날이 없었습니다. 밭을 매도 잡초의 씨를 말릴까하여 어린 풀

까지도 눈을 부라리면서 뽑았고, 원망을 하다못해 적의(敵意)까지
품고 잡초와 싸움질을 하였습니다. 그러나 언제나 판정패를 당하였
고 서서히 지쳐갔습니다.

　좀 농사를 터득하여가면서 알게 된 결론은 김매기는 '작물성장의
저해요인을 최소화하는 것이지 잡초를 전멸시키려는 작업이 아니
며 그럴 수 도 없다.'라는 것입니다. 왜냐하면 잡초를 일소(一掃)하
려면 사람이 잡초보다 더 부지런하여야하기 때문입니다.

　생각하여보십시오. 사람은 80세정도가 기대수명입니다. 따라서
80년 안에 일생 동안 '해야 할 것'을 이루는 것이 인생입니다. 이에
비해 잡초의 일생은 일 년입니다. 이 일 년 동안에 생에 주어진 사
명을 다 이루어야 하는 것입니다. 사람과 잡초가 그들의 생의 목표
를 이루어야하는 속도는 1:80이 아닙니까? 다시 말하면 사람이 80
년을 두고 해야 할 일을 잡초는 단 일 년 동안에 완결지어야 하는
것입니다. 사람의 입장에서 볼 때 그것들이 얼마나 부지런히 서둘
러야 그들의 생의 목표를 이루겠습니까? 사람의 시간관념으로는
80배의 속도로, 아니 그 이상의 속도로 생의 속도를 내야 한다는 계
산이 나옵니다. 따라서 전답의 잡초를 완전히 제압하려면 사람도
80배의 속도로 부지런을 떨어야 가능합니다. 그것이 가능하겠습니
까? 잠도 자야하고, 일요일이라 쉬고, 비가 와서 쉬고, 휴가도 가야
하고, 피곤하여 쉬고… 그러는 동안에도 전답의 풀들은 저들의 생
의 완결을 위하여 80배의 속도로 서둘러대니 80:1의 전쟁은 농부의
필패(必敗)로 끝날 수밖에 없는 것이 아닙니까?

여기에는 두 가지 방법밖에 없습니다. 첫 번째는 얄밉도록 잘 자라는 잡초를 완전히 제압하고 싶다면 제초제를 쓰거나 아니면 밤잠도 자지 않고 부지런을 떠는 것입니다. 그러려면 농약의 폐해나 신상의 노고는 감수하여야 합니다.

두 번째는 어쩔 수 없이 타협하는 것입니다. 피가 벼보다 키가 큰 논의 관리자는 지탄의 대상이 됩니다. 잡풀이 작물의 키를 넘으면 농부의 게으름을 비웃습니다. 그러니 이런 지경이 되어서는 안되겠지만 이를 앙다물고 적의를 가지고 싸우는 것은 애만 타고 속만 상합니다. 좀 여유를 가지고 그놈들과 적당한 선에서 타협을 모색하는 것이 신상에 이로울 것 같습니다.

농부들이여, 좀 여유를 갖고 눈을 조금 감을 때는 감아봅시다. 작물에게는 잡초를 이겨보라고 밥도 더 주어 격려하고, 잡초가 정 피해를 줄 성 싶으면 적당히 혼내주어 무승부의 게임을 하다보면 금방 서리가 내린답니다.

농구를 정리하며

콩쥐에게는 나무호미를, 팥쥐에게는 쇠호미를 주어 일을 시켰다지요?
그래서 콩쥐는 매양 울었답니다.
농기구는 농부의 손과 발이 되어주는 동반자.
내 손과 발을 소중히 여기듯, 그것들도 소중히 다루고 있습니까?

농사를 하다보면 농토가 많거나 적거나 연모는 있어야할 것은 다 있어야합니다. 이웃이 멀리 있는 우리 집 같은 경우는 더욱 그렇습니다. 봄철 파종부터 가을철 추수까지에 필요한 연모는 수도 없이 많습니다. 일 년에 한두 번 쓰는 것도 있지만, 한 가지 연장이 없어도 일을 하는데 지장이 있으니 불가불 장만하여야하니 그 수는 늘어날 수밖에 없습니다.

추수가 끝나면 여기저기 흩어져 있던 연모들을 모아 정리를 합니다. 그때서야 새삼 불어난 숫자에 놀란답니다. 전동기나 발동기 같은 농기계류는 만지지도 못하게 하니 내 소관 밖이고, 도구만 정리하는 것도 쉬운 일이 아닙니다. 일 못하는 사람이 연장 나물한다고 손질은 안하고 사들이기만 하여 낫이 십 여 자루, 삽이 넷, 괭이 넷, 호미 여섯, 갈퀴 넷, 전지가위 여섯, 큰 가위 셋, 톱 다섯, 그 외에도 창, 해머, 곡괭이, 도리깨, 잔디호미, 고무래 등등 헤아릴 수 없을 정도입니다. 그중에는 폐기할 것도 있지만 대부분 조금만 손을 보면 요긴하게 쓸 수 있는 것들입니다. 그래서 흙을 털고 물로 닦아 농구걸이에 걸어놓으면서 그 동안의 쓰임새에 고마움을 표하면서 내년을 기약합니다.

연장은 쇠붙이이기에 정이 들기가 어렵습니다. 그러나 사용하는 사람에 따라 자기 손에 맞는 것이 있어서 같은 여럿 중에서도 특정한 것만 애용하고 나머지는 소박을 합니다. 따라서 선택되어 쓰임을 많이 받은 것은 달챙이가 되도록 반짝반짝 빛나고 소박을 맞아 쓰임을 받지 못한 것은 농구걸이에서 빨갛게 녹을 뒤집어쓰는 수모를 겪으면서 허송세월을 보냅니다.

녹이 난 연장을 보노라면 미안한 생각이 듭니다. 연장에 녹이 슬었다는 것은 농부가 게으르거나 아니면 필요 이상 사들였거나 한 것임에 틀림이 없는 것이니 반성의 여지가 있는 것이 아니겠습니까? 쇠붙이와 녹은 상극이여서, 농기구에 녹이 나면 금방 쓰임새를 잃게 됩니다. 그래서 녹이 난 낫은 쓰지 않아도 가끔 숫돌에 갈아 녹을 벗기고, 다른 연장은 돌려가면서 사용하여주지만 그래도 고루 말끔한 상태를 유지하기는 어렵습니다. 연장도 필요에 따라 매만지게 되는 것이지 당장 쓰지 않는 것에는 손이 잘 가지 않습니다. 그러나 연장들을 정리하면서 손길에 닿는 녹이 슨 것들을 들여다보노라면 미안하고 안쓰러운 생각이 드는 것은 어쩔 수 없습니다.

일제(日帝)시대, 초등학교에서 청소를 하기 전에 청소서약을 하였던 생각이 납니다. 내용은 대략'온 힘과 정성을 다하여 열심히 일합시다, 마음으로 쓸고 닦고, 사용한 도구에 감사합시다.'라고 기억됩니다. 어린 학생들에게 좋은 습관을 길러주기 위한 교육의 일환이었을 것입니다. 물론 군국주의 냄새가 물씬 나지만 어느 면에서는 오늘의 우리에게도 본받을 바가 있다고도 생각됩니다.

만사가 그렇듯 일하는 과정에서는 정성과 온 힘을 다하는 것은 물론이거니와 일끝도 야무지고 앙그러져야 하고 여기에 모든 과정에서 도움을 받은 것에 대한 감사한 마음을 표한다는 마음가짐을 갖는 것은 일처리의 기본인 것입니다.

'앉았다 일어난 자리가 깨끗하여야한다.'는 말이 있습니다. 이 말은 어떤 일이건 뒷마무리가 하자가 없이 되어져야함을 물론, 사회적으로는 도덕상, 자신에게는 양심상 거리낌이 없어야 한다는 말이기도 합니다. '자리를 떠났으니 나는 모른다'고 한다면 무책임한 행태인 것입니다. 이런 논법은 중요 국가 업무를 담당하는 사람으로부터 하찮은 잡역(雜役)을 맡은 사람에 이르기까지 다 적용되는 일의 기본인 것입니다. 고관대작들이 일어선 자리가 지저분한 예가 수없이 많지만 그런 것은 제쳐놓기로 하고 농부가 수확을 끝낸 뒷자리 또한 깔끔하여야하지 않겠습니까?

농부들이 봄에서부터 가을에 이르기까지 함께 일하던 동반자인 농구들을 정성껏 매만져야 하는 것은 '일어선 자리'정리의 하나입니다. 그것들로 하여 손쉽게 일은 하였으되 그것들에게 고맙다는 생각은 접는대서야 조금은 미안하지 않습니까?

비록 하찮은 쇠붙이에 불과하지만 우리의 마음속에 그것들이 주는 혜택을 조금이나마 감사하다는 생각이 있다면 소중한 보물로 보일 것입니다.

조금은 이야기가 빗나가기는 하였지만 농기구를 정리하다보니 이런 저런 생각이 오락가락하여 적어보았습니다.

묵 밥

　　오늘 점심식사는 묵밥이었습니다. 도토리를 줍는 것부터 묵이 될 때 까지 식구들의 손길로 얻어진 노력의 대가이니 그 맛이 별날 수밖에 없습니다. 묵밥이 건강식이라 하여 도처에 묵밥집이 생기고 즐겨 찾는 애호가들도 자꾸 늘어가는 추세인 것 같습니다. 가끔 지인들에 이끌려 묵밥 집에 가 본적이 있습니다만 집의 맛하고는 비교가 되지 않았습니다. 영업하는 사람들이야 최선의 맛을 내려고 노력하겠지만 자기 손으로 힘들게 얻은 땀의 맛하고야 비교할 수 있겠습니까? 점심의 묵밥은 별미였습니다.

　　본래 메밀묵이나 도토리묵은 우리 선조들의 구황식품(救荒食品)이었습니다. 도토리나무가 가난한 민초(民草)들의 집을 내려다보고, 밥 짓는 연기가 없으면 '오! 흉년이구나, 도토리라도 먹고 연명(延命)하여라'하면서 측은지심(惻隱之心)으로 열매를 맺는다고 선인들은 말했답니다. 주린 배를 채워주던 도토리나무의 은덕(隱德)을 간접적으로나마 표현한 말일 것입니다. 북한에서는 도토리를 알곡으로 분류한다니 이 또한 구황을 위한 중요 먹을거리로 취급한다는 것이라 생각됩니다.

　　그러나 지금의 우리는 저지방, 저칼로리인 도토리묵을 건강식 또는 다이어트 식품으로 알고 즐겨 찾습니다. 그 쌉쌀한 도토리가 선조들에게는 허기진 배를 채우는 눈물 젖은 쌉쌀한 맛이었다면 지금의 우리에게는 기름지고 달콤한 음식에 절어 병들어가는 몸에 쌉쌀한 약과 같은 먹을거리가 되었으니 참으로 세상 요지경 속이 아닙니까? 솔직히 말한다면 묵이 무슨 맛이 있습니까? 무미(無味)에 가까운 밍밍한 맛에 김치와 양념을 곁들여 맛을 내는 것이 아닙니까? 아마도 선조들은 밍밍한 묵에 시큼털털한 김치나 얹어 죽지 않으려고 먹었을 것이나 지금은 그 많은 양념과 인공조미료로 범벅을 하여 먹는 것이니 옛날은 구황이요 오늘날은 사치에 들어간다고나 할까요?

도토리를 맺은 나무는 떡갈나무, 갈참나무, 졸참나무, 물참나무 등 여러 종류가 있으며 도토리의 형태도 종류에 따라 다양합니다. 그 중에 묵의 원료로 가장 대표적인 것이 상수리로 열매가 크고 단단하여 도토리의 왕이라 할 수 있습니다. 해 걸이가 심해 칠팔년 정도의 주기로 열리니 선인들의 말을 빌린다면 칠 팔 여년에 한번씩은 대흉(大凶)이 든다고나 할까요? 어찌되었든 도토리를 주식으로 하는 짐승들은 살기가 고달플 것 같습니다.

금년에는 도토리가 많이 열렸습니다. 추수철이라 산을 오를 시간이 별로 없었는데 하루는 밭둑에 선 상수리나무 밑에 도토리 아람이 떨어진 것을 몇 알 주웠습니다. 계절을 실감하며 뒷산에 올라가 보았습니다. 가뭄에 콩 나듯 몇 알씩 떨어졌으나 일삼아 줍기엔 너무 적어 도토리는 잊고 며칠을 지냈습니다. 그런데 어느 날 아낙들이 산을 오르내리고 있지 않겠습니까? 궁금하여 아낙들이 보이지 않게 되자 산책을 하는척하고 산을 올라가 보았습니다.

도토리는 가을 산야(山野)의 빛깔과 같은 보호색이여서 다른 사람이 지나간 자리여도 또 그만큼 줍게 마련입니다. 그리고 운이 좋으면 손을 타지 않은 나무를 만나는 날도 있습니다. 첫날은 준비 없이 나선 길이니 바지 주머니가 불룩하게 주웠습니다. 경험해 본 사람들은 알겠지만 밤이나 도토리를 줍는다는 것은 참으로 신나고 재미있는 유희와 같습니다. 산기슭과 능선을 오르내리는 운동량은 엄청나지만 피로를 잊은 채 눈을 부라리며 뛰듯이 산을 누빕니다. 그 날부터 아침과 점심, 밭일의 쉴 참에는 산을 오릅니다. 눈 여겨 본 나무 밑으로부터 순차적으로 순회코스를 더듬습니다. 어쩌다 못가면 남이 다 주어가는 것 같아 조바심이 납니다. 무릎이 아프다는 아내까지 나 몰래 주우러 올라가 책망을 하여도 소용이 없습니다. 하루에 다섯 되 쯤은 주운 것 같습니다. 줍는 대로 넓은 테라스에 한 쪽 구석에서부터 널어놓습니다. 매일의 수확물은 칸막이를 해 가며 널면 날이 갈수록 테라스는 도토리로 꽉 차 발 디딜 자리가 없게 됩니다.

가을의 따가운 볕은 화덕 불 같습니다. 벗기지 못한 도토리 껍질은 탁탁 소리를 지르며 등가죽이 터집니다. 말릴 자리를 내기 위하여서도 주운지 닷새쯤 되면 발로 비벼 껍질을 벗기고, 키질을 하여 발가벗은 도토리 알만 골라 별도로 까맣게 되도록 말립니다. 그렇게 말린 도토리를 한 가마쯤 하느라고 운동은 착실히 하였고 아내의 무릎도 아프다는 말이 적어 졌습니다.

자 이제는 도토리 전분(澱粉)을 내 볼까요? 이 작업은 섭씨 0° 이하(以下)여야 시작됩니다. 왜냐하면 온도가 높으면 나중에 침전(沈澱)이 잘 안되기 때문입니다. 말린 도토리는 단단하기가 쇠구슬 같습니다. 그래서 물에 삼사일 담가 놓았다가 분쇄작업을 합니다. 옛날에는 맷돌로 갈았으나 지금은 분쇄기가 있어 좀은 쉽게 되었습니다. 갈려나온 도토리는 물을 주면서 좀 거친 자루에 넣고 거르고, 그것을 보다 고운 천으로 다시 걸러 침전을 시킵니다. 큰 그릇에 잘 갈린 도토리 액을 넣고 몇 배의 물을 채워 둡니다. 한 삼일쯤 후에 물을 따라내면 가라앉은 전분을 거둘 수 있습니다. 방에 신문지를 두툼히 깔고 보를 다시 덮고 그 위에 반액체인 도토리 전분을 펼쳐 수분을 흡수시킵니다. 수분이 빠진 전분을 다시 건조시켜 곱게 부수면 십년을 가도 변질되지 않는 도토리 전분이 됩니다.

묵을 쑤어 볼까요? 이 작업은 전적으로 아내의 몫입니다. 잘은 모르지만 전분 분량에 칠 팔 배의 물을 붓고 잘 풀어 약한 불로 끓입니다. 잘 저어 눈지 않게 하면서 끓이고 상태를 보아가며 불과 물을 조절합니다. 묵이 풀덕풀덕 끓으면 약한 불로 뜸을 들인 다음 다른 그릇에 옮겨 식히면 묵이 됩니다. 묵 누룽지의 맛을 기억하는 나는 누룽지를 기대했지만 눈지를 않아 허탕을 쳤습니다.

참으로 손이 많이 가는 음식입니다. 들어간 노동력을 생각하면 묵 한사발의 값은 아마 최저 임금으로 따져도 십 만원은 될 것 같습니다. 누가 아내더러 전분을 팔라고 한답니다. 그래서 선물로 주되 결코 팔지는 말라고 일렀습니다.

이 세상에는 돈으로 계산할 수 없는 것도 많은 법이 아닙니까? 그저 식구와 지인들끼리 묵 한 그릇 놓고 도토리 줍던 재미, 곱게 빻아 전분을 내어 갈무리하는 재미, 묵 한 점을 입에 넣는 재미를 웃으면서 이야기 한다면 그것으로 모든 보상은 받는 것이고, 덧붙여 건강을 챙겼으니 이 아니 좋습니까?

알 밤

늦더위에 지친 몸을 쉬려고 밤나무 그늘을 찾았습니다. 나무 그루터기에 걸터앉아 땀을 들이는데 발밑 풀 틈새에 빨간 알밤이 얼굴을 내밀고 있는 것이 아니겠습니까? 마치 기적이라도 본 듯 신기하여 주워들고 새삼 계절을 헤아려봅니다. 팔월 말, 벌써 가을의 전령사를 맞는구나 생각하며 하늘을 올려다봅니다. 아직은 더위가 가시지 않았는데 갑자기 등줄기에 서늘한 바람이 스며든다는 착각이 듭니다.

밤은 우리 민족에게는 예로부터 귀중한 과일이었습니다. 관혼상제(冠婚喪祭)에는 물론 여타의 의례에서도 없어서는 안 되는 필수의 과실이었고, 과실이 많지 않았던 때인지라 중요한 간식거리이며 영양공급원이었습니다. 우리의 어린 시절 소풍날의 필수 지참물중의 하나가 삶은 밤이 아니었습니까? 아련한 향수가 깃들인 과일이건만 그러나 먹을거리가 차고 넘치는 요즈음 아이들에게는 밤은 기피까지는 아니더라도 신통치 않은 먹을거리로 전락하였습니다. 먹을거리조차 세대차이가 뚜렷함에 그저 아연할 수 밖에 없습니다.

밤나무는 참나무과 밤나무속에 속하는 낙엽 활엽 교목으로 오월과 유월에 걸쳐 이삭 모양의 꽃이 피고 팔월 말부터 과실이 익어 아람으로 떨어집니다. 꽃이 만개할 때에는 비릿하면서도 향긋한 향기가 온 산을 덮습니다. 왜 그런지는 모르지만 「꽃 핀 밤 밭에는 처녀들을 데려가지 말라」고 전해지는데 아마도 향에 취하여 탈선이라도 할까 저어해서 나온 말일 것입니다. 그러나 지금은 이때에 농약을 뿌려야 합니다. 밤벌레 나방을 구제(驅除)해야 온전한 밤을 수확할 수 있으니까요. 그러니 지금은 약 내음 때문에 밤 밭 데이트는 물 건너갔습니다.

밤 수확은 예전에는 「망태 메고 장대들고 밤 따러 가세」하였습니다. 장대로 두드려 송이째 따서 풀을 덮어 물퀴서 한 번에 알밤을 수확하였습니다. 그러니 지금은 제물에 떨어진 아람만 줍는 것이 일반적입니다. 아마도 나무에 올라가 장대질을 하는 위험한 작업들을 기피하고 비싼 인건비로 채산성이 없어 그렇겠지만 나는 가을철에 얻는 큰 재미중의 하나가 알밤 줍는 것임을 자인합니다. 그래서 나무에 올라가 흔드는 것 까지도 못하게 합니다. 올밤부터 늦밤까지 알밤 줍기는 한 달 쯤, 아침저녁으로 아람을 줍는 일은 신나고 즐거운 도락(道樂)이 아닐 수 없습니다. 풀 속에서 아람을 찾아내는 재미, 그릇 가득 채워가는 재미, 맛보지 않고는 모르는 재미랍니다.

주어온 알밤의 갈무리는 아내의 몫입니다. 하루쯤 물에 담갔다가 건풍(乾風)하여 선별작업을 합니다. 상품의 일부는 제수용으로 김치냉장고에, 중품은 미리 작성된 배분명단에 따라 보따리를 꾸려 배송합니다. 몫을 나누는 아내의 표정이 참 보기에 좋습니다. 나머지는 식구 몫입니다.

문제는 하자가 있는 하품입니다. 알이 작은 것, 벌레퉁이들은 처치가 곤란합니다. 한갓진 곳에 잊은 듯 말립니다. 완전히 건조되면 절구질을 하여 껍질을 벗겨 온전하게 속껍질이 잘 벗겨진 것은 밤밥, 약식, 송편 속 등 계피용으로 보관하고 나중 것은 밤 전분용으로 활용합니다. 전분 가루를 만드는 절차는 도토리와 같습니다. 밤 전분은 묵, 부침개 등 용도가 다양하지만 끈기가 적어 밀가루 등을 혼합하여 쓴답니다.

농사꾼은 별로 쉴 틈이 없습니다. 가꾸는 재미, 수확하는 재미, 나누어주는 재미, 먹는 재미 등이 있는가하면 그에 따른 번거로운 잔일들이 따르게 마련입니다. 밖에서 보는 이들이야 그 속의 자잘한 일거리들이 보일 리 없으니 재미삼아 하는 도락 같이 보이겠지만 실상은 손바닥에 굳은살이 박혀야 되는 것이랍니다.

농사로 하여 얻는 재미나 행복감과 노동에서 오는 수고로움이나 고통이 어느 쪽이 더 무거운가 저울질하기는 어렵습니다. 그러나 분명한 것은 전자에 비중을 크게 두는 농부는 성공적인 행복한 농사꾼이며 후자에 큰 비중을 두는 농부는 노동에 짓눌린 불행한 농사꾼일 것입니다.

건강식

참으로 알다가도 모를 것이 세상사입니다. 불과 몇십 년 전에 굶어 죽을 수 없어 눈물을 머금고 먹었던 구황(救荒)식품을 기름진 사람들이 건강식품이라고 찾아 헤매고, 평균수명이 40여 세였던 시대에 연명식품인 초근목피(草根木皮)가 평균수명 80여 세의 시대에 호사가들의 기호식품이 되고 있으니 말입니다.

우리 조상들은 왜 그리 가난했는지 보릿고개를 넘으려면 어른들은 부황(浮黃)이 나고 아이들은 영양실조로 배가 맹꽁이 배 모양 볼록 나온 채 비실비실했습니다. 농업국가면서도 부(富)의 편중으로 서민은 고달픈데다가 하늘만 바라보는 농사가 흉풍(凶豊)이 무상하고, 개똥을 아무리 주워 모아도 농토의 지력(地力)이 올라가지 않으니 소출이 오죽하겠습니까? 거기다가 주린 새끼 먹이려 장리(長利)로 곡식을 빌렸으니 가을 마당질을 하여도 도지(賭地)주고 장리 갚으면 빈 빗자루만 메고 돌아온다는 슬픈 사연들이 서민들의 생활이었으니 빈익빈(貧益貧) 부익부(富益富)의 악순환을 끊을 수가 있었겠습니까? 봄이 되면 봄 처녀가 나물 캐는 모습을 목가적으로 미화(美化)하지만 속사정은 눈물나는 비극의 한 장면이기도 하였습니다. 아낙들은 일그러진 소쿠리를 들고 들로 산으로 헤매면서 쑥, 꽃다지, 망초, 냉이, 메, 취, 고사리, 무릇 등을 뜯어서 주린 식구들을 먹었습니다. 낱알이라야 보이지도 않고 풀만 먹으니 영양은 고사하고 누렇게 뜬 얼굴에 뒷간에서 용을 써야만 했습니다. 아이들은 학교는 전폐하고 들에서 찔레 순, 쉬엉풀을 씹어 삼키고 개구리를 잡아 구워 먹었습니다. 논둑을 헐어 메 싹을 캐다가 어른들에게 혼이 나고 산을 헤매며 칡뿌리를 캐어 씹었고 송기(松肌)를 훑으며 허기를 달랬습니다. 보리가 익기 시작하면 아낙들은 좀 익은 이삭을 잘라 풋바심을 하여 멀건 죽을 끓였고 아이들은 그나마 배가 차지 않아 울었습니다. 하지(夏至)와 초복(初伏)이 지나고 기우제(祈雨祭)를 몇 번 지내도 비가 오시지 않으면 갈라진 논바닥에 메밀 씨를 뿌렸습니다. 달밤의 메밀꽃밭을 소금을 뿌려 놓은 것 같다고 이효석은 썼지만 농부의 눈에는 눈물적지였을 것입니다. 온통 산하가 아름답게 물드는 가을이면 지금의 우리는 단풍놀이를 생각하겠지만 그 때의 아이들은 머루, 다래, 밤 등을 주워 모으는 다람쥐가 되고 어른들은 떡메를 휘두르며 도토리를 땄습니다. 이것 역시 족히 반양식은 되니까 말입니다.

도토리묵, 메밀묵이 별식이라고요? 들나물, 산채가 더 할 수 없는 건강을 지키는 먹을거리라고요? 그럴지도 모르지요. 그러나 우리 선인들의 호구지책(糊口之策)이었고 구황식품이었습니다. 그런데 그것들은 불과 몇 십 여년이 지난 지금 배에 기름이 끼고 살이 디룩디룩 찌게 되면서 옛날 곤궁(困窮)하기 이를 데 없는 서민들이 연명하기 위해 먹던 구황식품이 건강식품이라는 귀족으로 승차하고, 옛날 감히 올려다보지도 못했던 귀하디 귀한 육류가 천격(賤格)으로 강등되었습니다. 대 역전(逆轉)드라마라면 지나친 말일지 모르지만 「건강식」이라는 이름으로 급부상하였음은 사실입니다. 오늘의 많은 사람은 영양과다에 운동 부족 등으로 비만, 고지혈, 고혈압, 당뇨와 그 합병증 등 성인병에 시달리고 있습니다. 그래서 의사들의 처방은 지방질 음식을 줄이고 많은 운동을 권합니다. 그러기 위해서는 옛날 호구지책으로 먹지 않을 수 없었던 영양이 적고 섬유질이 풍부한 거친 음식이 약이 된다고 합니다. 그렇다고 꽁보리밥, 곤드레밥, 묵밥, 막국수, 올챙이국수, 산채나물 등이 고급음식도 아니요 맛이 진귀한 것도 아님은 더 말할 여지가 없으니 별식으로 한두 끼니는 모르지만 상식(常食)을 한다면 할 수 있겠습니까?

옛날의 먹을거리가 얼마나 부실했는지 아십니까? 예를 들어 볼까요? 요즘 쑥버무리, 쑥 개떡은 쌀가루에 쑥과 감미료를 섞어서 현대인 입맛에 아부합니다. 진짜 쑥버무리는 쑥에다가 밀기울 섞인 밀가루를 뿌려 찐 것이고 쑥 개떡은 쑥과 보리 속겨와 강남 콩을 빚어 찐 것이었고 밀가루를 넣으면 최상급입니다. 이런 것을 요즘사람에게 준다면 먹을 사람이 거의 없을 것이나 어쩌면 이보다 더 좋은 건강식은 없을 듯도 합니다. 비록 칼로리는 적지만 식이섬유는 풍부하며 비타민도 차고 넘칩니다. 거기다가 식욕이 당기지 않으니 다이어트 효과까지 있으니 말입니다.

칡국수, 느릅국수는 별식으로는 먹을 만합니다. 그러나 칡이나 느릅나무가 초근목피의 원조(元祖)격입니다. 봄철에 장정들은 산에 올라 칡뿌리를 캐어다가 앙금을 내어 전분을 얻습니다. 그 앙금으로 수제비를 떠먹거나 쑥버무리나 해 먹지 국수가 당하기나 합니까. 노동에 비해 소득은 적지만 굶는 것보다야 나으니 칡을 그래도 열심히 캤습니다. 칡이나 느릅이 약성(藥性)이 있는지 모르지만 식품으로서는 전분일 뿐이니 그리 대단할 것은 없을 듯도 합니다. 요즘 사람들에게는 좀 더 적극적으로 칡을 캐다가 전분을 만들고 느릅나무 껍질을 벗겨 두드리는 작업을 체험하게 한다면 유산소운동으로 제격이니 건강식으로 먹는 것보다 건강에 매우 좋을 것입니다.

무릇 엿을 아십니까? 산에 자라는 백합과의 무릇의 알뿌리와 둥굴레 그리고 쑥을 섞어 고아서 만드는 끈적한 엿 같은 것입니다. 들큰 쌉쌀하여 아이들이 잘 먹었지만 주린 배를 채우는 구황식품의 일종입니다. 요즈음 아이들이야 먹을 리가 없지만 극성스런 아낙들이 둥굴레로 차를 끓이면 건강음료로 제격이라고 산을 뒤집어 놓는데 뱃살 빼는 데는 공헌을 할 것 같습니다.

생각해 보면 건강식품을 찾아다니는 사람들은 옛 분들에게는 좀은 미안하게 생각해야 할 것 같습니다. 너무 잘 먹어서 좋지 않아진 몸을 위해 죽지 못해 어쩔 수 없이 먹던 먹을거리를 건강식이라고 찾아다니는 것을 그 분들은 어떻게 생각할까요? 옛 분들은 예찬해 마지않는 건강식만 먹고 살았다는 이야기가 아니겠습니까? 그 분들은 어이가 없어 실소(失笑)를 금치 못할 것이니 좀은 미안하지 않습니까?

옛 분들은 영양실조로 죽었고 요즘 사람은 영양과다로 시들어 갑니다. 건강식품이란 무엇이겠습니까? 영양을 줄이고 섬유질이나 미네랄 비타민 등이 함유된 자연 상태의 먹을거리를 말하는 것 같습니다.

그러나 이를 과신(過信)하지 마십시오. 옛날 대한(大旱)이 들면

「산골 사람은 초근목피로 연명하다 죽고 바다가 사람은 물고기만 먹다 죽었다」고 합니다. 건강식이 건강에 좋고 무슨무슨 병에 효험이 있다고 하지만 그것만 먹으면 영양 밸런스가 깨지는 법, 음식에도 중용(中庸)이 필요한 것 같습니다.

요즘 먹을거리에서 육류와 가공식품을 좀 줄이고 옛 먹을거리를 좀 늘리면 되는 것이 건강식이지 어느 쪽이 좋고 어느 쪽이 좋지 않다는 이분법(二分法)이 가당치도 않은 논법이며 어느 쪽으로 편중되는 것은 다분히 문제가 있는 것이 아니겠습니까?

자! 식탁을 둘러보십시오. 소박한 밥상이면 건강식이 아니겠습니까? 미국산 쇠고기 먹으면 광우병 걸린다고 그렇게 극성맞게 데모도 했으니 미국산 뿐 아니라 모든 육류를 좀 줄이고, 산나물 무허가(無許可) 채취는 위법이니 너무 극성떨지 말고 중용을 유지하는 밥상이면 우리의 건강을 지키는데 이상이 없지 않을까 생각됩니다.

주지육림(酒池肉林), 산해진미(山海珍味)를 싫어할 사람이 어디 있겠습니까마는 음식을 절제하는 것은 큰 미덕이며 동시에 건강의 비결입니다. 거칠고 험한 음식이 그렇게 입에 맞는 것은 아니겠지만 건강유지에 필수요건을 갖추었으니 꾸준히 조금씩이라도 섭취한다면 백세수를 누릴 것입니다.

고라니 이야기

　고라니는 사슴과에 속하는 포유동물로 사슴이나 노루와 비슷합니다. 그래서인지 고라니를 보고 있노라면 노천명시인의 시 한 구절이 생각납니다.

　가느다란 네 다리로 그 몸을 지탱하고 서있는 모습을 보면 여리디 여린 소녀를 연상하게하고, 가늘고 긴 목을 보면 위협과 공포 속에서도 저 산 너머의 세계를 동경하는 슬픈 꿈을 꾸는 소년의 몸태 같으며 그 눈망울은 내전에 시달린 아프리카의 소년병의 그것과 같습니다. 그 날씬한 몸매에 날렵한 동작, 슬픔을 머금은 듯 한 애잔한 눈빛을 보노라면 「슬픔이 배인 아름다움」을 느낍니다. 고라니도 목이 길어 슬픈 짐승인지도 모르겠습니다.

　오늘도 집 뒤의 복숭아밭까지 고라니 세 마리가 내려 왔습니다. 아마도 어미와 새끼가 먹이를 찾아 내려온 것 같습니다. 그 가느다란 네 발로 눈밭에 서서 긴 목을 빼고 경계를 하면서 조심스레 한 발짝씩 옮깁니다. 눈은 선량해 보이지만 긴장한 눈빛이고 발걸음은 언제든지 도망칠 준비가 된 내디딤입니다. 항상 위협을 끼고 사는 약자의 모습이 안쓰럽기 이를 데 없습니다.

　고라니 가족이 이곳까지 내려온다는 것은 목숨을 건 모험입니다.

이곳 주변의 산은 높고 험하지만 이곳은 사통팔달(四通八達)의 도로와 겹겹이 인가(人家)로 둘러싸인 야산(野山)자락입니다. 어느 쪽에서 오든 연락부절(連絡不絶)의 차량이 폭주하는 두셋의 도로를 건너야하고 주택과 상점과 창고의 틈새를 통과하여야 올 수 있는 곳이며, 저들이 숨어서 지낼만한 관목 숲도 없습니다. 그런데도 벌건 대낮에 식구를 대동하고 이곳까지 온다는 것이 어찌 모험이 아니겠습니까? 거기다가 집집마다 개들이 있어 저들의 동태가 낱낱이 드러나기 십상이고 가끔 풀려난 개들이 재미삼아 저들을 추적하니 참으로 살얼음판 위를 걷는 일상일 것입니다. 그래서 다리는 더 가늘어지고 목은 더 길어졌나봅니다.

고라니는 왜 하필 큰 산, 넓은 공간은 놓아두고 위험을 무릅쓰고 이곳 인가 근처를 맴도는 모험을 하는 것일까요? 필경 먹이 때문일 것입니다. 큰 산에는 숲은 있으되 풀은 없습니다. 큰 나무 밑에는 두껍게 쌓인 낙엽으로 땅을 덮었고, 햇볕을 받지 못하는 땅에는 풀이 자랄 틈새가 없어 고라니의 양식은 없습니다. 먹이는 큰 나무가 없는 인가근처. 거기에는 풀도 있고 맛있는 농작물도 있습니다.

오스트레일리아의 원주민은 백인들이 가꾸어 놓은 농작물을 횡재로 알고 가지고 갔다지요? 백인들은 총질을 하고 맙니다. 원주민은 이해가 되지 않았습니다. 그 땅의 모든 것은 공유였으니까요. 마찬가지로 사람과 고라니는 충돌이 불가피한 것이었습니다. 배를 줄인 고라니가 고구마, 땅콩, 콩, 팥, 무, 배추 등등 저들이 좋아 하는 먹을거리가 지천으로 무성하게 자라고 있는 곳을 알게 된 것은 얼마나 큰 행운이고 횡재입니까? 반면 정성들여 가꾼 농작물이 하루

아침에 쑥대밭이 되어버린 밭을 바라보는 농부의 심정은 악몽입니다.

이 양편의 화해는 이스라엘과 팔레스타인의 화해만큼 어려울 것입니다. 해결방법은 고라니들을 「그것은 절도행위」라고 교육을 시켜 못하게 하든지, 아니면 총질을 하든지 양자택일이 있습니다. 그러나 고라니가 교육으로 개과천선할 것도 아니고, 총질을 하자니 자연보호법이라는 것도 있으니 농부는 속앓이를 할 수 밖에 없습니다.

공존 공생, 즉 상생의 마땅한 방법은 없을까? 있기는 있습니다. 그러나 사람이 조금은 손해 보는 방법이니 불만은 있을 것이나 만물의 영장이라고 자부하는 사람이 조금은 양보하는 미덕도 있어야 하지 않겠습니까? 그저 좁은 면적의 경작지에는 울타리 망을 치고, 넓은 면적의 경작지는 임시방편으로나마 가급적 피해가 적은 작물을 경작하는 것으로 하고, 차츰 좋은 방도를 모색하여봅시다.

생각하여보면 귀엽고 예쁜 짐승 중에 하나가 고라니입니다. 그 날렵한 몸매에 긴 목을 들고 순진무구(純眞無垢)한 눈으로 두리번거리는 이 작은 짐승에게 주림과 두려움을 심어준 죄의 상당부분은 우리 사람들이라고 볼 때 야속하다고 미워하는 감정이야 있겠지만 좀은 미안한 마음으로 측은지심(惻隱之心)을 보이는 것도 도리가 아닐까 생각됩니다.

몸을 불립니다

　요즈음 남들은 살을 빼려고 다이어트다 헬스클럽이다 조깅이다 하여 돈과 시간을 적잖이 들이는 세상에, 몸을 불리느라 애를 쓴다면 이상하게 생각할 사람도 많을 것입니다.

　키 167cm에 정상 체중은 60kg이랍니다. 지난해 농사철이 시작 전에는 정상 체중을 유지하였는데 추수를 마친 후에는 54.5kg으로 줄었으니 일 년 농사에 6kg의 체중을 소모한 셈이 됩니다. 하니 금년 농사를 지으려면 6kg 정도는 보충하여야합니다. 그래서 하루 세끼 식사는 물론 간식도 챙겨 먹으며 몸 불리기에 힘씁니다. 그 이유는 체중이 농사를 위한 체력 비축이기 때문입니다.

　에피소드 하나를 들겠습니다. 70년대에 시장마당에서 초등학교 동창을 만났습니다. 인사말이 오가고 잡담을 하다가 헤어졌습니다. 며칠 후, 친구 하나가 '선생이란 사람이 시장바닥에서 늙은 사람에게 반말을 해서 빈축을 사는가?'하는 것입니다. 그런바가 없다고 항변했지만 좁은 시장바닥에서 말 좋아 하는 사람들의 입방아가 오간답니다. 만났던 동창생은 농부입니다. 지금은 기계화가 되어 좀 나아졌지만 당시의 농법은 대부분이 수작업인지라 노동의 강도가 매우 높았습니다. 아마도 당시에 마흔 전후의 나이였지만 고강도의 노동으로 주름이 진 검은 얼굴에 수염도 깎지 않고 중절모를 눌러 쓴 그 친구가 촌로(村老)로 보였을 것이고, 넥타이를 맨 나는 앳되게 보인데서 온 해프닝이었습니다.

본시 농사는 인간을 먹여 살리는 천하지대본(天下之大本)이라 할 만큼의 중요 노작이지만 사람을 겉늙게 할 만큼의 노동을 요구하는 것입니다. 노동은 체력이 필요하고, 체력 소모는 체중을 감소시킵니다. 나 같은 건달 농부야 힘든 일이야 하시도 못하시만 농사철에는 어쩔 수 없이 땀을 흘려야 합니다. 땀을 아끼면 집 뒤에서는 호랑이가 새끼를 치고, 마당에서는 뱀이 똬리를 틀 모양세가 될 것이며, 전답에서는 잡초가 판을 벌릴 것이니 별 수가 없지 않습니까?

체질 탓인지는 모르지만 일을 좀 하면 땀을 많이 흘립니다. 복(伏)중에는 잠시의 일손에도 물에 빠진 강아지 물 털어내듯 땀을 털어야 할 정도이니 하루에도 몇 벌의 땀 주머니 빨래를 만들어냅니다. 일은 콩알만큼 하고 일한 티는 집채만큼 하는 꼴이지만 흐르는 땀이야 어찌하겠습니까? 그렇게 한여름을 나고 추수를 마치면 체중이 4~5kg 정도가 줄어듭니다. 부러워 할 사람도 있겠지만, 당사자는 '수척해졌다'는 인사를 받는다는 것이 결코 기분 좋은 것이 아닙니다. 나이든 사람이 '수척해졌다'는 말은 야위고 파리하니 더 늙어 보인다는 말과도 통하는 것이니 말입니다. 아니 그런 겉보기보다도 체력이 달린다는 것이 더 문제입니다. 그래서 농한기가 되면 동면을 준비하는 곰 모양, 몸 불리기에 힘씁니다. 열심히 먹고 근육 강화를 위해 산책도 틈나는 대로 하고 있습니다. 그 보람으로 일월 말에는 58.5kg까지 올렸으니 앞으로 1.5kg만 올리면 목표를 달성하는 것입니다.

옛날에는 농사를 크고 중요한 근본, 즉 대본(大本)이라하였습니다. 농업경제시대의 이야기이지만 생각해보면 농사는 인간생존의 필수요건인 먹을거리를 생산하는 산업입니다. 산업형태가 다양화하여 재화(財貨)나 부(富)의 개념이 2차, 3차 산업으로 옮겨갔지만, 엄밀히 말하면 이것들은 1차 산업 위에 세워진 건축물 같은 것, 1차 산업만 있고 2, 3차 산업이 없다하여도 인간은 생존할 수 있지만 그와 반대일 때에는 생존이 불가능합니다.

동화(童話)속의 왕과 같이 만지는 것 마다 금이 된다면 어찌 되겠습니까? 사랑하는 공주도, 음식물도 금이 된다면 부자가 되어 희희낙락하겠습니까? 쉽게 말하면 온갖 재화를 쌓아 놓아도 먹을거리가 없으면 열흘을 넘기지 못하고 죽습니다. 사막 한가운데서 물도 음식도 없다면 금은보화가 무슨 소용이 있으며, 돈다발 수표뭉치를 무엇에 쓰겠습니까?

농부 여러분! 세상은 우습게도 인간의 생존에 필수적 요소인 먹을거리를 생산하는 농부는 땀은 곱빼기로 흘려도 소득은 미미하고 사회적 지위도 언제나 바닥이었습니다. 그러나 실망할 것은 없습니다. 농부는 사람들을 먹여 살리는 직업인입니다. 돌아오는 몫은 얼마 되지 않지만, 거짓된 행동을 했나, 남의 것을 넘보기를 했나, 우쭐대고 건방을 떨었나 그저 묵묵히 대본(大本)을 수행하면서 분수대로 살고 있으니 서발 막대 휘둘러도 거칠 것이 없고, 세상에 부끄러울 것이 없지 않습니까? 누가 알아주든 그렇지 않든 스스로는 긍지를 지닐만하지 않습니까?

여기에 보너스도 없지 않습니다. 남들은 비만이라 고민이랍니다.

그리고 살을 빼려고 무진 애들을 쓰고 있답니다. 그런데 농부는 농번기에는 대본(大本)을 위해 즐거이 땀을 흘려 살을 빼고, 농한기에는 즐기면서 살찌우기를 한다는 것은 얼마나 행복한 생활입니까? 금년에도 기쁜 마음으로 땀 빨래를 만들고, 일을 끝내고는 열심히 살찌우는 건강한 삶을 향유(享有)하십시오. 건투를 빕니다.

2003년 5월, 원두막에서.

오늘이 그 날 입니다

2014년 1월 27일, 음력 계사(癸巳) 섣달 스무이레입니다. 아침 밥상을 받으니 차림새가 미역국을 비롯하여 생일상이 분명합니다. 매년 설 명절 턱밑이라 조촐한 생일상일 수밖에 없었지만 감회만은 남 다른 아내와 아들의 생일 상차림입니다.

어제 밤, 만삭인 며느리가 설거지를 마치고 들어가자 시어머니가 슬그머니 부엌을 돌아보시더니 미역을 물에 담그고 쌀을 일어놓고 들어가셨습니다. 며느리 생일에 미역국이라도 끓여줄 요량이셨을 것입니다.

그런데 며느리는 새벽부터 진통이 시작되었습니다. 온 집안 식구들이 마음이 조급하여 허둥지둥하며 어찌 할 바를 모르고 우왕좌왕(右往左往)하였습니다. 동이 트고 날이 밝아오는 속도만큼 진통의 신음소리도 빠르게 높아졌습니다. 평소에는 그렇게 침착하셨던 시어머니도 부지깽이를 드신 채 건넛방 산실(産室)과 부엌을 허청걸음으로 왔다 갔다 안절부절 못하셨습니다. 시아버지는 대문을 수도 없이 들락날락, 부엌을 기웃거리시다가 외양간을 돌아보시고, 짚을 찾으시다가 산실어름에 주춤하시고, 도시 어찌 할 바를 모르고 초조해하셨고, 서방은 황망한 걸음으로 병원으로 내달렸습니다.

급보를 듣고 김봉출 의사선생님은 뚱뚱한 몸으로 검은 왕진가방을 들고 숨을 헐떡이며 뒤뚱 뒤뚱 대문에 들어섰습니다. 시어머니는 구세주를 만난 듯 반색을 하시며 가방을 빼앗듯 받아들고 산실의 문을 열었습니다. 온 식구의 이목(耳目)과 신경은 산모의 악쓰는 소리와 의사의 격려하는 소리에 집중되었고, 부지 중 덩달아 이를 악물고 주먹들을 불끈 쥐고 힘을 주었습니다.

시간이 얼마나 시났는지 가늠할 수도 없이 흐른 후에야 마침내 힘찬 아이 울음소리가 온 집안에 울려 퍼졌습니다. 온 식구의 안도의 숨소리도 동시에 아이 울음소리에 섞여 울 밖으로 퍼져 나갔고, 긴장되었던 집안의 공기는 금시에 풀어져 훈기가 돌기 시작하였습니다.

산실의 문이 열리고 얼굴 가득 웃음을 띠우신 시어머니가 나오셨습니다. 온 시선은 시어머니의 입으로 집중되었고, 시아버지는 아들인지 딸인지가 제일 궁금하셨겠지만 묻지는 못하셨습니다. 시어머니는 기쁨을 아끼시듯 천천히 봉당으로 내려오시더니 작은 소리로 '아들이요'하시면서 가벼운 걸음으로 부엌으로 들어 가셨습니다. 이렇게 시아버지와 시어머니는 손자를 얻으셨고 서방은 아들을 보았습니다.

시어머니는 다시 평소의 침착한 모습이 되시어 데운 물을 산실로 나르시고, 며느리 생일상용 미역으로 첫 국밥을 지으시며 연방 보일 듯 말듯 한 웃음을 지으셨습니다. 시아버지는 싱글벙글하시면서 활기차게 볏짚을 획획 추려 힘주어 왼 새끼를 꽈서 고추와 숯을 달아 대문에 매다셨습니다. 그리고 밖에 나가시어 만나는 사람들에게 '나 손자 봤네, 손자 봤다네'하시며 자랑을 하셨고, 하루 종일 목로 술집에 자리를 잡고 지나가는 친구 분들에게 자랑삼아 술대접을 하셨습니다. 외롭게 독신으로 자라셨던 분이라 손자를 보신 것이 천하를 얻으신 것 같았는지도 모르겠습니다.

그렇게 손자를 보시고 기뻐하시던 아버지 어머니는 돌아가셨습니다. 그리고 산고에 몸부림을 하던 아내는 늙은 몸으로 옆에 앉아 있고, 맞은편에는 그 아이가 머리가 희끗 희끗한 50대의 장년으로 앉아 있습니다.

오늘이 바로 그 날입니다. 양력 1월 27일, 음력 섣달 스무이레.

세월이 빠르다고 하던가? 그 날이 어제의 일 같이 눈에 선한데 손가락을 꼽아 헤아릴 수도 없이 아득히 멀어진 어제의 일이라니 말입니다. 돌이킬 수 없는 세월이지만 야속하리만치 빠르긴 빠릅니다. 그래도 지금의 삶이 어떻습니까? 이 생일상 앞에 앉아 생각하여보면 행복하다는 감회가 가슴속을 채웁니다. 인생길이 어디 평탄만 한답디까? 그럼에도 내 길은 호수에 일는 잔물결은 있었으되 대해의 노도(怒濤)는 겪지 않았으니 행운이었고, 고난을 묵묵히 함께 나눈 아내를 만나 해로(偕老)하는 것도 행운이며, 다섯 아이들을 얻어 바르게 살아가는 모습을 지켜보면서 이렇게 동무하며 살아가는 것도 행운 중에 행운이 아니겠습니까?

이제 앉았던 자리가 한 점 부끄러움 없이 깨끗하게 털고 일어날 수 있기를 바라며, 아이들이 바르게 서서 바르게 살아가기를 바랄 뿐입니다. 그저 고마운 마음뿐, 나의 생을 행복하게 만들어준 부모님과 아내와 아들, 딸과 그리고 인연을 맺었던 모든 이들에게 고마운 마음뿐입니다.

추억만 남은 고향

　고향이란 조상이 누리어 살던 곳이나 자기가 나고 자란 곳이라 합니다. 그러나 이러한 사전적(辭典的)인 표현만으로는 고향을 다 말할 수는 없습니다. 여기에 정든 사람들, 낯익은 풍경들 그리고 추억과 향수 등을 가미해야 「고향」이라는 단어가 정감(情感)이 가지 않겠습니까? 지금 내가 살고 있는 이곳 「양지」는 조부가 성가하여 터를 잡았고, 부모가 나를 낳았으며, 내 자손들이 나고 자랐으니 고향임에 틀림이 없습니다.

　그런데 아무리 돌아보아도 기억속의 풍경은 찾을 수 없고, 종일 돌아다녀도 낯이 익은 사람을 한두 명 만날까 말까 하니 「고향은 고향이로되 고향이 아니노라」라고 할 수 밖에 없지 않습니까?

　내 고향인 양지는 100여년 전만해도 양지현청(縣廳)이 있었던 읍내마을이었지만 20세기에 들어 그 세(勢)를 용인에 빼앗기어 200여 가호의 면사무소소재 농촌마을로 전락한 곳입니다. 1960년대의 내 고향의 모습은 이러했습니다. 동네 한가운데에 내 모교인 양지 초등학교가 자리를 잡고 학교 교문에서 남쪽으로 200m쯤 반듯하게 뻗은 진입로가 42번 국도와 만나며, 동쪽은 교동, 서쪽은 서촌으로 부락이 나누어지고, 국도변에는 상가를 형성하는 주막거리입니다. 42번 국도는 진천방향으로 이어지는 17번 국도의 분기점과 만나 사거리를 이루고, 주막거리 남쪽 100m 어름에 수여선 철도가 42번 국도와 평행으로 수원과 여주를 잇습니다. 지금은 철도가 철거되었지만 예로부터 교통은 편리한 곳이었습니다.

교동은 향교와 현청인 동헌(東軒)이 있었던 부락으로 지금도 관공서들이 모여 있고, 서촌은 농가가 대부분인 농촌마을이며, 국도변에는 소박한 상가를 이루어 상업을 생업으로 하는 주민이 많았습니다. 그래도 집과 집의 틈새에는 채마전이 푸성귀를 키우고, 문전옥답들은 보기 좋게 자리 잡고 양곡을 주었으며, 국도 양변에는 가로수가 아름답게 줄지어 서서 하늘을 가렸습니다. 그런 속에서 대부분의 사람들은 장유(長幼)의 질서를 지키고, 상부상조의 미덕에 익숙했고, 두레와 품앗이의 노동형태가 유지되었던 전형적인 농촌마을이었습니다.

지금은 2010년대, 고향에 다시 발붙이고 산지도 10여년이나 되었습니다. 낯설어진 탓도 있지만 삶의 터전 다지기에 골몰하느라 찬찬히 고향동네를 살필 기회가 별로 없었기에 한가한 틈을 내어 마을을 돌아보기로 하였습니다.

그야말로 낯선 고향, 초가와 기와집 이백여 호가 올망졸망 흩어져 있던 집들은 사라지고, 이천여 가구가 비집고 자리 잡은 아파트, 빌라, 양옥 개인주택으로 바뀌어졌고, 마차가 다니던 흙바닥 길, 꼬불꼬불하던 술래잡기에 맞춤이었던 골목길은 시멘트와 아스발트로 포장되어 「무슨 길」, 「무슨 로」로 명패까지 달고 얽혀있습니다. 집마다 문패도 없이 「모모 길 몇몇 호」란 표지만 있으니 누구내 집인지 알 길이 없습니다. 틈을 비집고 들어앉았던 채마전도, 문전옥답도, 시멘트 속으로 매몰되었고 오밀조밀 소박했던 구멍가게는 세련된 신식 점포로 바뀌어 옛 모습을 짐작할 수조차 없습니다. 이집 저집, 이 골목 저 골목을 기웃거려도 면식(面識)있는 사람은 겨우 둘뿐, 그나마도 이름조차 기억이 희미하고 정담(情談)을 나누기에는 서먹한 사람입니다.

외국에 나가보면 수백 년의 연륜이 쌓인 건축물이나 기념물들, 반들반들 닳은 돌길 포도(鋪道)나 불편하기 그지없는 좁은 뒷골목들이 그대로 보존되어 있는 것이 부러웠는데 어쩌면 불과 4, 50년 사이에 이렇게도 낯익은 것이라고는 하나도 남아있지 않는 것입니까? 옛 모습을 억지로 찾는다하면 고향을 둘러싼 먼 산의 윤곽뿐이라고나 할까? 이것이 지금의 내 고향의 모습입니다.

뒷짐을 지고 천천히 걸으면서 헐리고 묻히고 사라진 집과 길과 전답과 사람들을 회상하면서 아릿한 감상에 젖어 기억의 어느 구석에 묻어 두었던 추억의 편린(片鱗)들을 퍼즐을 맞추듯 이어봅니다.

우선 내 생가가 있었던 교동을 돌아봅니다. 동리 동쪽의 얕은 동산(일정 때에는 신사, 지금은 교회가 있음), 지금은 울창한 숲이 되었지만 어렸을 적에는 장마철마다 사태가 나서 붉은 흙 비탈 미끄럼장이 생겼습니다. 아이들이 나뭇가지를 꺾어 깔고 앉아 신나게 미끄럼을 탔습니다. 어머니의 회초리는 각오하고 그 속도감에 환호성을 울렸습니다.

동리 중간에 내 어린 시절의 가지가지의 가슴 저린 사연과 추억이 서린 생가, 안채와 사랑채 그리고 잘 다듬어졌던 바깥마당의 옛

터에는 빌라가 빈틈없이 들어섰고, 어머니가 사철 빨래를 하시고, 그 옆에서 송사리나 가재를 잡는다고 옷을 적시던 집 옆의 개천은 시멘트로 벽을 쌓아 개울물도 보이지도 않습니다. 우두커니 서서 속으로 「아무개 출생 고지(故址)」라는 표지판을 세우며 히죽 웃었습니다.

꼬불꼬불 좁은 골목에서의 술래잡기놀이, 고지식한 술래인 나는 밥 먹으러 저희들 집으로 튀어버린 아이들을 찾느라 밤까지 헤매던 바보였던 나를 떠 올리며 쓴 웃음을 흘립니다. 옛집 옆, 동무와 통밤을 화로에 묻었다 눈이 빠질 번 한 폭발사건, 그 옆집 소꿉친구와의 어린 로맨스(?), 아름답던 야마카(山佳)선생님의 상냥한 미소, 석지 영감님의 동침의 공포, 그 앞 연못에서 우렁이를 잡으려다 곤두박질한 것들이 왜 그리 잊어지지 않는 것입니까?

교문 앞, 교장관사 울타리에 살구나무가 있었습니다. 파란 살구를 따려고 팔매질을 하다가 관사의 유리창을 깨고 줄행랑을 치다 엎어져 무릎에 흉터를 남겼습니다. 두 마을이 나뉘는 이곳 관사 앞길은 추석날 밤에는 거북놀이의 전쟁터, 두 마을 청소년들이 수수 잎 거북이를 앞세우고 힘 겨루기 몸싸움을 하던 장소가 되기도 했습니다.

어린 날에는 그리도 커 보이던 모교의 운동장이 지금은 꽤나 좁아 보이지만 교사(校舍) 앞에 줄서서 백 여 년의 세월동안 아이들을 굽어보던 아름다운 반송(盤松)은 나이 들수록 고고한 자태를 더하며, 이 운동장을 밟은 모든 이들을 지켜보고 있습니다. 그래서 우리에게는 이 반송은 모교의 표상일 뿐 아니라 고향의 상징으로 생각합니다.

서촌, 동갑내기가 아홉이나 부대끼며 살았던 청소년기의 우리 동리입니다. 수해에 혼이 나신 아버지가 교동 집을 헐어 주막거리에 학교가 마주보이는 곳으로 옮겨 지은 집이 청소년기를 보낸 고향집입니다. 6.25사변을 겪으면서 이웃이 거의 다 불에 타 없어지고, 수없이 많은 총탄 세례를 받으면서도 의연히 버티어 서서 가족의 모든 애환(哀歡)을 고스란히 보듬어준 따뜻한 품이기도 한 이 집과 관련된 사연이나 추억은 가족사(家族史)이니 생략하겠습니다.

동리의 뒷산 성상에는 망월놀이터가 있었습니다. 정월 대보름에는 부락의 청소년들이 여기에 나무를 해다 쌓고, 홰를 만들어 들고 달이 뜰 어름에 산에 올라 달집과 홰에 불을 댕기고「망월이오, 망월이오」를 외치면서 복을 기원하는 대보름 관습이 있었습니다. 아이들의 신바람에 기원(祈願)의 마음마저도 날아갔습니다. 일정 때도 지속되던 풍습이 해방 후 좌익분자들의 봉화(烽火)문제로 폐지되고, 지금은 평지에서 깡통 불 돌리기로 대치(代置)되었지만 아름다운 추억 중에 하나입니다.

동리 윗마을의 L의 집, 초가삼간 좁은 집이지만 방은 항상 따뜻했고 동갑내기들이 북적이던 아지트의 하나였습니다. 각종 서리를 모의하는 곳이었고, 실행의 출발점이며 종착지이기도 했습니다. 겨울에는 토끼사냥의 기막힌 재미를 맛볼 수 있는 곳이기도 한 악동들의 집합장소였습니다. 중간마을 R의 집, 천정보다 방바닥이 넓은 방(우리는 나일론 방이라고 불렀다)은 아랫목에 오래 앉았다가는 화상을 입기가 십상이었습니다. 네 사람이 앉으면 맞춤일 방에 십여 명이 끼여 앉아 성냥내기 화투놀이에 정신들이 나갔습니다. 자리가 없어 윗목에 있는 자루에 덜컥 앉자 물컹, 뱀 자루임을 알고 화들짝 놀라 비명을 질렀습니다.

500년의 고목나무가 선 이장댁 마당은 동네의 광장, 옛날에는 마을의 못된 놈 멍석말이로 징치(懲治)했던 마당입니다. 어른들은 나무그늘에서 환담을 나누고, 아이들은 자치기, 구슬치기, 제기차기 등의 경합장(競合場)의 구실을 했던 곳입니다. 여기서는 나는 항상 아웃사이더(out sider)였습니다. 부러움 반, 시샘 반의 심정으로 구경꾼의 자리를 지켰습니다. K의 집 양지바른 앞마당은 동전치기 놀이에 안성맞춤입니다. 일제 말 주화(鑄貨)의 질은 일본의 패전을 예고한 것과도 같습니다. 일전짜리 동전은 본래 구리였으나 물자부족으로 구리에서 니켈로, 니켈에서 납으로 주조되고, 그 크기와 함께 가치도 평가절하되어 해방 후에는 아이들 딴치기 놀잇감이 되었습니다. 그래도 아이들은 교환가치가 거의 없었던 동전을 따려고 아귀다툼을 벌렸습니다.

봄철이면 논두렁에 가래질을 하여 매끈하게 다듬습니다. 그런데 아직 덜 굳은 말랑한 논두렁에 첫 발자욱을 내면서 달리는 묘미를 아십니까? 악동들은 봄놀이로 논두렁을 달립니다. 어른들의 고함소리와 아이들의 해해거리며 도망치는 모습이 눈에 선합니다. 꼬리를 세우고 내닫는 놓인 소를 잡으려 헐떡이던 달음질, 붕어 몇 마리 잡다가 얼개미를 못쓰게 만든 우행, 6.25의 쓰라린 기억들… 그 많은 추억들은 생략하겠습니다.

정들었던 사람들도 보이지 않고, 낯익은 건물이나 풍경은 사라진 고향이지만 어느 구석에나 깃들인 추억은 먼 어제로 나를 이끌고 갑니다. 어두웠던 기억은 망각의 세계에 팽개치고, 밝고 건강한 기억들만 떠올리며 고향의 낯선 길을 천천히 아주 천천히 걸어보겠습니다. 추억만 남긴 고향인들 고향이 아니겠습니까? 눈에 띄지 않기에 더욱 그립고 아름답게 채색될 수 있는 고향이기도 한 것을.

전원일기

공직에서 퇴직한 직후 고향에 내려와 집을 짓고 살기 시작했습니다. 매년 온갖 나무를 조금씩 심어 품종 이름을 외울 수 없을 정도로 종류도 많고 가꾸기가 벅찰 정도로 수량도 늘었습니다. 구석구석 밭을 일구었고 수십 가지 작물을 심어 자급자족하며 남는 것은 나누어 소비할 만큼 가꾸며 살아갑니다. 앞뜰에는 새들이 날고 뒤뜰에는 가끔 고라니가 나타나며 울안에 뱀도 출몰합니다. 때 따라 꽃피고 열매 맺으며 풍성한 수확물도 있습니다. 이만하면 가히 전원생활이라 할 만하지 않습니까?

논밭이 있고 숲이 있으며 물이 흐르고 짐승들이 노래하는 곳에서 살아가는 것이 전원생활입니다. 대부분의 도시민들은 전원생활을 동경합니다. 언젠가는 꼭 이루어 보겠다고 꿈꾸는 이들을 많이 보았습니다. 그것도 그럴 것이 인간도 자연의 일부가 아닙니까? 자연과 가까이 다가가고 싶은 잠재의식도 있을법하고, 빌딩과 아파트의 회색 숲에서 앞뒤를 가릴 수 없을 정도로 다사다망(多事多忙)하고 치열한 생존경쟁 속에서 받는 스트레스, 군중(群衆)속에서의 소외된 외로움에 지쳐가는 도시인들이 별로 긴장할 일도 없고, 남과 시비곡직을 따질 일도 없으며 별로 얽매임도 없으니 어찌 보면 한거(閑居)의 생활이며 게다가 물 좋고 공기 좋은 무릉도원 같이 생각되는 전원생활을 꿈꾸지 않는가 생각됩니다.

그러나 잘 지은 전원주택도 이·삼년 주인의 보금자리 역할을 하다가 주인에게 버림받는 경우도 있습니다. 그만큼 겉(外面)과 속(內面)에는 괴리(乖離)가 있을 수 있다는 것을 간과한다는 말입니다. 친구들이 가끔 와서는 몹시 부러워들 합니다. 게다가 바비큐 파티라도 한다면 지상낙원에나 온 듯이 환호합니다. 그러나 그중 상당수는 이곳에서 살라고 한다면 단 사흘을 넘기지 못하고 무료하고 지루해 할 것이 틀림없습니다. 우선 겉으로는 변화가 잘 보이지 않습니다. 모든 현상이 지지부진(slow motion)이다 보니 조급증 중독인 현대인은 지루해 질 것이고, 둘째는 대화의 상대가 적다는 것입니다. 물론 배우자나 가족은 있지만 수없이 많았던 인간관계의 상당수는 멀어지고 눈 앞에는 자연과 대면하는 시간이 깁니다. 자연하고 대화하는 것이 서툴다면 대화 상대의 빈곤 현상이 일어날 것이며 애꿎은 전화통만 불이 나다가 향수병(鄕愁病)이 날 수도 있습니다. 셋째는 불편한 것이 한둘이 아닙니다. 문간만 나서면 온갖 서비스를 공급 받을 수 있는 도시인에게는 그것이 제대로 되지 않을 때 불편을 못참을 것입니다. 넷째는 자연과의 충돌이 만만치 않습니다. 정원의 잡초는 공휴일도 없이 자랍니다. 조금만 게으르면 호랑이한테 잡혀갑니다. 지렁이만 보아도 기겁을 하는 도시 아낙들이 지렁이, 굼벵이, 모기, 진드기, 꼬물대는 벌레들... 하고 친구가 되기는 쉽지 않습니다. 또한 대형 마트에서 패스트푸드나 다듬어진 반제품 식품에 맛들인 사람들이 손수 가꾼 식재료로 음식을 만들어 먹는 생활에 적응할 수 있는 사람은 그리 많지 않습니다. 구경하는 것과 그 속에 들어가 생활한다는 것은 전혀 다른 것입니다. 그래서 큰마음 먹고 전원생활의 꿈을 실현한 사람이 얼마 못 버티고 접어야 하는 경우가 생기는 것입니다.

전원생활을 동경하시는 분들께 감히 한 말씀 드리겠습니다.

동경과 생활은 다릅니다. 마치 관객은 웃고 즐기지만 배우들은 슬픈 가슴을 지니고도 웃는 얼굴을 하는 것과 같다고나 할까? 적어도 전원생활을 성공적으로 영위 하려면 다음 몇 가지는 각오 하셔야 할 것입니다.

첫째, 자연은 도시의 건물, 간판, 오가는 사람의 면면 모양 급변하지 않습니다. '오이 자라듯 한다.'는 말이 있듯이 오이는 성장 속도가 빠르지만 들여다보고 있어도 자라는 모양은 보이지 않습니다. 그럼에도 농부들이 지루하거나 답답증이 나지 않는 것은 자연의 [슬로우](slow) 현상을 이해하기 때문이며 때를 기다릴 줄 알기 때문입니다. 자연법칙에 사람이 적응해야지, 자연이 사람에게 적응하는 법은 없습니다. 그러기에 느긋한 마음가짐, 그러면서도 오묘한 시간의 흐름에 따라 각양으로 변화하는 현상을 관조하는 것에서 더할 수 없는 깊은 감동과 아름다움과 기쁨을 얻을 수 있을 때, 전원생활에 묘미가 있는 것입니다. 보면 볼수록 불변 속에 변화, 더디게 진행됨으로서 우리 눈에 띄지 않는 변화의 속도에 익숙해져야 합니다.

둘째, 대화의 대상, 감정 교감의 상대의 확대가 전원생활의 성패에 결정적 역할을 합니다. 곧잘 예술인들, 소설가, 화가, 조각가, 도예가... 들이 전원생활에 잘 적응합니다. 왜냐하면 대화의 대상, 감정교감의 대상이 많기 때문일 것입니다. 세상에 지루하고 권태롭고 심심한 생활을 참아낼 사람이 얼마나 있겠습니까? 그러나 혼자 있으면서도 결코 심심하지 않은 생활도 있는 것이며, 혼자 있으면서도 대화의 상대는 얼마든지 있는 사람이야 말로 전원생활에 적격인 사람입니다. '이백이 달과 대작하며 시를 읊었다'하지만 산천초목, 금수 미물까지 대화와 교감을 나눈다면 심심하고 권태로울 시간이 있겠습니까?

셋째, 웰빙이니 무엇이니 하는 것은 논외로 하고 채소, 과채류, 과실들을 가꾸어 본 사람만이 그 재미를 알 수 있습니다. 씨 뿌리고 싹 나오는 신기함, 예쁘게 자라나는 모습을 지켜보는 기쁨, 뜯어다가 밥상에 올리는 소담함, 입에 들어갈 때의 그 맛, 내 땀으로 생산하여 내 생명을 지탱하는 원천으로 만든다는 자긍심 등은 도시민이 어찌 알겠습니까? 불편하고 수고롭고 비경제적이기는 하지만 생산의 성취감과 자활의 긍지, 그리고 신선하고 위생적인 자가(自家) 생산품의 well-being, 이것이 편리와 바꾼 것이라고 생각해야 합니다. 기타 서비스의 빈곤은 생략 합니다.

넷째, 자연과 인간은 적대관계일 수 없습니다. 인간이 자연에 순응하되 불가피하게 생활의 저해(沮害)요인이 되는 부분은 부분적으로는 제거 내지는 억제할 수밖에 없습니다. 집 주변의 잡초들은 가꾸지 않아도 무성하며, 베어주고 뽑아주어도 후속타자가 그 자리를 차지하는 왕성한 생명력이 있습니다. 어쩔 수 없이 친구삼아 살아가야 하지만 전답이나 정원의 잡초는 마음먹고 제거하려면 노동이 되지만 잡초들이 눈에 띄면 생활화, 생리화 된 것처럼 무의식중에 손이 가야 정원의 주인이 됩니다. 그 많은 곤충과 그 유충, 지렁이,

설치류, 까치, 까마귀… 등도 도시인에게는 익숙하지 않은 것들입니다. 그러나 그것들을 예쁘게 보지는 못하더라도 혐오까지는 하지 말아야 합니다. 지렁이에 놀라 괴성을 지르는 아낙에게 '아줌마 손에도 수없이 많은 징그러운 생명체가 움직이는데 지렁이 하나 보고 놀랄 것이 무엇이냐?'고 한 적이 있습니다. 우리 눈에 보일 정도의 큰 놈은 몇 마리이지만 우리가 밟고 있는 땅속에는 눈에 보이지는 않지만 수억의 생명체가 꾸물댄다고 생각하면, 보이는 몇 마리쯤이야 귀엽게 보아 줄 수 있지 않겠습니까?

자연은 쉬지 않습니다. 쉬지 않는 자연의 움직임이 우리 생활에 저해의 요인이 된다면 이를 억제하기 위해서도 인간은 쉴 틈이 없어야 하는 것이 마땅한 것이 아니겠습니까? 적어도 전원생활을 하고자 하는 장주(莊主)는 부지런해야 한다는 말입니다.

대충 이런 정도의 말씀을 드립니다. 자신이 있으신 분은 택지를 물색해 보십시오. 자신이 없으신 분은 가끔씩 다른 분의 전원주택에 가서서 감탄사나 연발하시다가 돌아오십시오. 동경과 생활은 상당한 거리가 있다는 것을 잊지 마시고.

전원의 한담
전원(田園)의 한담(閑談)

푸르름 속에서

    사람들은 푸르름의 품에 안기기를 꿈 꾸면서 살아갑니다. 그래서 항시 푸르른 산야(山野)나 우거진 숲을 그리워하고, 그 속에서 살아가는 것을 동경(憧憬)합니다. 푸르른 초목(草木)은 우리에게 생명을 유지하는데 필요한 온갖 자원을 대가 없이 주는 어머니 같은 것이기에 그렇기도 하겠지만, 조상들이 푸른 산하를 뛰어 다니며 살던 유전인자(遺傳因子)가 우리로 하여금 푸르름을 더욱 그리워하게 하는 것은 아닌가 생각되기도 합니다.

    사람들은 푸르름 속에 있을 때 누구나 어머니 품속에 안긴 듯 마음의 안정과 평온을 유지 할 수 있고 활기찬 기(氣)를 느낄 수 있습니다. 푸르름은 싱싱한 자연의 힘이며, 그 힘을 빌어 목숨을 지탱하는 사람들의 어머니입니다.

    아침에 창문을 열고 내다보면 푸르름이 다가 옵니다. 숲 속에 들어앉은 집이니 사계절 푸름(green) 속에서 삽니다. 겨울철 산야는 푸르름이 변색하는 계절입니다. 그 싱싱하던 활엽낙엽수들은 잎을 떨구고 앙상한 가지가 삭풍(朔風)에 떨고 있는 삭막한 풍경을 만듭니다. 그러나 침엽 상록수는 찬 서리, 눈보라에도 의연히 푸르른 자태 그대로 그 자리를 지킵니다. 우리 집은 활엽수가 드문드문 섞여 있긴 하지만 소나무, 전나무, 주목, 잣나무들로 둘러싸여 있습니다. 그래서 겨울철에도 어느 쪽을 바라보아도 늘 푸른 빛깔로 울타리 삼아 친구하고 살고 있습니다. 여름철에는 짙푸른 나무로 하여 더위를 잊게 하고 겨울철에는 아름다운 설경(雪景)을 보여 주어 썰렁한 서리바람의 날카로운 회초리의 울음소리를 잊게 합니다.

누가 그랬던가?「서리바람도 솔잎새 가시만은 조심조심 피해서 달아난다. 그러기에 하얀 눈은 일부러 푸른 솔가지를 가려서 앉으러 온다」고. 그래서 겨울철의 푸르름은 더욱 돋보이며, 눈송이가 솔가지 위에 살포시 내려앉듯 사람의 마음을 어루만지는 힘이 있습니다.

때로는 무거운 눈 짐을 못 이겨 가지가 부러지는 아픔도 없지 않으나 소복이 싸인 눈으로 하여 상록수의 푸르름은 더욱 시리도록 아름답게 보임이야 어찌 합니까? 그렇게 차고 넘쳤던 산천초목의 푸르름이 찬 서리, 거친 바람에 모조리 그 빛을 잃었을 때 안간힘을 다하여 지킨 상록의 푸르름이 더욱 귀하고 아름답게 보이는 것은 그 의기(意氣)가 갸륵해서인가요, 존경스러워서인가요? 어쨌든 그 푸르름으로 하여 추위마저도 잊고 마음의 평정을 즐깁니다. 내 마음도 눈송이가 내려앉듯 그 짓 푸른 침엽(針葉)들 위에 내려 앉아 아름다운 꿈을 다시 꾸고 싶습니다.

다 타버린 등걸불 같은 늙은 몸이지만 늘 푸른 꿈을 꾸고, 푸른 숲에서 뛰놀던 때를 짝사랑합니다. 그래서 푸르름을 창 너머로 바라보면서 마음만이라도 늘 푸른 나무의 색깔이기를 바랄뿐입니다.

수세미

창 밖에는 겨울비가 종일 내리고 있습니다. 비를 맞은 초목들은 으스스한 몸을 움츠리고 서 있고, 좀은 쓸쓸하고 을씨년스러운 분위기에 마음속에도 차가운 비방울이 스며듭니다. 추녀 끝 파고라에는 서리에 절고 비에 젖어 후줄근한 덩굴에 아슬아슬 매달린 누렇게 퇴색한 길쭉한 수세미 끝에서도 방울방울 빗물이 떨어지는 것이 눈물을 흘리는 것 같습니다. 겨울비는 마음속에 묻어두었던 애상들을 끌어내는 짓궂음이 있는가봅니다.

봄철에 창밖의 파고라 기둥 옆에 여름철의 따가운 햇볕을 가리기 위해 수세미 묘를 심었습니다. 며칠은 비리비리하던 것이 착근을 하자 날마다 한 뼘씩 자랍니다. 줄을 매여주고 거름을 주어 파고라 위까지 올렸습니다. 팔월 염천(炎天)에는 마침내 햇볕을 가려 차양막(遮陽幕)의 구실을 하게 되었고 노란 몇 송이의 꽃은 방안을 기웃거리기 시작하였습니다. 청년의 풋풋함을 닮은 줄기는 젊은이들의 팔다리같이 씩씩하고, 잎은 패기 넘치는 얼굴 같이 활짝 펴 억센 불볕조차도 그 기세가 꺾이어 숨을 죽이게 하였습니다. 마침내 두 개의 수세미가 맺히더니 오이 자라듯 합니다. 매일 아침 창문을 열고 올려다보면 놀랄 만큼 자라, 며칠 안가 땅에 닿을 것 같은 걱정이 될 정도였습니다.

자연의 질서는 모든 사물이 제 분수 안에서 이루어지는 법, 덩굴이

지탱할 만큼만 자라더니 크기를 멈추었습니다. 차양으로 더위를 식혀주고 그 결실의 과정을 멋지게 연출하여 가꾸어준데 대한 값을 하더니 서늘한 가을바람이 불면서 그 화려했던 청춘은 서서히 이울고 장년의 완숙한 면모를 갖추어 쳐다보는 것만으로도 마음을 풍족하게 하였습니다. 허나 지금은 누렇게 퇴색 한 체 마른 덩굴에 애처롭게 매달려 궂은 비를 맞으며 떨고 있습니다. 잃어버린 청춘에 잊혀진 청청(靑靑), 이제는 누구도 쳐다보지도 않는 잊혀진 소외된 존재, 어찌 연민이 없겠습니까?

본래 수세미는 「수세미」를 얻기 위해 심었습니다. 「수세미」는 어머니가 우리의 밥그릇 국그릇을 정갈하게 닦아주시던 주방 살림의 중요한 도구였습니다. 그러나 시대가 변하여 시장의 화학섬유 수세미에 떠밀려 존재의 의미를 잃고 누구도 거들떠보지도 않는 구박덩어리가 되었습니다. 그래서 역할을 잃은 존재가 되어 저렇게 겨울비를 맞으며 썩어갑니다. 이제는 식용으로 용도가 달라진다니 수세미란 이름자체를 개명(改名)하여야 할 처지입니다.

「수세미」란 본래 짚이나 수세미외의 속 등 식물의 섬유로 만들어 설거지 할 때 그릇을 씻는 물건으로 그 중에서 수세미외(絲瓜)가 주부들이 가장 사랑하던 「수세미」였습니다. 「수세미」라는 용도에서 붙여진 수세미라는 이름, 그러나 「수세미」로써의 기능을 잃은 수세미, 수세미라고 부르기가 혼란스런 수세미이지만, 그래도 내년에도 다시 수세미를 심을 것입니다. 그것의 한해살이 과정을 바라보면서 내가 살아 온 삶을 되새기며 히죽 웃기도하고, 수세미로 내 밥그릇을 정성들여 닦으시던 어머니의 모습을 회상하며 그리운 정을 달래기 위해서라도 말입니다.

불꽃을 바라보며

뒷산에 간벌(間伐)을 하고 정리를 하지 않아 잘린 나무토막들이 온 산에 어지러이 나뒹굴고 있었습니다. 보기도 좋지 않아 청소삼아 서투른 지게질로 몇 토막씩 지고 날라 장작을 만들어 쌓은 지 이 년, 잘 말라 좋은 땔감이 되었습니다. 한겨울, 기온이 내려 거실 벽난로에 불을 지폈습니다. 잘 마른 장작이니 불꽃이 활기찹니다. 우쭐우쭐 불꽃의 춤사위는 방안에 가득했던 한기(寒氣)를 내쫓았습니다. 을씨년스럽던 방 안이 안온해지고, 일렁이는 불꽃을 바라보노라니 마음이 정화되는 것 같은 느낌을 받았습니다.

어떤 나무든 작은 씨앗이 땅에 떨어져서 싹이 트고, 자라면서 비바람, 눈서리를 견디면서 수십 년의 세월동안 광합성의 수고로 얻은 에너지(Energy)를 끌어안기 위하여 그 몸통을 불려갑니다. 장작이란 이런 에너지를 품은 나무를 일컬음이며, 장작이 탄다는 것은 장작이 수십 년 축적한 에너지를 일시에 토해낸다는 것입니다. 다시 말해 지금 난로에서 활활 쏟아지는 이 열기는 수십 년간 나무가 수고한 노력의 대가(代價)로 이 방안을 안온하게 하는 것입니다.

어찌 보면 사람들은 참으로 염치없는 존재인지 모르겠습니다. 무심히 난로에 장작을 집어넣고 불을 지피는 행동이 그저 당연한 것이며 타고 있는 나무에 대하여는 무신경하기 그지없습니다. 장작을 태운다는 자체가 나를 위한 것에만 의미가 있을 뿐, 장작에 대한 의미부여 같은 것은 애초에 없으니 말입니다. 사람들은 이것들이 사람을 위해 존재하는 것이고, 그것들의 희생은 지극히 당연하다고 생각하고 있습니다. 어차피 그것들을 희생시키지 않으면 생존자체가 불가능하니 그렇게 치부하여 두는 것이 마음이 편할 것입니다. 그러나 좀 더 깊이 생각해 보자면 그것들의 희생이 불가피하다 하더라도 그것들의 희생 위에 우리의 삶의 탑을 쌓아 간다는 '빚졌다'는 마음은 있어야 하지 않겠습니까? '빚졌다'는 마음이 있어야 그것들에 대한 고마워하는 마음이 생겨날 것이며, 그것들의 희생을 최소화하여야겠다는 절약정신을 가질 수 있지 않을까 생각해 봅니다.

　사람이 살아감은 지구상의 모든 자원의 혜택 위에서만 생존한다는 사실 앞에서 누구나 생존하는 한 이 자원에게 '감사'하는 기본적인 자세가 갖추어져야할 것입니다. 그래야만 사람이 살아가면서 세상 모든 것에 대한 감사의 생각과 겸허한 자세가 될 수 있고, 뿐만 아니라 생존유지에 절대 수요 이외에 과소비는 죄라는 생각으로 발전할 수 있지 않을까 생각됩니다. 난롯가에 앉아 따뜻한 온기에 마음은 편안해지고 밖의 풍경이 더없이 평화롭습니다. 그러면서 절로 평안과 행복마저 느끼게 해준 불타는 장작에게 고마움을 느낍니다.

　너의 희생으로, 너의 수 십 년의 수고로 말미암아 나는 평안함을 얻고 있음을 잊지 않으마. 장작들이여. 너들이 품었던 에너지는 여기 내려놓지만 너울너울 불꽃 춤을 추면서 재가 되어 너의 고향 자연으로 돌아가라.

정글의 법칙(法則)

　새로 집을 짓고 이사를 하였습니다. 아이들이 이웃도 없고 너무 호젓하다고 개를 한 마리 얻어왔습니다. 몸집이 작은 붉은 색의 잡종 개지만 집도 잘 지키고 영리한 편이여서 이름도 꾀돌이로 불렀습니다. 잔디를 깐 앞마당을 화장실로 사용하는 것을 빼고는 귀여움을 받을 만 했습니다.

　두어 달 후 딸아이가 아파트에 사는 친구가 퇴출시킬 수밖에 없는 개라고 털복숭이 검정 강아지를 가져왔습니다. 생김새가 곰 같다고 이름 또한 곰순이가 되었습니다. 다 큰 개와 강아지이지만 처음 만난 것들이니 혹시 텃세나 하지 않을까 걱정을 하였지만 신기하게도 꾀돌이는 곰순이를 제 새끼같이 돌보았습니다. 집을 따로 만들어 주었지만 한 집에서 잤으며 그것도 강아지를 안쪽에 재우고 꾀돌이는 문 쪽에서 잤고 놀아 주어도 항상 져주는 척했습니다. 먹새가 좋은 곰순이란 놈이 제 밥을 다 먹고도 꾀돌이의 밥그릇에 입을 대도 모르는 척 놓아두었습니다. 곰순이가 자지러지게 비명을 지르면 달려가 근심스레 주변을 빙빙 돌며 상황을 관찰하였고, 천방지축 대로로 달려가면 집으로 불러들였습니다. 그 돌보는 품이 어찌나 어진 어미나 언니 같은지 기특하기 그지없었습니다.

　두어 달이 지났을까? 곰순이는 먹새만큼이나 쉬 자라 어느 틈에

꾀돌이 보다 훨씬 덩치가 커졌습니다. 그런데 낌새가 이상합니다. 곰순이란 놈이 꾀돌이를 집에서 쫓아내 한데 잠을 자기 시작하였고, 밥그릇마저 접근을 못하게 하더니 마침내 툭하면 물어뜯어 피를 내기 일쑤가 되었습니다. 영역(領域)싸움은 커녕 지극히 돌보던 놈에게 내쫓겨 비실비실 눈치를 보는 신세가 된 것입니다.

　이런 것이 축생(畜生)들의 정글의 법칙이려니 하면서도 하도 괘씸하여 곰순이란 놈을 빗자루로 후려치기도 하였지만 꾀돌이의 풀죽은 모습은 여전하였습니다. 그들의 본능(本能)인 것을 어쩌랴 싶어 곰순이를 묶어 두는 것으로서 두 놈 간의 긴장을 다소 해소시키기는 하였지만 사람인 나로서는 생각할수록 괘씸한 심기(心氣)를 누르기가 힘들었습니다.

　하기는 사람 세상에인들 이런 현상이 없겠습니까? 양육강식 하는 정글의 법칙이 엄연히 횡행하고 있으며, 오늘의 우리 사회를 둘러보면 한숨이 절로 나오지 않습니까? 신문, 텔레비전, 잡지 할 것 없이 쏟아지는 정보가 보여주는 사회현상 속에 숨어있는 정글의 법칙들, 아이들의 왕따, 재벌들의 횡포 … 아니 가장 공정하여야 할 법의 집행기관에서 마저 「유전무죄, 무전유죄」라는 말까지 뭇사람에게 회자되는 현실이니 어찌 한숨이 나지 않을 것입니까? 개들의 행태에서 느끼는 「괘씸」한 심사야 저들의 세계를 들여다보는 사람의 생각에 불과한 것이니 선악, 정사의 시비를 가릴 것이 못되지만 사람이 사는 세상(社會)에서 일어나는 「괘씸」한 행태는 어찌 그대로 넘길 수 있겠습니까?

　사람이 사는 세상에서 일어나는 정글의 법칙은 그야말로 「괘씸」

하기 이를 데 없는 일이 아닐 수 없습니다. 왜냐하면 사람 사는 세상에서는 당위(當爲)의 법칙(法則)이 적용되어야 하기 때문입니다. 사회(社會)에서는 당위법칙(當爲法則), 즉 「해야 할 일」(Ought do)과 「해서는 안 될 일」(Not ought do)이 있는 것이며 이 행위법칙을 중심으로 도덕기준(Moral Standard)이 이루어지는 것이며 이 도덕기준이 준수될 때 그 사회는 모든 사람이 행복을 향유할 수 있는 기반이 이루어지는 것입니다. 이 당위성이 지켜지지 않는 사회(社會), 도덕기준이 지켜지지 않는 사회에서는 정글의 법칙이 횡행하게 되고 사회의 모든 사람은 불행 속에서 허우적거릴 수밖에 없는 것입니다.

그러기에 인간사회에서의 정글의 법칙은 전체 사회성원의 불행의 근원인 이상 공동의 타도대상일 수밖에 없는 것이며 그 「괘씸」한 행위에 대하여 공분의 몽둥이를 들어야합니다. 「괘씸」한 행위에 대하여 침묵하는 것은 비열한 행위이며 불행을 자초하는 것입니다.

자! 「해야 할 일」은 「해야 할 일」이며, 「해서는 안 될 일」은 「해서는 안 될 일」입니다. 이런 인간의 법칙을 무시하고, 왜곡하고, 외면하는 「괘씸」한 짓거리를 하는 자에게는 분노할 줄 알아야하고 몽둥이를 들 수 있는 용기를 지닌 사회성원이 많아지면 많아질수록 사회는 바른 사회가 되고 우리의 행복추구권은 지켜지는 것입니다.

안 개

　잠자리에서 일어나서 거실의 커튼을 활짝 세치는 순간, "아!"하는 감탄사가 무심결에 나왔습니다. 밖에는 새벽의 정적과 함께 정갈하기 그지없는 한 폭의 수묵화가 펼쳐진 것이 아닙니까?

　순백의 캔버스에는 세 쌍의 바위 옆에 비스듬히 드리운 소나무만이 파란 채색으로 두드러지고 그 뒤로 짙은 회색의 낙엽 진 앙상한 마로니에의 나신(裸身)과 두 세 그루의 반송이 동무하듯 서있으며 그리고 그 뒤로는 엷은 회색의 전나무와 잣나무의 창끝 같은 가지 사이사이에 낙엽수 가지들의 희미한 윤곽들이 높낮이도 조화롭게 서있으며 그리고 그 뒤는 순백의 여백, 이런 그림이 신비로운 흡인력으로 시선을 잡고 놓아 주지를 않습니다.

　소파에 앉아 창틀에 꽉 찬 그림을 차분히 바라보노라니 마음은 하얀 백지가 되고, 아름답다는 느낌 보다는 아름다움을 넘어선 순수의 정수(精髓)를 들어낸 것 같은 정갈한 그림에 빨려들었습니다.

　생각하여보면 어쩌면 평생을 오리무중(五里霧中)에서 허우적거리면서 살아온 것이 아니었나하는 생각도 듭니다. 어린 시절 어머니만 있으면 족했던 때를 빼고는 시대적 상황의 변화뿐만 아니라 사회, 문화, 경제, 가치관등의 급변에서 비롯되는 갈등과 혼돈으로 한

치 앞도 분간하기 어려운 속에서 무엇이 옳고 그른지, 무엇이 착하고 악한지, 무엇이 아름답고 추한 것인지 분별하는데 판단은 갈팡질팡하였고, 행동은 엉거주춤하지 않았는가 생각됩니다. 이런 것이 내일에 대한 확신, 확신을 공고히 다지는 신념을 갖기가 어려운 안개 짙은 시대를 살아온 사람들의 속마음에 회한(悔恨)으로 남아있습니다. 그래도 저들 나름으로 '저 앞은 좀 나을까?'하고 희뿌연 앞을 응시하며 넘어지고 고꾸라지면서 내달려보았지만 뒤나 앞이나 무중(霧中) 혼미(混迷)는 마찬가지였고, 외로운 혼들은 두 손을 휘저으며 앞을 가늠하려 애를 썼습니다. 다 얻지는 못했지만 방향을 분간하기 어려운 짙은 안개 속에서도 그래도 절망하지 않고 부단히 보다 바른 것, 보다 옳은 것, 보다 착한 것, 보다 아름다운 것을 찾으려고 고심하였습니다.

지금은 힘들었던 어제의 살아온 길에서 입은 상처를 쓰다듬으며 이루지 못한 한을 달랩니다. 이래저래 안개가 낀 날에는 그래서 어제를 더듬는 날이 많았습니다.

오늘의 정갈한 그림은 젊었던 날 그렇게 고뇌와 갈등으로 괴로워하면서 안개 속을 방황하였던 늙은 사람을 위로해주려는 안개의 배려 같은 생각이 듭니다. 안개 속에서의 방황을 벗어나 모든 짐을 내려놓고 홀가분하게 마음을 비우니 세상을 관조할 수 있는 눈도 얼마쯤 생기고, 이제까지 보이지 않았던 아름다운 세상이 보인다는 것은 늙어가는 이들에게 주는 크나 큰 위로가 아닐까 생각됩니다.

설　경(雪景)

　　눈이 왔습니다. 청명한 아침에 커튼을 걷고 내다보는 순백의 설경이 아름답기 그지없습니다. 금년은 예년에 비하여 눈이 일찍 그리고 많이 내렸습니다. 순백의 눈이 내리는 날은 세상의 모든 사람들이 동심(童心)으로 돌아갑니다. 함박눈이 날리는 모양은 봄날의 나비의 날개 짓 같고, 포근히 쌓인 눈은 풀솜을 덮어놓은 것 같습니다. 그 가운데 서면 마음속의 티끌들이 다 사그라들고 하얀 동심만 남는가봅니다. 어린 시절 같으면 폴짝폴짝 뛰어도 보고 눈사람도 만들어 보겠지만 아이들의 눈총이 조심스러워 카메라를 들고 나가봅니다. 때 묻지 않은 순백(純白)의 세상, 숫눈 위에 첫발자국을 남기며, 가지가 휘도록 눈을 이고 있는 나무들의 영상들을 담아봅니다. 푸근한 백설의 세상에서 마음을 비우고 느긋한 발걸음으로 소요(逍遙)하는 사람은 선인(仙人)이 되지 않을 수 없습니다.

　　홍진(紅塵)의 세상을 순수의 상징인 하얀색으로 덧입혀 잠시나마 깨끗한 세상, 깨끗한 마음을 빚어내는 눈은 하나의 축복입니다. 온갖 쓰레기와 폐기물이 산하를 더럽히고 먼지와 분진이 공기를 오염시켜, 가는 곳 마다 눈살을 찌푸리게 하던 세상을 잠시의 눈 내림으로 기적과도 같이 정화(淨化)시켜 놓은 것이 요술 같지 않습니까? 일상의 생활 속에서 근심과 걱정으로 찌든 마음자리, 긴장과 노동으로 피로가 쌓여 지쳐버린 몸이지만 잠시만이라도 하늘하늘 내리는 백설 꽃을 바라보는 여유를 즐기고, 정화의 과정을 거쳐 나온 듯 동심을 되찾을 수 있는 것은 생의 활력을 충전할 수 있는 계기가 되지 않겠습니까? 잡다한 사물들, 복잡다기한 사회현상들을 잠시라도 다 접을 수 있는 막간(幕間)이 주어진 것은 감사하여야할 일이 아니겠습니까?

소복소복 쌓인 눈은 무게도 없는 듯 나무며 바위며 장독대를 애무하듯 감싸 안고, 밭과 길과 산에는 추위를 막아 주듯 포근히 덮어주고, 거칠어진 우리의 마음도 부드럽게 보듬어주면서 위로의 속삭임을 들려주는 듯 합니다. 감싸고 어루만지고 솜이불 덮어주고 토닥이는 듯 한 품새가 정겨운 연인의 손길 같습니다. 숫눈을 조심스레 밟으면 발밑에서 뽀드득 뽀드득 들리는 경쾌하고도 아름다운 자연의 노래가 신선하기 그지없습니다.

안타깝게도 이런 아름다운 정경(情景)이 오래가지 못한다는 것이 아쉽습니다. 화무십일홍(花無十日紅)이요 권불십년(權不十年)이란 말이 있지 않습니까? 설화무삼일백(雪花無三日白)이라고나 할까? 세상 모든 아름다움이 오래도록 유지되기란 어려운 일입니다. 역설적이지만 아름다움이란 유한적이기에 더욱 아름다운 것이 아니겠습니까? 항상 그 자리에 그렇게 있으면 아름답다고 느끼지도 못할 터, 짧은 동안 우리에게 주어진 선물이기에 이 아름다운 설경(雪景)을 온 몸의 오감(五感)으로 받아들이면 우리 마음속에 아름다운 그림으로 오래오래 담아둘 수 있지 않겠습니까? 머지않아 지저분한 세상이 본색을 드러낸다는 것이야 모르는 바 아니지만, 어떤 순간의 감동(感動)이 평생 마음을 따뜻하게 할 수도 있는 것이 아니겠습니까?

우리 앞에 펼쳐진 이 아름다운 정경을 마음 가득 담아두기 위하여 마음에다가 사진을 찍어 놓습니다. 그리고 마음 갈피갈피에 이 아름다운 백설의 향연에 초대받은 기억을 드문드문 끼어 두었다가 훗날 마음이 울적할 때, 몸이 나른하고 권태로울 때, 속이 상하고 짜증이 날 때 마음갈피를 조금씩 열어보면 좀은 위로가 되지 않겠습니까? 아니 삼복 무더위에 헐떡이다 지쳤을 때 이 겨울 설경을 상기한다면 적으나마 상큼한 청량제가 되지 않겠습니까?

자! 이제 일상으로 돌아가야 할 시간입니다. 아무리 미련이 남아도 쓸어야할 곳은 쓸어야하는 것이 눈이 아니겠습니까? 그러나 마음속에 담은 백설의 향연은 쓸어버리지 않겠습니다.

2010. 12. 30. 송향헌에서

지지 못한 고엽(枯葉)을 위로하며

　모든 이치(理致)가 그러하듯 나뭇잎도 가을이 되어 바람이 스산해지면 낙엽이 지는 것이 순리(順理)입니다. 그래서 낙엽이 지는 것은 한편으로는 이별과 같은 쓸쓸함도 있겠지만 또 한편으로는 소임을 다하고 미련 없이 떠나는 아름다움도 있는 것입니다. 따라서 져야 할 때 지지 않고 앙상한 가지에 매달려 말라가는 채 찬 바람에 나부끼는 나뭇잎의 모습은 안쓰럽기도 하고 추하게도 보입니다.

　지난 가을에는 추위가 빨랐습니다. 다른 해 같으면 아직은 가을 햇볕이 따가워 추위는 먼 날의 일일 것이려니 생각할 때에 난데없이 서리가 내렸습니다. 사람들도 놀라 겨울옷을 꺼내 입었지만 나무인들 놀라지 않았겠습니까? 아직은 내년에 피어날 잎눈, 꽃눈을 점지하지 못하였는데 서리를 맞은 잎들은 얼어 죽었습니다. 소임을 다하지 못하고 요절(夭折)한 잎들은 차마 서러워 떨어지지도 못한 채 나뭇가지에서 떨고 있었습니다.

　봄이 되었습니다. 따뜻한 훈풍이 불어와도 지지 못한 마른 잎이 가지마다 매달려 바람에 나부낍니다. 순리를 거역하는 마른 잎들이 속으로는 괘씸한 마음이 없지 않았습니다. 「모성애가 지나치면 자식이 못 자란다」고 질책하는 손짓으로 마른 잎을 훑어냈습니다. 그런데 힘을 주어도 잘 훑어지지를 않습니다. 자세히 들여다보니 잎 눈이 튼실하지 못했습니다. 오! 변덕스러운 계절의 날씨로 인하여 떠나야 할 때 차마 떠나지 못한 슬픔을 지닌 채 말라버렸구나. 죽은 몸으로까지 튼실하지 못한 자식을 악착같이 보듬어 껴안고 차마 놓지 못하고 말라버린 안쓰러움을 보는 마음이 찡하는 아픔을 느꼈습니다. 우리가 사는 사회에서도 이런 슬픈 사연들은 적지 아니 있습니다. 어린 자녀, 부실한 자식을 두고 요절하는 부모야 어찌 눈을 감을 수 있겠습니까? 남의 사연을 들어도 눈가가 스멀거리는데 당사자들이야 어떻겠습니까?

그러나 사회에는 이런 슬프고도 안타까운 사연만 있는 것은 아닙니다. 떠나야 할 때 떠나지 않는 역리(逆理)가 우리를 우울하게 하는 경우도 많습니다. 무릇 자연현상이든 사회현상이든 순리대로 흘러가는 것이 정상이고 원리(原理)입니다. 그러나 복잡하고도 다양한 제 현상 속에는 역리가 이루어질 수밖에 없는 요인들이 수 없이 많으니 하나의 잣대로 재단 할 수만은 없을 것입니다. 그러나 순리가 가장 바람직하고 특수한 예외를 제외하고는 역리는 바람직하지 못하다함에는 별로 이의가 없을 것입니다. 주위를 돌아보면 얼마나 많은 역리현상이 이루어지고 있는가를 쉽게 알 수 있을 것입니다.

많은 엄마들이 다 큰 아들 딸을 치마폭에 싸고돌아 독립심이나 자립 자율정신의 싹을 뭉개어 마마보이로 만드는 사례가 허다하고, 지위나 권력에 연연하여 떠나야 마땅할 때 악착같이 붙들고 늘어져 사회에 부담을 주는 추태를 연출하는 경우도 얼마든지 있습니다. 모두가 그만 내달려야한다고 소리쳐도 브레이크가 파열된 듯 조정

불능이 되어 선불 맞은 멧돼지 같이 질주하다가 수렁에 곤두박질하는 불행이 사회의 곳곳에 산재하고 있습니다. 자녀든 지위나 권력, 재산이든 욕심과 이기, 아집(我執)과 집념으로 똘똘 뭉쳐 떠날 때 떠나지 못하고, 놓아야 할 때 놓지 못하며, 버려야 할 때 버리지 못하는 역리의 우(愚)를 범함으로서 불행한 결말을 가져 오는 경우도 비일비재(非一非再)한 현상입니다.

생각하여보면 이런 현상은 정치, 경제, 사회, 문화, 하나하나의 개인에 이르기까지 어디에서나 얼마든지 찾아볼 수 있으며, 그런 현상이 있는 곳에는 틀림없이 문제가 노출되고, 대립과 갈등이 있게 마련입니다. 사회의 모든 현상이 순리대로 흘러가야 사회는 순조롭게 운영되고, 사회성원은 행복해질 수 있거니와 역리가 횡행할 때 사회는 삐걱거리고 사회성원은 불안하게 되는 것입니다. 우리 모든 사람들은 자녀든 문화든 역사든 위대한 내일을 예비하여 뒷사람들에게 물려주려고 최선을 다하는 것이 사명(使命)이며, 떠나야 할 때 미련 없이 떠나는 것 또한 순리인 것입니다. 욕심과 아집으로 하여 역리를 자행하는 것은 추하기 이를 데 없는 것이며 사회에 누를 끼치는 것입니다. 이 따스한 햇볕이 내리는 봄 뜰에서 떨어지지 못하고 말라버린 나뭇잎의 역리 앞에서 만감이 교차됩니다. 역리를 좋은 눈으로 보아주는 것은 아니로되 그러나 어찌 애틋한 심사야 없겠습니까?

요절한 고엽(枯葉)이여! 차마 떨어지지 못하고 잎눈을 감싸고 말라가는 잎이여! 순리를 내세워 너를 흘겨보았던 것을 사과하마. 너를 사람들의 그릇된 행태를 바라보는 안목과 잣대로 너를 가름한 것이 미안하구나. 튼실치 못한 상속자를 보호하기 위해 어쩔 수 없이 이루어진 가엾은 역리를 위로하고 싶구나. 그러나 미련만은 버리려무나. 봄볕이 좀 더 두터워지고 훈풍이 짙어지면 물이 오를 것이며 튼실치 못한 잎눈도 꽃눈도 차츰 도톰해지고 움츠렸던 몸을 추슬러 신록의 꿈을 이룰 것이다.

이제 너의 소임은 끝났느니라. 홀기분히 훨훨 털고 떠나려무나.

가랑잎만큼이라도

　늦가을의 산하(山河)는 좀은 쓸쓸합니다. 스산한 바람이 소리치며 지나가면 우수수 떨어지는 낙엽이 이별의 노래 같은 소리를 내며 날아갑니다. 이런 낙엽 바람 속을 거닐다 보면 우수(憂愁)에 잠기게 되고 또한 과거를 회상해보는 감상에 젖게 됩니다. 이때쯤이면 잊어지지 않은 일화(逸話)하나가 있습니다.

　1957년 초가을, 사범대학생이었던 나는 부속고등학교로 교생실습을 나갔습니다. 교과는 「사회」,담임은 1학년 여자반. 하루는 종례 후 교실을 순회하다가 한 여학생이 남아있는 것을 발견했습니다. 창밖을 내다보고 있으나 그 자세로 보아 울고 있는 것 같아 그대로 두었다가 한참 후 다시 순회를 하는데 그 자세 그대로 있지 않겠습니까? 가만히 다가가 말을 걸었습니다.

"집에 가야지, 늦었는데..."

"……"

"무슨 좋지 않은 일이 있니?"

"아니요."

"그런데 왜 울었니?"

"창밖에 낙엽이 떨어지는 것을 보고 있자니 눈물이 저절로 나서요."

여기까지만 해도 소녀들의 애상(哀傷)이려니 생각하고 채근을 했습니다.

"낙엽이 떨어지는데 왜 눈물이 났나?"

"떨어지는 낙엽은 봄부터 열심히 일하며 그 어머니 나무에 영양을 주고 저렇게 떨어지는데 저는 열여덟 살이 되도록 부모님이나 사회에 폐만 끼쳤지 도움이 된 것은 하나도 없다고 생각하니 눈물이 납니다."

머리를 몽둥이로 얻어맞은 것 같은 충격을 받았습니다. 고등학교 1학년 학생(이름은 '박정자'였습니다.)의 입에서 나오리라고는 상상도 할 수 없었던 말이 아닙니까?

사회에 도움을 주지 못한 것이 어디 이 어린 학생뿐입니까? 그녀보다 나이도 많고 그녀를 가르치는 입장에 있는「나」는 어떻습니까? 아니 사회 전반에 걸쳐 어머니 사회에 도움을 주는 사람이 얼마나 됩니까? 나는 이 어린 여학생으로부터 엄청난 교훈과 질책을 듣는 것 같아 아찔하였습니다. 그 후「가랑잎만큼이라도 이웃과 사회에 보탬이 되는 사람이 되자」고 다짐하면서 살아왔고, 40여년의 교직생활동안 많은 제자들에게 이 일화(逸話)를 들려주고 그 교훈을 일깨워 주었습니다.

「가랑잎」바람에 풀풀 날리는 저 하잘 것 없는 한 낱 가랑잎에 무슨 의미가 있겠는가 싶겠지만 이른 봄 잎눈에서 눈을 터 잎으로 피어 낙엽이 될 때까지 탄소동화작용, 산소호흡작용을 쉼도 없이 반복하면서 그 어머니 나무에 영양을 공급하여 살찌우고, 그 소임을 다하고는 미련 없이 떨어져 바람에 날리다가 다시 그 몸을 썩혀 어머니 나무의 밑거름이 되는 과정을 깊이 사유(思惟)한다면 얼마나 경이롭고 얼마나 우리에게 일깨워주는 바가 큰 것입니까?

　사람의 됨됨이를 사회에서「있어서는 안 되는 사람」,「있으나 마나 한 사람」,「꼭 있어야 할 사람」으로 나눈다고 합니다. 말을 바꾸면 사회에「해가 되는 사람」,「무해 무덕한 사람」,「이익이 되는 사람」인 것입니다. 무릇 사회성원은 그 사회 속에서 삶을 영위하면서 그 사회의 발전과 번영에 공헌 할 의무가 있음은 두말할 여지가 없을 것입니다. 그러나 실상 성원의 많은 수는 이기(利己)와 욕심으로 인하여 사회를 파괴하고 그 발전과 번영을 저해하는 것이 현실입니다.

　「나」를 위하여「너」를 수단시(手段視) 하고, 희생의 제물로 삼기에 주저하지 않은 경우가 얼마나 많습니까? 그럴 때 사회는 불안해지고 갈등과 상쟁의 장이 될 수밖에 없는 것입니다. 사회가 발전, 번영하려면 사회성원이「나」중심에서「너」를 배려하고「너」와 더불어 함께 삶을 영위해가야 하겠다는 의지가 있어야 하며, 이는 곧 사회에 조금이라도 이바지하겠다는 생활 철학이 있어야 하는 것입니다. 거창하게 생각할 것도 없습니다. 우리네 범인(凡人)이 청사(靑史)에 빛나는 업적을 쌓을 수야 있겠습니까? 일상(日常)의 생활에서 자기의 소임을 충실히 수행하는 것. 지극히 작은 일일지라도「너」들에게 도움이 된다면 작은대로 사회에 공헌하는 것이 아니겠습니까?

　누구나 사회에서 인정받는 사람, 쓸모있는 사람, 꼭 있어야 할 사람, 이익이 되는 사람으로 되기를 바랄 것이며 그렇지 못한 사람이 되기를 바랄 사람은 없을 것입니다. 그럴진대 우리의 마음가짐, 우리의 행동거지를 다시 돌아보고 「사회에 조그마한 보탬」이라도 하여 보겠다는 결의를 다지고 또 다져야 할 것입니다.

이 낙엽이 날리는 산허리를 거닐며 옛날 그 어린 여학생(지금은 회갑이 훨씬 지난 노년이겠지만)을 회상해 봅니다. 그리고 그녀가 보고 서글퍼하던 마음으로 낙엽을 밟으며 내 평생 걸어온 발자취를 회고하여 봅니다. 과연 나의 삶이 「너」들과 사회에 도움이 되고 보탬이 되었는가? 「가랑잎만큼이라도, 가랑잎만큼이라도.」를 되뇌면서 자문(自問)하고 자문해 봅니다.

낙엽을 밟으면서

　낙엽 진 뒷동산을 산책합니다. 머리 들어 위를 올려다보면 잎 떨군 앙상한 나뭇가지가 삭풍에 떨고, 아래를 내려다보면 발목을 덮을 만큼 쌓인 낙엽이 이리 구르고 저리 구릅니다. 삭막하고 을씨년스럽기까지 한 초겨울의 산에는 생기(生氣)가 없어 보입니다. 그러나 좀 생각을 깊이 하여보면 많은 이야기들과 사색의 실마리들이 숨겨져 있을 법한 곳이지 않습니까?

　벌거벗은 나뭇가지, 낙엽이 떨어진 자리에는 새 봄을 기다리는 잎눈과 꽃눈이 푸르른 꿈을 꾸면서 잠들어있고, 아래에는 자기소임(所任)을 다한 낙엽들이 그 어머니 나무의 뿌리를 포근히 덮어주면서 최후의 소임을 기다리고 있지 않습니까? 생각해보면 한 편의 드라마가 눈에 선합니다. 우수, 경칩이 지나고 춘분이 되면 잠에서 깨어난 잎눈들이 신기하게도 샛노란 얼굴을 내밀어 신록(新綠)을 이루고 점차 황홀하리만치 짙푸른 청년기를 맞아 탄소동화작용, 산소호흡작용으로 밤낮없이 힘써 일하여 그 어머니 나무를 살찌웁니다.

　하늘이 높아지고 찬바람이 일면 소임의 마무리를 서두르며 장엄하리만치 붉디붉게 물들며 늙어가면서도 후일을 예비하는 잎눈을 점지하고, 이제는 되었다 할 때 미련 없이 서 있던 자리에서 조락(凋落)의 길을 떠납니다. 떠나는 길이 삭풍에 날려 이리 구르고 저리 구르지만 죽은 육신마저도 그 어머니 나무와 그 후엽(後葉)들의 밑거름이 되기 위해 그 바닥에 눕고 있는 낙엽의 일생은 우리의 생을 되새기게 하는 거울 같아서 낙엽을 밟고 거니는 발걸음이 숙연한 마음마저 듭니다.

이제 나이 칠십이 넘었으니 조락의 길로 떠나야할 시간이 멀지 않았습니다. 돌아보면 나름대로 열심히 살아왔다고 생각해왔지만 과연 살아오는 동안 귀속적(歸屬的) 지위에서 오는 역할이던 성취적(成就的) 지위의 역할이던 그 선 자리에서 부끄러움 없이 맡은 바 소임을 다 하였는가 자문한다면 회한과 자책의 자탄(自歎)이 절로 나올 수밖에 없습니다. 그렇게 으스대며 업적이라 내세우며 자부(自負)하던 것들이 지금 생각하여보면 보잘 것 없는 것이었고, 그렇게 '나'아니면 아무도 할 수 없다고 큰소리치던 자고(自高), 자만(自慢), 짊어진 자기 몫의 소임을 다했노라고 스스로 만족감에 도취했던 자화상을 들여다보면 부끄럽기 그지없습니다.

한 낱의 나뭇잎도 살아있는 동안은 그 소임에 최선을 다하고, 가랑잎이 되어서까지도 그 어머니 나무와 뒤에 오는 잎들의 밑거름이 되거늘, 하물며 한 사람으로 태어나 삶을 꾸려가는 동안 모든 너들과 사회와 역사에 보탬이 되는 삶을 살아왔고, 그 삶으로 하여 후인들의 삶을 보다 값지고 아름답게 만드는 밑거름이 되었는가 자문자답하면서 낙엽 덮인 이 길을 한 발 한 발 떼어 놓는 발걸음이 무겁습니다. 이제 어제의 나를 회한으로 돌아보아 무엇 하겠습니까? 남아있는 시간만이라도 차근히 이 볼품없는 자화상을 들여다보면서 삶을 갈무리하려 애써 보는 수밖에 없지 않겠습니까? 가랑잎을 밟으면서 그들이 주는 교훈을 되새기며 말입니다.

불빛 아래서

　우리 집은 밤이 되어도 어둡지 않습니다. 앞쪽은 상가의 불빛, 옆집은 주유소여서 불빛이 온 밤을 밝히니 어두울 시간이 없습니다. 집안의 불을 전부 꺼도 어려움 없이 집 안팎을 자유로이 다닐 수 있습니다. 옛 선비들은 형설지공을 쌓았다는데 나는 선인들의 진력정진(盡力精進)하는 정신을 갖지 못해 책을 보지는 못하지만, 하고자 하면 능히 책도 볼 수 있을만한 광도(光度)는 될 것 같습니다. 그러므로 외등은 설치하였지만 켜 본적이 없을 정도로 생활하는데 불편이 없으니 이웃 덕에 생활에 이득을 본다고 할까요?

　그러나 문제가 아주 없는 것은 아닙니다. 정원에 심은 활엽 정원수가 낙엽이 잘 지지 않고 붙어 있는 채 겨울을 나고, 밭에 심은 들깨가 가을이 되어도 시퍼런 채 꽃만 피고 여물지 않는 것입니다. 문득 도시의 초겨울에 시퍼런 채 눈을 맞고 서 있던 플라타너스의 모습이 생각났습니다. 시골에서는 볼 수 없는 기현상이기에 잊혀 지지 않고 기억난 것입니다. 혹시 그 가로수의 현상이 우리 정원수나 농작물과 상관관계가 있는 것은 아닐까? 그래서 책도 보고 인터넷도 검색하여 보았습니다.

　모든 생물은 지구의 자전주기와 동일한 24시간을 주기로 하는 생체시계를 가지고 있다고 합니다. 이를 일주기성(日週期性)이라고

하고, 이와 더불어 낮과 밤의 상대적 길이를 의미하는 광주기성(光週期性)을 가지고 있어 일 년의 시간도 인식할 수 있고, 그 덕분에 식물에게 특정 현상이 일 년 중 특정한 시기에 일어나는 것이며 계절에 따라 식물이 반응한다는 것이라 합니다.

다시 말해서 식물들은 태양광선을 흡수하여 특수물질을 만드는데 낮에는 농도가 짙고 밤이 되면 서서히 농도가 낮아져 밤과 낮을 인식하게 되고, 광주기성에 의해 계절에 따라 변하는 밤과 낮의 길이가 달라짐을 감지하고, 일조시간이 길어지고 밤이 짧아지면 장일식물(長日植物)이, 일조시간이 점점 짧아지고 밤이 길어지면 단일식물(短日植物)이 꽃이 피거나 생장속도를 조절하는 현상과 같이 계절의 변화도 인식하게 된다는 것입니다. 약삭빠른 인간들은 이런 원리를 이용하여 인공적으로 일조량을 조절하여 계절에 관계없이 꽃도 피우고 심지어 동물인 닭에게도 닭장에 전등을 켜서 하루에 계란을 두 알씩 낸다고 하지 않습니까?

그러나 나같이 식물의 특성에 무지하고 경험이 부족한 초보 농부가 농사에 실패한 원인은 이런 기초적인 원리도 몰랐기 때문입니다. 밤낮없이 햇빛, 불빛으로 환한 우리 집 정원수나 농작물은 생체리듬이 교란되었던 것입니다. 밤과 낮의 길이도 구별이 되지 않고, 계절도 가름할 수 없는 그것들이 꽃피고 열매 맺는 시기, 잎눈 꽃눈 만드는 시기나 단풍들고 낙엽 지는 계절을 제대로 구분할 수 있겠습니까? 서리가 와도 푸르디 푸른 채 결실을 망설이다 요절하고, 실기하여 뒷날을 예비하지 못한 채 서리에 절어 지지도 못하고 말라버린 고엽이 되어버리지 않았습니까? 이 밭에는 꽃 없이 수확하는 고구마나 토란 같은 것들이나 심어야 할 것 같습니다.

오늘의 도시 생활에는 밤낮이 없어졌습니다. 막대한 에너지를 들여 불을 밝히고, 밤을 낮 삼아 활동하니 인간은 활동시간을 곱으로 늘린 셈입니다. 그래서 예전에는 활동이 정지 되었던 밤이 인간의 활동무대로 바뀌어 학생들은 하학 후에도 밤새 학원에서 곱빼기 수업을 받고 직장인들은 야근이 가능하게 되는 등등 인간의 활동무대가 확장되지 않았습니까? 이것이 다 인간이 자연을 극복하여 밤마저도 생활 활동무대로 확대한 긍정적(肯定的)대가입니다.

그러나 모든 현상이 그러하듯 양면성이 있어 긍정적 측면이 있는가 하면 부정적(否定的)측면도 수반하는 것이니 어찌 부작용이 없겠습니까? 학생들은 낮의 학교수업시간에서는 몽중을 헤매고, 직장인은 집중력을 잃은 채 직장의 생활을 시작합니다. 밤에 활동하던 그 많은 사람이 낮 시간에는 무엇을 하고 있을까를 상상해 보십시오. 본말(本末)이 전도(顚倒)되는 생활이 되어버리기 십상입니다. 다시 말해 인간도 밤낮을 잃음으로서 생체리듬이 깨져 버린 것입니다. 잠을 자야 할 시간에 활동하고 활동하여야 할 시간에 잠을 자는 생활이 온전할 수 있겠습니까? 인간도 자연의 일부이기에 생물(生物)의 본능(本能)이나 생체리듬의 범주를 크게 벗어날 수 없는 존재임에는 틀림없을 것인즉 인위적으로 만든 환경으로 인하여 생활의 패턴을 바꾼다면 그 나름대로의 긍정적 측면도 있겠지만 그러나 분명 부정적 측면이 없지 않을 것임은 분명합니다.

닭이 인위적으로 빛의 조사율(照査率)을 조정하여 하루에 계란을 두 개 낳도록 한 결과 머지않아 폐사시켜야 하고, 초겨울까지 시퍼런 잎을 자랑하던 들깨나무가 열매를 맺지 못하는 것 같이 인간에게도 이런 현상이 분명 있을 것입니다. 과학적으로 어떤 연구가 이루어졌는가는 알 수 없으나 육체적으로나 정신적으로 문제를 안고 있을 것이라는 추측이 있을 수 있습니다.

식물의 생체리듬 원리를 인간에게 그대로 적용하여 설명하는 것은 무리가 있을 것입니다. 그러나 인간도 자연의 일부이며 자연의 영향 하에 있는 한, 밤과 낮에 반응하는 생체리듬을 인위적인 조건조작(條件造作)에는 반작용 내지는 부정적 영향이 있음을 염두에 두어야 할 것입니다. 밤에는 안식을 얻기 위해 자고 낮에는 활기차게 활동하는 것이 순리일 것. 순리를 거스르면 육체적 정신적으로 부적(否的) 영향이 있을 수 있습니다. 최대한 순리에 따르는 생활방식을 갖으려 노력함이 바람직하지 않을까하는 생각이 듭니다.

왕자의 난

　권력(權力)의 속성은 참으로 비정(非情)한 면이 있습니다. 권좌(權座)에 앉아 있는 사람은 그 자리를 지키기 위하여, 권좌를 노리는 정적(政敵)을 제거하기 위하여 무지막지하게 피바람을 일으켰던 역사상의 사례가 얼마나 많습니까? 부자(父子)간에도, 형제간에도 쟁투와 살육이 자행되고 편을 갈라 떼거리 편싸움을 벌려 나라의 기둥이 무너져 내리는 지경까지도 수 없이 많았습니다. 오늘날이라고 크게 달라졌습니까? 정도의 차이는 있지만 권력유지 및 쟁취과정에서 국민대중이 진저리가 날 정도로 이전투구(泥田鬪狗)같은 양상이 벌어지고 더욱이 후진국 독재국가에서는 그 정황(情況)을 차마 볼 수 없을 정도입니다.

　축생(畜生)의 세계에서도 왕좌를 차지하려는 투쟁의 양상(樣相)은 마찬가지입니다. 특히 수컷들의 투쟁의 승자는 암컷을 차지 할 뿐만 아니라 생존조건에서 절대적 우위(優位)를 차지하고 패자는 승자의 그늘 밑에서 기를 펴지 못하고 불리한 여건을 감수하면서 재기의 기회만을 노리고 있습니다. 경쟁에서 승리한 절대 강자는 왕자(王者)로서의 권위와 절대적 힘의 과시로서 약자를 지배하고 통제하는 것입니다.

　그런데 말입니다. 나무를 키우다보니 식물의 세계에서도 치열한 생존 경쟁이 있고 우월한 지위 다툼이 극심하다는 사실을 알았습니다. 뿌리를 같이하는 한 나무에서도 왕자의 난이 일어남을 실감했습니다. 모든 식물이 햇볕을 더 많이 받으려는 향일성(向日性)이 있다는 것은 잘 알고 있었습니다만 생장점(生長點)이 다른 가지에 비해 보다 높은 가지가 더 많은 영양과 햇빛을 받아서인지 다른 가지를 제압하고 튼실하게 자리 왕세자(王世子) 구실을 합니다. 곁가지에 비해 그 줄기도, 생장 속도도 월등하여 단연 우뚝 두드러집니다. 그러나 밑에 처진 가지라고 짓눌려 숨죽이고 있지만은 않습니다. 기회를 노리고 벼르고 있다가 왕세자 가지가 부러지거나 휘어져 생장점이 낮아지면 나머지 가지들의 왕세자 지위쟁탈경쟁은 치열하게 전개됩니다. 처졌던 곁가지들이 제각기 꼿꼿이 서려고 안간힘을 씁니다. 비교우위(比較優位)의 두세 가지는 혈투에 혈투를 벌여 최후의 승패를 판가름합니다. 그래서 마침내 서열이 정해지고 그중에서 승자가 마침내 왕세자의 지위에 오르는 것이며 패자는 다시 그 밑에 깔리고 「곁가지의 설움」을 감수하고 맙니다. 어쨌거나 왕세자인 중심가지가 그 세(勢)를 유지할 때는 그 밑에 처져 있던 곁가지가 왕세자 가지의 세(勢)에 문제가 생겨 쇠퇴의 조짐이 엿보이면 다투어 그 자리를 차지하려는 무서운 경합이 이루어지고 기어이 승패의 판가름을 보아야 하는 현상들을 보면서 식물의 세계에서조차도 비정한 권력의 속성을 보는 것 같아 마음이 그리 유쾌하지만은 않습니다.

생각해보면 동물이나 식물들이야 지극히 당연한 필연적 현상이니 가타부타할 성질의 것은 아닙니다. 지구상의 모든 생명체들이 약육강식(弱肉强食), 적자생존(適者生存)의 원리에 의해 움직이니 말입니다. 그러나 인간은 스스로 도덕, 법등 당위법칙을 만든 존재가 아닙니까? 그러니 스스로 만든 약속의 틀 속에서 최선을 다해 그 규범(規範)을 지켜나가기를 바라마지 않습니다. 꿈같은 말일지 모르지만, 힘은 단순한 물리적 힘으로 타를 누르는 것이 아니라 우리들이 바라마지 않는 원(願)이나 이상(理想)을 실현하는데 필요한 힘으로 차원을 높여야 하는 것이 아닙니까? 그럴진대 권력 또한 「남을 자기의사에 복종시키거나 지배할 수 있는 공인된 권리나 힘」이라는 강제력이나 지배력으로 끝나지 않고 보다 이상주의(理想主義)적인 비전이 내재(內在)되어 있어야 할 것이 아닌가 생각됩니다. 동물이나 식물에서 보듯 지배력이나 강제력이 다른 사람이나 국민을 짓누르고 국민 위에 군림하는 제왕적(帝王的)이미지로 보아서는 안 되며, 국민의 행복을 증진시키기 위한 필요악(必要惡)으로 최소한의 힘을 행사하는 등 국민을 목적시(目的視) 하여야 한다는 것을 우리의 지상과제(至上課題)로 삼아야 한다고 생각합니다.

권력은 국민을 지상낙원으로 인도하는 수단이지 결코 그 자체가 목적이 아니며 권력자는 국민을 위한 봉사자이지 국민 위에 군림하거나 국민이 권력자에 봉사하는 권력구조의 시대는 지난 지 오래지 않습니까? 그러니 추잡한 왕자의 난은 없어졌으면 하는 바램이 절실하며 진정 자기를 모든 이들의 행복을 위해 자기를 버리겠다는 「약사여래의 발원」같은 고귀한 원을 지닌 사람이 권좌에 앉기를 바라고 또 바랄 뿐입니다.

담배 이야기

  여송연을 물고 비스듬히 비껴 앉아 깊은 사색에 잠긴 처칠경의 중후한 풍모가 얼마나 멋이 있습니까? 파이프를 물고 인천 앞 바다를 철벅거리며 상륙하던 맥아더 원수의 그 당당했던 모습은 얼마나 영웅다웠습니까? 먼 바다를 응시하며 키를 잡은 선장의 마도로스 파이프는 청소년들의 가슴에 꿈을 심어 주고, 수많은 문인들이 그 매캐한 담배연기 속에서 자아낸 작품들이 얼마나 많은 사람들의 심금을 울렸으며 삶을 윤택하게 만들었습니까? 서부활극에 등장하는 그 훤칠한 배우들이 질겅질겅 담배를 씹으며 적수들을 쏘아보는 그 긴장된 분위기는 많은 청소년들의 가슴을 얼마나 두근두근하게 하였습니까? 이제 그 많은 정치 지도자, 전쟁 영웅들, 작가들, 연예인들의 흡연 모습이 그들을 더욱 돋보이게 하였던 추억들은 담배연기와 함께 사라졌습니다.

  한 발이나 되는 장죽(長竹)으로 놋재떨이를 땅 땅 두드리며 「에헴」을 연발하여 온 식구를 긴장시키던 사랑방 할아버지의 위엄과 권위는 쪼그라들 대로 쪼그라들어 파고다공원으로 내 몰렸습니다. 그렇게 사랑을 받던 담배는 폐암을 비롯하여 각종 발암물질 유포의 주범으로 지목되어 기피의 대상이 되었고, 흡연자는 자신의 건강을 스스로 해치는 자살후보쯤으로 치부하고 다른 사람에게 각종 발암

물질로 오염시키는 악덕한(惡德漢)의 대명사로 전락하였습니다.

　이런 악덕한들은 공공건물에서 쫓겨 난 것은 말할 것도 없고 공공시설, 공공장소에서 담배를 피우는 행위는 죄악시하고 흡연구역이랍시고 어느 구석진 곳에 주어진 장소에서 죄인 모양 피우라고 종주먹을 대고 있습니다.

　집 안에서도 예외일 수 없습니다. 명색이 가장일지라도 안방에서 마루로, 마루에서 베란다로, 베란다에서 복도로 점점 밀려나 저 밖의 어느 구석에서 비루먹은 강아지 꼴이 되어 쭈그리고 앉아 몇 모금 뻐끔거리는 신세가 되었습니다.

　그 멋스러웠던 흡연의 폼은 추억 속에서 가물거리고, 권위의 상징이었던 장죽과 놋재떨이는 박물관 어느 구석에 꾸러 박히고, 담배 연기 자욱한 다방에서의 환담들은 옛 이야기가 되었으니 옛날의 영화를 회상하며 한숨마냥 담배연기를 내 뿜는 오늘날의 흡연자들의 처지가 안쓰럽습니다.

　담배가치를 입에 물때마다 세금은 꼬박꼬박 내면서도 죄지은 사람 모양 남의 눈치를 보아야하고 마치 희귀 종족 취급을 받지 않나 「값 올린다」, 「범칙금 내라」는 협박까지 받으며 불을 붙이니 이 무슨 꼴이란 말입니까? 결기(結氣) 있는 사람은 이런 수모를 참지 못하고 담배가치를 분질러 버리기도 하고, 어떤 사람은 금연학교 수료증과 담뱃갑을 맞바꾸기도 합니다. 그런데도 좀처럼 흡연자가 줄어들지 않습니다. 수모를 받으면서도 좀처럼 손을 뗄 수 없는 사람도 있거니와 예전에는 손을 대지 않았던 새로운 층의 사람들이 끼어들었기 때문입니다. 암이나 건강 따위의 단어는 숫제 안중에도 없는 아이들, 홀쭉한 S 라인을 위해서는 어떤 희생도 감수하겠다는 용기 있는 여인들은 사회에서 받는 수모나 불공평한 대접에는 신경을 쓰지 않는지 담배연기를 사랑하는 인구는 줄어들지 않습니다.

담배는 기호품입니다. 담배를 피우는 사람도 담배가 건강에 해로울 수 있다는 것을 알고 있고, 사회에 적지 않은 폐해를 준다는 것도 알고 있습니다. 그러나 담배가 기호품인 이상 다른 이들에게 해를 주지 않는 한 담배를 물었다는 이유로 지탄의 대상이 된다면 너무 억울하지 않습니까? 그렇게 모든 사람에게 해를 입히는 것이라면 국가가 법으로 담배제조나 수입을 금지하는 것이 옳을 것입니다. 담배의 유통은 보장하고 세금은 세금대로 거두면서 흡연에는 제약을 점점 강도를 높여가는 것은 불합리하기 이를 데 없습니다.

또 담배에서 얻어지는 세금은 어디에 쓰이는지 모르지만 흡연자를 위해 쓰이지 않는 것은 분명합니다. 담배에 부과되는 세금의 담세자(擔稅者)인 흡연자 또한 기호품을 즐길 수 있는 권리가 있는 국민이며 그들의 권리 또한 보호하여야 하는 것이 국가의 의무인 것입니다. 따라서 국가는 비흡연자의 권리만 두둔하고 흡연자의 권리는 묵살한다면 이는 국가의 책무를 제대로 다하지 못하는 것입니다. 적어도 이들이 쾌적한 분위기 안에서 흡연의 즐거움을 누릴 수 있도록은 배려하여야 할 것입니다.

흡연자 여러분! 온갖 수모를 당하느니 가급적 담배를 끊으십시오. 정 못 끊겠다면 죄인처럼 웅크리지 말고 낸 세금에 합당한 만큼은 국가에 요구하십시오. 옛날의 폼, 옛날의 권위는 다 지난날의 추억이지만 폐암과 동업한 종범자인양 찌그러질 이유는 없습니다. 전망 좋은 옥상이나 수목이 우거진 공원, 편리하고 몫이 좋은 광장이나 거리에서 폼을 잡고 한 대 피울 수 있는「흡연 카페」같은 시설을 요구하십시오. 비흡연자는 온 세상을 다 차지하려는데 이만한 것조차 얻지 못해서야 되겠습니까? 그리고 누구의 시선도 의식할 것도 없이 멋진 폼을 잡고 맛있게 한 대 피워봅시다.

향일성(向日性)

고요한 숲을 거닐어봅니다. 상쾌한 공기와 쭉쭉 뻗은 나무들을 올려다보면서 평화를 만끽합니다. 나무들은 앞 다투어 키를 키우고, 바닥에는 낙엽으로 발목이 묻힙니다. 나무들은 왜 저토록 온 힘을 다하여 키를 키우는 것일까? 문득 「향일성」이란 생각이 듭니다. 향일성이라 하면 흔히들 '해바라기'를 떠올리지만 모든 식물들은 '해바라보기'를 하는 것입니다. 식물들은 영양소를 합성하기 위하여 광합성(光合成)을 하게 되는데 광합성을 위하여 태양 에너지(Energy)가 필요합니다. 그러기에 대부분의 식물들은 더 많은 햇빛을 받기 위하여 태양을 향하여 잎과 가지가 뻗어 갑니다. 이것을 가리켜「향일성」이라합니다.

모든 식물들은 영양과 성장에 필수적인 햇빛을 더 많이 얻기 위하여 치열한 경쟁을 벌입니다. 한 나무에서도 가지끼리 경쟁이 일어나며 경쟁에 취약한 가지는 쇠약하여지거나 말라 죽으며, 숲 속의 나무들은 다투어 키를 키워 햇빛을 쫓아가고, 바닥에 깔리어 이 경쟁에서 밀린 작은 나무나 풀들은 도태될 수밖에 없습니다. 겉으로는 고요하고 평화로운 이 숲속은 식물들이 '밥 그릇'을 놓고 치열하게 싸우는 소리 없는 전쟁터인 것입니다. 그런 생각을 하다 보니 승자의 환호와 패자의 신음이 뒤섞인 소리가 들리는 것 같아 좀은 으

스스한 기분이 들지만, 어디 경쟁이나 전쟁이 여기만의 일입니까? 세상만사 다 그런 것이니 새삼 마음 상해 무엇 하겠습니까? 이 생각 저 생각 다 접고 겉의 평온만으로 마음을 달래려 합니다.

향일성의 극치는 '해바라기'라 합니다. 짧은 여름동안에 2미터나 되는 키를 키우고, 탐스러운 꽃을 피워 열매를 맺기 위해서는 많은 영양을 비축하여야하니 그 넓적한 잎과 줄기가 최대한으로 햇빛을 받아 광합성을 하여야합니다. 그럼으로 아침에는 동역(東域)의 해돋이로부터 시작하여 저녁에는 서역(西域)의 해넘이까지 온몸으로 해를 쫓아가고, 밤에는 다시 서에서 동으로 몸을 돌려 해맞이를 준비하는 '해바라보기'를 합니다.

많은 사람들이 이런 해바라기가 온 몸을 던져 광합성이라는 목적을 이루려는 향일성을 인용하여 사람들의 목표지향(目標指向)을 권면하고 격려하는 말들을 많이 하는 것을 보았습니다. 해바라기가 일심전력(一心專力) 해를 향하듯 사람들이 바라마지 않는 목적을 이루기 위하여 한군데에 마음을 두고 온 힘을 기울이면 이루지 못할 것이 없다는 것이겠지요.

식물들은 햇빛, 공기, 온도와 물만 있으며 살아갑니다. 그러나 사람들은 생존에 필수적인 것 이외에도 지향(指向)하는 것이 많습니다. 부, 권력, 명예, 종교, 사상, 가치, 쾌락 등등 헤아릴 수도 없을 정도의 욕구를 충족하기 위하여 애를 씁니다. 무엇을 인생의 목표로 하느냐하는 것은 각 개인의 인생관(人生觀)에 따라 다를 것입니다. 누구나 자기 나름의 목표와 가치관을 갖기에 서로 다른 것이며, 사람 수만큼이나 다양할 수 밖에 없다고 할 수 있을 것입니다. 그리고 그 목표와 가치관은 각 개인의 삶의 원동력이 되고 성취동기(成就動機)가 되는 것임에는 틀림이 없습니다.

'돌담'을 쌓으려면 큰 돌도 작은 돌도 필요하며, 둥근 돌도 모진 돌도 필요한 것입니다. 사회도 '돌담'과 같아서 다양한 사람들이 다양한 목표와 가치관을 가지고 이를 실현하기 위하여 최선을 다하면서 조화를 이루어 갈 때 그 사회는 균형을 유시하는 안정된 사회가 되는 것입니다. 만약 인위적으로 다른 목표와 가치관을 억제하고 일률적으로 하나의 목표나 가치관을 강제한다면 사회는 지극히 비정상의 사회로 되고 말 것입니다. 독재국가나 군국주의국가 같이 구성원을 노예화, 우민화하는 사회가 될 수밖에 없으며, 중세 유럽과 같이 오직 하나의 가치관과 문화 이외의 모든 문화는 죄악시함으로써 암흑시대가 되었던 것이 그 사례일 것입니다. 그러기에 어떤 사회나 다양한 사람들이 다양한 삶의 목표와 가치관을 가지고 다양한 행위로 최선을 다하여 생을 꾸려가는 것이 정상이며, 사회 구성원 전체가 행복해질 수 있는 첩경(捷徑)이라 할 수 있을것입니다.

그러기에 모든 사람들이 '해바라기'의 향일성을 본받았으면 좋겠습니다. 모든 사람들이 자기의 인생관에 따라 추구하는 목표와 가치를 얻기 위하여 '해바라기'가 태양을 향하여 온 몸을 던져 '해 바라보기'를 하듯 최선을 다하여 소기의 목적을 얻음으로서 행복하여졌으면 좋겠습니다. 그러나 오직 태양만을 향하는 해바라기가 되어서는 아니 되겠습니다. 어떤 목표나 가치라 하더라도 편집자(偏執者)가 된다는 것은 바람직하지 않기 때문입니다. 태양이 없으면 살아갈 수 없지만 태양을 오래 쳐다보면 실명할 수 있듯 자칫 하나의 목표나 가치에 대한 지나친 집착은 그것 이외의 것에 대하여는 사시안적(斜視眼的)인 편향(偏向)된 판단을 하게 되어 그 외의 것에는 장님이 될 수 있다는 말입니다. 뿐만 아니라 자기의 목표나 가치를 추구하기 위하여서는 타인의 희생이나 고통 등은 외면하거나 도외시할 수 있는 위험의 소지까지 내포하고 있는 것입니다. 우리 사회 속에서 이런 사례는 얼마든지 볼 수 있지 않습니까? 샤일록 같은 배금주의자들, 권력지상주의자들, 종교집단들, 부도덕한 정상배들, 몰염치한 상인들 등등.

사회는 다양한 사람들이 다양한 인생관을 가지고 다양한 생의 목표와 가치를 추구하는 행위의 집합체(集合體)입니다. 그러기에 각 개인의 목표추구 과정이나 가치관 간에 경쟁과 갈등도 있는 것이며, 이해관계의 상충(相衝)도 있을 수 있는 것입니다. 그러나 이런 것은 사회규범 내에서 이해와 타협이나 절충으로 해결함으로 조화를 이루지 않으면 안 되는 것입니다. 조화를 위하여는「나」의 것만이 중요하다'는 논리는 있을 수 없습니다. 내가 추구하는 목표와 가치가 중요한 것과 같이 다른 사람의 그것 또한 중요한 것이며, 결코 다른 사람의 그것을 비방하거나 침해하여서는 안 되는 것입니다.

이런 기본적인 규칙 위에서 각 개인은 자기의 이상과 꿈을 실현하기 위하여 최선을 다하기를 바라마지않습니다. 해바라기가 온 몸을 다하여 햇빛을 해 바라보기 하듯 이상과 꿈을 향하여 말입니다.

아량(雅量)

우리 집에는 두 마리의 개를 키우고 있습니다. 한 놈의 이름은 곰순이고 또 한 놈은 진순이입니다. 곰순이는 열 살의 진돗개의 혈통을 이은 검은 색에 눈 주변이 안경을 낀 것 같은 암놈으로 사람에게는 순종적이지만 다른 개나 짐승들에게는 사납기 그지없습니다. 어려서부터 집에서 기르는 것은 물론 이웃집의 닭, 오리, 칠면조 강아지 등을 물어 죽이는데 명수여서 변상한 금액도 수월치 않았습니다. 집주변에 얼씬대는 쥐, 다람쥐, 청설모, 오소리, 너구리를 수도 없이 사냥하여 앞마당에 늘어놓고 자랑하듯 주인을 쳐다봅니다. 농작물에 입을 대는 고라니도 조심스레 밤에만 왔다가도 이놈에게 혼이나 줄행랑을 칠 정도입니다. 그래서 이놈은 유해 조수(鳥獸) 퇴치의 공로와 집 지킴이의 역할을 잘 수행한 솜씨를 인정하여 놓아 기르고 있습니다.

진순이도 진돗개의 혈통이 조금은 섞인 일곱 살의 흰색 암놈입니다. 온순한 편입니다만 사냥 실력도 별로인 그저 평범한 똥개 축이고 곰순이와 싸우는 것이 귀찮아 매어 길렀습니다. 그런데 이놈이 어쩌다 풀리면 곰순이와 싸움이 벌어집니다. 덩치도 조금 작고 온순한 것 같은 놈이지만 유독 그놈에게만은 앙칼지고 사납습니다. 한번은 싸움이 어쩌나 격렬한지 주인의 만류 같은 것은 안중에도 없이 서로 물어뜯었습니다. 물을 끼얹고 몽둥이로 얻어맞고서야 겨우 말릴 수 있었습니다만 양쪽이 다 심한 부상을 입어 치료를 받아야 하였습니다. 며칠 동안은 두 놈이 꿍꿍 앓더니 상종을 하지 않을 뿐 아니라 서로 피하여 다녔습니다.

그러다 닭장이 비게 되었습니다. 창살에 갇히는 것이야 마찬가지 이겠지만 줄에 매인 것 보다야 나을 성 싶어 진순이를 목줄을 풀고 이사를 시켰습니다. 우리 안이지만 좀은 자유로운 것 같아 좋아보였습니다. 그런데 말입니다. 그 사납고 우악스러운 곰순이란 놈이 창살 틈으로 들여다보면서 꼬리를 치며 우호적인 제스처를 보내는 것이었습니다. 처음에는 시큰둥하였던 진순이도 심심하였던지 나중에는 반응을 하였습니다. 며칠 후에는 입을 맞대고 꼬리를 살랑이며 마치 연애하는 꼴과 같아지게 되었습니다. 집에서 기르는 짐승들이 사이가 좋아지는 것은 좋은 일임에 틀림없으나 생각하여보면 좀은 꿍꿍이 꼼수가 있는 것 같아보입니다. 풀렸거나 줄에 매였어도 공격의 가능성이 있었을 때에는 허연 이를 드러내고 으르렁거리던 놈이 공격의 가능성이 전무한 상태가 되어지니 아량이나 베푸는 듯 우호의 손길을 내민다는 것이 좀은 가증스럽다는 심사가 없지 않습니다.

인간 사회에서도 이런 현상은 흔히 볼 수 있지 않습니까? 자기하고 경쟁이 되지 않을 정도의 막강한 사람 앞에서는 아부와 아첨이 능사(能事)인 저자세의 아류(亞流)가 되고, 경쟁자나 경쟁의 가능성이 있는 사람에게는 질시와 모략중상을 서슴치 않으며 무서운 투지로 공격의 날을 세우는 사람이 자기에게 공격의 화살을 날릴 가능성이 전무한 사람에게는 관용을 베푸는 듯, 넓은 아량으로 보듬는 대범한 태도를 보이는 사람도 더러 있습니다.

강한 자가 약자를 돕고, 가진 자가 못 가진 자에게 베푼다는 것은 미덕임에 틀림이 없습니다. 그러나 이것에는 강한 자, 가진 자의 마음가짐이나 그 마음자세에 따라 미덕이 될 수도, 악덕이 될 수도 있는 것입니다. 그야말로 강한 자가 순수한 마음으로 나는 힘이 있으니 내가 가지고 있는 힘의 일부를 나누어 주겠다, 가진 자가 나는 가진 것이 많으니 가지지 못한 자에게 가진 것의 일부를 나누겠다고 한다면 얼마나 아름답습니까? 그러나 전부가 이런 것은 아니지 않습니까? 혹자는 '그 무엇'(something)을 염두에 두고, 혹자는 남에게 떠밀려, 혹자는 자기과시를 위하여 속으로는 찌운하면서도 선심을 베푸는 척, 아량을 보이는 척하는 경우도 흔히 있습니다. 이런 것에 미덕이라 이름을 붙이기는 좀은 떨떠름하지 않습니까? 바라건대 나눔에는 순수와 진심이 바닥에 깔려있고 사심(邪心)이 개재(介在)않기를 바랄뿐입니다. 조건 없는 사랑, 자비, 측은지심에서 우러나온 나눔만이 진정한 아량이라고 생각합니다.

곰순이와 진순이의 관계는 짐승들의 법칙에서 일어나는 현상이니 선악이나 시시비비를 논할 성질이 아닙니다. 그저 우리 밖에서 자유로이 나다니는 그야말로 개 같은 생활을 만끽하고 사는 놈이 철창우리 속에서 구속되어 살고 있는 놈에게 아량(?)을 베푸는 듯 꼬리를 치고 선의를 보이는 꼴이 가증스러워 보였을 뿐입니다.

나물 한 쾌기

　시장어귀에 추레한 노파가 좌판을 벌이고 앉아있습니다. 좌판이
라야 신문지 위에 산나물 몇 쾌기와 푸성귀 몇 묶음이 전부입니다.
사람들의 왕래는 많았지만 노파를 눈여겨보는 사람은 없습니다. 그
래도 노파는 가끔 생각나듯 파리를 쫓는 시늉으로 손을 가로 저으
면서도 지나가는 아낙들의 얼굴을 흘깃거립니다. 한식경이나 지나
서야 사십대의 아낙이 노파에게 닥아 섰습니다. 노파는 반색을 하
며 허리를 폅니다. 흥정의 말이 오고갑니다.

　"한 쾌기에 얼마에요?"
　"삼천 원은 주셔야 해요"
　"에이 비싸네"

　그리고 휑하니 돌아서서 가버렸습니다. 노파는 먼저의 자세로 돌
아가 먼저의 동작을 되풀이합니다. 한참을 지나서야 한 아낙이 다
가섰습니다. 흥정도 같은 수순입니다.

　"한 쾌기에 얼마에요?"
　"삼천 원은 주셔야 해요"

"이천 원에 주세요"

"오백 원만 더 쓰시지"

홍정은 옥신각신하다가 노파는 체념한 듯 검정 비닐봉지에 한 쾌기를 담아 건네고 지전 두 장을 허리춤 주머니에 찔러 넣습니다.

노파가 이 몇 쾌기의 나물을 뜯기 위하여서는 뒷산을 하루 종일 종아리에 알이 배도록 오르락내리락하였을 것입니다. 그리고 지친 몸으로 다듬어 삶았을 것입니다. 화덕에 삼십년도 넘게 쓴 양은 솥에 물을 붓고 털썩 주저앉아 콩 짚이나 깨 짚으로 불을 지핍니다. 활활 타오르는 불꽃을 지켜보면서 돌아간 영감님 생각을 하면서 아련한 그리움에 눈시울을 적셨을 수도 있고, 얼굴 본지 오래된 손자 손녀의 모습을 그리며 주름진 볼에 미소를 지었는지도 모릅니다.

펄펄 끓는 물에 풋나물을 넣고 소금을 조금 넣습니다. 행여 시간을 놓칠세라 조바심을 하다가 잽싸게 건져 냉수에 헹궈 쾌기를 만듭니다. 하나 둘 셋…세어 가면서, 속으로는 또 다른 셈을 하여봅니다. 하나에 삼천 원, 다섯이면 만 오천 원, 이것으로 무엇을 먼저 할까? 살기 어려운 둘째 딸네 외손자 놈 학용품을 사줄까? 아니면 명절에 큰절하는 친손녀 머리핀을 사줄까? 하긴 아들이 용돈 많이 주었다고 자랑삼아 자장면을 한 턱한 XX할멈에게 진 자장면 빚도 있긴 한데… 이런저런 생각이 뒤엉켰을지도 모릅니다.

그리고 이튿날 버스를 타고 이 시장입구어름에서 하루 종일 앉아 고개가 아프도록 오고 가는 아낙들을 살피다가 겨우 다 팔았습니다.

그것도 깎아달라는 성화에 목표한 셈은 채우지 못하였습니다.

　우리네 딸아이들은 결코 싸지 않은 스타벅스 커피 종이컵의 빨대를 빨며 길을 걷고 있지는 않습니까? 아들 녀석들은 생맥주집에서 한 조끼 두 조끼 호기를 부리고 있지는 않습니까? 아니 우리는 점심모임에서 얼마짜리 식사를 하였던가요?
　세상사가 다 그런 것이지만 이 구석 저 구석에, 이 사람 저 사람에 사연도 많고, 속 깊은 속사정도 많습니다. 아낙들이여, 모든 흥정은 깎는 맛이 있다지만 이 노파의 사연은 이렇다는 이야기입니다.

　　　　　　　　　어느 시장어귀에서 좌판 노파를 보고

밥상 앞에서

「밥풀 하나를 흘리면 삼대가 굶주린다.」라는 옛 어른들이 이르시던 말씀이 있다.
어린 시절 밥상머리에서 밥풀을 흘리면 주워 먹어야했고
밥그릇에 밥풀 하나라도 붙은 채 수저를 놓으면 불호령이 내렸다.
그래서 지금도 밥 먹은 자리가 깨끗하다.

요즈음에는 먹을거리가 차고 넘칩니다. 아이들에게 밥을 먹이려면 엄마들이 가진 감언이설로 달래야 겨우 몇 술 먹는 둥 마는 둥 하고, 음식을 흘리고 남기고하는 것은 말거리도 아닙니다. 도시 먹을거리가 귀중하고, 먹고 사는 것에 감사하여야 한다는 생각 같은 것은 찾아볼 수도 없습니다. 어른들이 경험했던 기근(饑饉)이나 보릿고개 이야기를 하면 마치 고려나 이조시대의 이야기 정도로 듣고, 상머리에서 음식물을 아끼라고 하면 잔소리로 치부합니다. 그러나 생각해 보십시오. 한 톨의 곡식, 한 낱알의 밥풀이 우리의 생명줄인 것을, 다시 한 번 밥상에 놓인 음식물의 의미를 캐어 보아야 하지 않겠습니까?

어느 곡식이든 우리 식탁에 오르기까지에는 수 없이 많은 사람들의 땀과 정성이 쏟아져야합니다. 한 톨의 곡식을 얻기 위하여 농부들은 폭양 아래에서 씨 뿌리고 비료 주며, 잡초를 뽑고 매어주며,

병충해를 방제하고 추수하는 과정에서 수없이 많은 손길이 가야하고, 하루에도 서너 벌의 옷을 땀으로 빨아야합니다. 그 뿐입니까? 농작물은 농부의 발걸음 소리를 듣고 자란다는 말이 있듯이 하루에도 수 없이 돌아보고 살피는 정성이 뿌려져야 한 알의 곡식이 생산되는 것입니다. 생산된 곡식은 가공되고 수많은 유통경로를 거쳐 주부 손에 들어오고, 주부는 정성을 다하여 조리를 함으로서 비로소 밥상 위에 오르는 것입니다.

또 한 가지 잊어서는 안 될 것은 곡식을 생산하는 식물 자체의 노고입니다. 한 낱의 씨가 땅에 떨어져 싹이 나고, 온갖 풍우와 한발, 질병과 해충의 공격을 받으면서도 광합성 작용, 호흡작용을 쉼이 없이 계속하였고, 온 힘을 모아 꽃을 피우고 가루받이를 하여 얻은 결실을 우리 밥상에 올린 것입니다. 어찌 그 작물들에게 감사의 생각을 떨쳐버릴 수 있겠습니까?

이 한 알 한 알의 곡식이 우리의 생명의 원천이 되고 활동의 에너지가 되는 귀한 생명의 씨알들인 것입니다. 농부의 땀의 결과이며 식물들의 노작의 결실인 한 알의 낱알, 밥풀 하나하나가 어찌 귀하지 않겠습니까? 어찌 한 알의 곡식을 보고 하찮다 할 수 있겠습니까? 우리가 한 알의 곡식, 밥풀 하나를 업신여긴다면 농부의 땀과 식물의 노고와 조리한 이들의 정성에 대해 얼마나 미안하고 죄스러운 것이겠습니까? 옛 어른들은 이런 곡식들이 지닌 의미를 아셨기에 「밥풀 하나를 흘리면 삼대가 굶주린다.」는 경구(警句)를 일러주어 먹을거리의 귀함을 일깨워 주려고 하셨을 것입니다.

우리는 그저 아무 생각 없이 일상(日常)적으로 밥상을 받습니다.

게다가 가끔은 투정도 하고 퉤퉤거리기도 하고, 먹고 난 밥그릇은 지저분하기 이를 데 없고, 개수통에는 밥알이 수 없이 버려지고, 음식은 남아 잔반통에 부어지기도 합니다. 분명 이런 행태는 농부들의 노력과 정성에 대한 감사의 마음을 표해야 할 사람의 자세도 아니며 식물들의 노작을 빌려 온 빚진 사람들의 태도는 더욱 아닙니다. 돈 주고 사왔노라고? 돈에 대한 반대급부이니 아무렇게 취급한들 어떠냐고? 그런 사고방식은 천박(淺薄)한 자들의 계산법입니다.

생명의 원천인 곡물, 아니 곡물뿐이랴? 채소, 육류, 어류 할 것 없이 우리들 밥상에 오르는 모든 것은 우리의 생명의 원천이며, 이를 생산하고 유통하는 데에는 수없이 많은 사람의 땀이 배어있고 정성이 묻어 있는 것이며, 더 근본적인 것은 저 식재료들은 우리의 생명유지를 위해 저들의 생명과 몸체를 희생하였다는 생각을 갖는다면 밥상 앞에 설 때 숙연한 마음, 경건한 자세, 감사하는 생각을 가져야 하는 것이 도리일 것입니다.

밥상 앞에 서서 진지하게 이 밥상의 의미를 삭여 봅시다. 그리고 이 밥상이 얼마나 귀하고 존중되어 마땅한가를 생각하여 봅시다. 진심으로 한 톨의 곡식, 한 점의 고기, 한 줌의 나물들이 귀하게 여겨지고 감사하는 마음이 생겨날 때까지.

한 해를 보내며

오늘은 섣달 그믐날입니다. 다른 때라면 오늘의 일몰이나 내일의 일출이 그리 법석을 떨 정도로 큰 의미가 있겠습니까? 그런데 사람들은 어떤 계기(契機)의 획을 그어 의미를 붙입니다. 오늘이나 내일이 바로 그런 날입니다. 오늘 지는 해가 어제 지던 해보다 더 큰 것도 아니고 내일 뜨는 해가 오늘 떴던 해보다 더 유별난 것도 아니건만 묵은해를 보내고 새해를 맞이한다고 마치 엄청난 생의 변화의 계기가 될 수 있는 시점이라도 맞은 듯 기분들이 들떠 있습니다.

매년 맞는 연말연시이지만 그 맞는 감회는 매양 다릅니다. 젊은 시절에는 가슴속에 표현하기 어려운 울렁거림이 있었습니다. 기대되는 내일에의 가능성이 눈앞에 어른거리고, 혈관의 뜨거운 피가 용솟음치는 것 같았습니다. 그러기에 뒤를 돌아보며 걸어온 자취를 더듬는 것에는 눈길도 주지 않았습니다.

그러나 나이가 들면서 점차 앞보다는 뒤를 돌아보고 깊은 사념에 사로잡히는 때가 많아졌습니다. 수없이 겪었던 사건들, 수없이 만났던 인연들, 넘고 넘었던 험로에서의 사연들이 평소에는 생각의 저변(底邊)에 깔려 까맣게 잊었다가 이맘때가 되면 얼핏 표면으로 떠올라 잔잔했던 감성에 부채질을 합니다.

역사에는 가정(假定)이란 없다고는 하지만, 지나온 그 때, '만약 그 일은 이렇게 처리하였었다면'하는 가정을 하고 예상되는 대안들을 모색하여 보지만 헝클어진 생각의 실타래는 쉽게 풀리지도 않습니다만 그 틈새 틈새에 끼여 있는 인과관계에서 어떤 것에는 자책과 회한을, 어떤 것에는 허허로운 홍소(哄笑)를 짓게도 됩니다. 어쨌든 기억의 갈피갈피에 남아있는 것들의 대부분은 미진(未盡)을 탄하는 미련이 조금씩은 남을 수밖에 없는 것들이니 씁쓸한 회고담이 될 뿐입니다. 이런 것들이 나만의 성패(成敗)이며 애환(哀歡)으로 스러진다면 조금은 아쉬운 생각이 없지 않습니다. 후진들이 이런 일을 당하여 힘들어한다면 도움의 말이라도 하여주련만.

가슴을 아릿하게 하는 것은 삶의 길에서 만났던 수많은 길 동무였던 인연들을 떠올릴 때입니다. 문득 눈앞에 어른대는 보듬어주고 싶은 그리운 인연들, 힘껏 손을 잡고 흔들며 등이라도 두들기고 싶은 인연들, 한적한 길을 함께 걸으면서 도란도란 이야기의 꽃을 피우고 싶은 인연들, 그저 마주 앉아 싱긋이 미소를 나누고 싶은 인연들. 기억에 떠오르는 얼굴들을 하나하나 더듬어 봅니다. 어떤 이들은 소식이 끊기고, 어떤 이들은 이미 이 세상 사람이 아니며, 어떤 이들은 이름도 가물가물 기억이 흔들립니다. 애틋한 정감이야 많이 발했지만 그 길동무들이 그립습니다.

그러나 잊기에는 가슴이 아린 추억들이 안개 속에서 춤을 춥니다. 마음가득 그리움이 넘치지만 감미롭고도 아릿한 추억으로 마음갈피에 다시 접어 둘 수밖에 없지 않습니까? 생각해보면 그리 긴 삶도 아니련만 울퉁불퉁 꼬불꼬불 곡절도 많았습니다. 다른 이들의 그것에 비한다면 그 굴곡이 그리 심하지는 않았는지 모르지만 나름대로는 고뇌와 각고로 점철되는 구도(求道)의 행로임에는 틀림이 없습니다. 그러나 돌아보면 고비마다 주저주저하고 주춤주춤하던 행태들이 스스로도 부끄럽습니다. 과감히 맞서서 치열하게 쟁취하려는 투지(鬪志)가 부족하여 행동은 사색을 따르지 못하고, 실천은 계획을 따르지 못하여 아쉬움이 따라다녔고, 항상 허기와 갈증을 느끼며 살아 온 삶이었음을 고백합니다. 이제 어쩌겠습니까? 후진들에게는 잔소리로 밖에 들리지 않겠지만 내 체험담을 들어 충고와 격려나 할 수 밖에.

이제 묵은해를 보내는 아쉬움이 배인 석별의 노래(Auld lang syne) 소리도 잦아들고, 제야(除夜)의 종소리도 멎었습니다. 삶의 또 한 마디인 새해가 밝아올 것입니다. 그날이 그날이겠지만 한껏 의미를 붙여 새 날로 치장한 오늘, 만나는 사람들과 정겨운 덕담을 나누면서 다시 활기찬 일상으로 들어가야 하겠습니다.

새해에 복 많이 받으십시오.

2011. 12. 31

돋보기

　방에 앉아 책을 보고 있었습니다. 아내가 들어와 보더니 '개미가 당신 앞에서 장(場)을 벌인다'는 것입니다. 둘러보아도 개미는 없었습니다. '무슨 소리야?'라는 듯 쳐다보았더니 돋보기를 가져다가 주었습니다. 안경을 쓰고 둘러보니 과연 백 여 마리는 될 만큼 많은 놈들이 분주다사하게 움직이고 있었습니다. 우리 방은 개미와 공동주거공간임은 진작부터 알고 있었지만 어찌 이리 많은 놈들이 장을 벌이나 하고 내려다보고 있자니 내가 마치 시골 장마당에 거인이 나타나 짓밟고 서있는 꼴 같아보였습니다. 우습기도 하고 민망도 하여 쓸어서 창문 밖으로 추방하였습니다.

　돋보기를 벗어서 들고 개미를 추방한 공간을 응시하면서 새삼 이 손에 들린 친구와의 해후(邂逅)를 떠올려 봅니다. 내 시력은 40대 중반까지도 2.0 내지 1.5이었습니다. 그런데 어느 날 아침 습관대로 잔글씨의 책을 읽으려는데 글자가 겹치고, 흐릿하여 읽을 수가 없는 것입니다. 너무나 갑작스런지라 안과에 달려갔더니 노안 현상이랍니다. 40대에 노안? 몸이 벌써 늙는다니 대경실색하여 정신이 아득해졌습니다.

　어쨌든 책을 보아야 하는 직업이니 처방대로 돋보기를 맞추었습니다. 그러나 잔글씨를 보는 이외에는 일상생활에서 그리 돋보기를 찾을 일이 없는지라 간수하는데 소홀 했던지 2년쯤 쓰다가 잃어버렸습니다. 그런데 잃고 나면 더 필요성이 절실하여지는지 할 수 없이 안경점을 들렸습니다. 그저 임시로 쓰려고 점포 문 앞에 수북이 쌓인 천덕꾸러기 돋보기 가운데에서 가장 싼 값으로 지금 쓰는 이 친구를 골라 샀습니다. 그런데 천생연분이 있었던지 내 눈의 시력이 1.5에서 0.6으로 변해도 한결같이 눈에 맞추어 맑고 선명하게 볼 수 있도록 도와주기를 30여년. 지금은 일상생활에서 가장 가까운 측근으로 사물을 흐릿한 것을 선명하게, 보이지 않는 것을 보이게 하여줄 뿐 아니라 그 사물 속에 내재한 속내까지 들여다 볼 수 있게 하는 구실까지 하여주는 가장 필요한 조력자의 구실을 하는 친구가 되었습니다. 아침에 신문 읽기부터 시작하여 모든 책, 문서, 약 설명서, 컴퓨터, 기구 사용 설명서 등등 읽을거리는 물론 텔레비전, 사진, 그림 등등도 이 친구 없이는 선명하게 볼 수 없으니 모든 정보를 일러주는 최측근의 조력자라 아니 할 수 없습니다. 뿐만 아니라 모든 사물을 관찰하고 감상하며 아름다운 세계를 엿보는 것도 이 친구 없이는 할 수 없으니 사물의 외형만이 아니라 내밀한 속내를 간파 하는데 조력하는 더 할 수 없이 고마운 친구이며 동업자인 것입니다.

들여다보면 테와 다리는 내 땀에 절어 도금은 벗겨지고, 파랗게 녹이 슬었으며 렌즈유리는 얽어 30여년 세월의 흔적이 역력하지만 무심한 주인인 나를 돕겠다는 충정은 조금도 식지 않았다는 듯 투명한 유리알을 반짝이며 내 앞에 놓여 있습니다.

어찌 보면 사람이란 참으로 이기적인가 봅니다. 필요할 때만 애타게 찾고 필요가 없을 때는 까맣게 잊습니다. 대인(對人)관계뿐만 아니라 대물(對物)관계에 있어서도 한결같이 중히 여기고 감사하는 마음 씀씀이가 없는 것이 아닌가하는 생각을 돋보기를 들여다 보면서 생각하여 봅니다. 새삼스러운 짓이겠지만 지금이라도 30여년 지기에게 고마움을 표하는 의미에서라도 녹을 긁어내고 잘 닦아 무심했음을 사과하여 볼까 합니다.

바라건대 내가 눈을 감을 때까지 내 옆에 있어 보이지 않는 것을 보이게 하고, 흐릿한 사물을 또렷이 볼 수 있도록 도와주며, 그 사물들의 내밀(內密)한 밀어(密語)까지도 귀띔해 주기를 바랍니다.

촛 불

　어두움은 인간의 활동에 제약(制約)을 줍니다. 그러기에 인간은 생존을 위하여서 어둠을 밝힐 불빛이 필요했습니다. 원시 시대에는 화톳불을 피워 주위를 밝힘으로써 온기(溫氣)도 얻고, 짐승들의 접근도 막을 수 있었을 것입니다. 인간이 차츰 정주(定住)생활을 함에 따라 주거공간을 밝힐 자료가 시대의 변천이나 과학의 발달에 따라 부단히 변화 발전하여 보다 편리하고 안전한 방법을 개발함으로서 인간생활은 그 질을 점차 향상시켜 왔습니다.

　좁은 방이나 일정한 공간을 밝히는 조명(照明)으로 옛날에는 서민들은 광솔 불이나 들깨 피마자 동백 등의 기름을 사용하는 등잔으로 어둠을 밝혔고, 왕실이나 일부 상류층에서는 꿀벌이 분비한 밀랍(蜜蠟)으로 만든 초를 사용하기도 하였습니다. 근 현대에 와서는 석유를 사용하는 것이 일반화되었다가 전기의 보급으로 조명에 일대 혁신이 이루어져 밤과 낮이 바꾸어 질 정도로 어둠의 제약에서 벗어나게 되었습니다.

　그런데 조명의 방법이 아무리 변화 발전하여도 한결같이 촛불만을 고집하는 경우가 있습니다. 사람들은 엄숙한 제례나 상례, 성스럽고 경건한 종교적 의식, 뜻 깊은 혼례의 자리, 간절히 소망을 기원하는 자리 등에는 언제나 촛불만을 밝혔습니다. 혼례에 있어서

전통식의 초례상에도, 신식 예식장의 탁상에도 쌍 촛대에는 촛불이 일렁이고, 상가(喪家)의 빈소나 각종의 제상(祭床)에도 촛대위에 촛불은 꺼져서는 안 되는 것 이었습니다. 사찰의 대웅전에는 항시 촛불을 밝히고, 나한전 등에는 수도 없이 많은 촛불의 불꽃이 피어오르고, 석가 탄일의 사찰 마당에는 경건하고도 아름다운 등불이 장관(壯觀)을 이루며, 연등(燃燈)의 행렬은 불꽃의 강을 이룹니다. 성당에도 교회에도 제단에는 촛불이 있으며 기도처(祈禱處)에는 수없이 많은 촛불 앞에서 경건한 자세로 기도하는 사람들을 볼 수 있습니다. 우리네 할머니들이 장독대에 정화수를 떠놓고 정성스레 가족의 안녕을 기원할 때도, 무속인(巫俗人)이 신령에게 간절히 축원을 올릴 때도 촛불을 밝혔습니다.

이런 촛불의 쓰임새는 비단 동양 문화권만의 것은 아닙니다. 서구(西歐)에서도 종교의례(儀禮)나 기타 의식(儀式)에서 촛불을 밝히는 것은 허다한 사례들이 있습니다.

아마도 촛불은 공간의 정화(淨化)를 의미하며, 엄숙하고 경건한 분위기를 만들고, 정신을 집중시켜 한 초점에 몰두하게 하는 신비로운 힘이 있는 것 같습니다. 그래서 엄숙한 분위기를 요하는 의식이나 의례에서는 예외 없이 촛불이 등장하고, 정신 집중이 필요한 기도(祈禱)나 기복(祈福)의 행위에서도 촛불을 밝히는 것을 미루어볼 때 촛불이 만들어내는 분위기의 효과는 매우 큰 것이 아닐까 생각됩니다.

광장에 모인 대중들이 손과 손에 촛불을 들고 모여 있다면 다른 군중의 모임과는 달리 숙연(肅然)한 분위기 같은, 차분하지만 무엇인가를 갈망하는 무언(無言)의 호소가 깃든 것 같은, 무엇인가 이루어보겠다는 결의가 서린 분위기 같은, 무엇이라 표현하기 어려운 어떤 힘이 감도는 것 같지 않습니까?

보이스카우트(Boy scouts)에서 촛불을 들고 서약을 하는 행사가 있습니다. 혈기 방자한 아이들도 이 행사에서는 모두가 숙연한 자세가 되고, 진지한 태도로 마음다짐을 한답니다. 요즈음 젊은이들이 청혼(請婚)이벤트에도 촛불을 쓴다고 합니다. 일종의 서약의식으로 청혼자의 결의(決意)를 강조하는 분위기를 만드는데 일조할 것 같지 않습니까?

위의 예들을 미루어 보아서도 촛불이 사람들의 마음을 움직이는 데 큰 작용을 할 수 있다는 것은 짐작할 수 있을 것입니다. 촛불이 만들어내는 분위기가 다른 사람들에게 직접적 영향을 주지 않는 사적(私的)인 행위나 종교적 신앙행위 등에 어떤 영향을 미치는 것에 국한된다면 정적(正的)이든 부적(否的)이든 문제될 것이 없을 것입니다. 그러나 촛불의 잠재적 힘을 어떤 특정인이나 특정 집단이 어떤 특정 목적을 위해 이용하려는 경우도 있을 것이며, 이만한 좋은 방법을 결코 간과(看過)하지도 않을 것입니다. 그런데 이런 대중의 마음을 움직일 수 있는 촛불의 잠재적 힘을 동원하여 어떤 목적에 이용하느냐하는 문제는 사회 전반에 큰 파장을 가져 올 수 있기에 깊이 생각할 여지가 있습니다. 촛불이 빚은 분위기의 힘을 빌어 대중을 바람직한 방향으로 이끈다면 사회와 국가에 긍정적 작용이 될 수도 있겠지만, 대중을 움직여 특정 집단의 특정 목적을 이루고자 한다면 문제가 간단하지 않습니다.

요즈음 사회 일각에서 촛불시위가 자주 일어나고 사회적인 파장도 적지 않습니다. 촛불이 만들어 내는 분위기의 효과를 십분 활용하여 특정 목적을 달성하기 위하여 툭하면 촛불을 들고 길거리로 나아가 대중을 선동하고 흥분시켜 혼란을 일으킨다면 이는 대중을 우민화(愚民化)하는 것이며, 기만하는 것입니다. 그 촛불시위의 숨은 목적이 무엇인지에 시비를 논하고 싶지는 않습니다. 다만 대중을 오도(誤導)하는 경우 그 분위기에 휘말려 이성(理性)적 판단보다는 군중심리에 편승하는 양상을 보인다면 사회와 국가에 심각한 부적 영향을 끼칠 수 있다는 노파심에서 하는 말입니다.

아리랑

2013년에서 2014년으로 넘어서는 길목에서 제야의 종소리도 여운이 잦아들었습니다. 그리고 소프라노 신영옥의 「아리랑」이 조용히, 아주 조용히 흐릅니다.

아리랑 아리랑 아라리요
아리랑 고개를 넘어 간다
나를 버리고 가시는 님은
십리도 못가서 발병난다
아리랑 아리랑 아라리요
아리랑 고개를 넘어 간다

티 하나 없이 맑고 깨끗한 샘물이 흐르듯 군살 같은 반주도 없이 순백의 음색으로 가만 가만히 다가오는 멜로디는 고운님의 손길이 어루만지듯 온 몸을 감싸 안습니다. 나는 마치 고요한 호숫가에 무심히 앉아 일렁이는 물결을 바라보듯 잔잔한 감동의 파문으로 멍청이가 되어 온 감각은 숨을 죽이고, 가슴만 조용히 뛰었습니다. 말과 글로는 표현할 수 없는 것도 있는 것. 슬프도록 아름답다고 하였던가? 뺨에는 나도 모를 눈물이 흐릅니다.

「아리랑」을 누가 작곡하였는지, 누가 작사를 하였는지는 알 수 없습니다. 아니 알 필요도 없습니다. 이 땅에 살고 있는 우리는 「아리랑」이 우리 가슴속에 깊이 뿌리를 박고 있는 연원(淵源)을 알고 있기 때문입니다. 이 민족이 걸어온 오천년의 역정(歷程)속에서 울려 퍼졌던 모든 소리들, 죽음의 골짝에서의 절규, 질곡(桎梏)의 멍에에 짓눌린 비탄, 가난과 기근에서 오는 신음, 억압과 탄압으로 쌓인 한 서린 외침, 슬프고 외로울 때의 시름 실린 흐느낌, 즐거울 때의 환호성, 기쁠 때의 웃음소리, 흥에 겨워 덩실덩실 추어대던 춤사위와 장단, 양반님네의 시조 가락으로부터 고된 노역의 힘겨움을 덜기 위한 노동요 등이 민족의 삶에서 들려왔던 모든 제 각각의 소리가 한 항아리에 담겨 숙성되어 노래로 거듭난 것이 「아리랑」인 것입니다.

마치 깨끗한 곳, 더러운 곳, 메마른 곳, 음습한 곳, 높은 곳, 낮은 곳 할 것 없이 어디에 있었던 물이건 증발하여 구름이 되고, 구름은 다시 대지를 적시어주는 단 비가 되어주듯 우리의 선인들의 피와 땀, 눈물과 한숨, 비탄과 시름, 웃음과 노래, 흥과 춤사위 등이 한 그릇에 담겨 곰삭아 하나의 노래로 승화(昇華)하여, 우리 민족의 가슴 가슴마다 촉촉이 적셔주는 감로수(甘露水)가 된 것이「아리랑」인 것입니다. 그렇기에 「아리랑」은 우리에게 기쁘고 즐거울 때는 흥을 돋구어주고, 힘들고 어려울 때는 격려와 편달이 되며, 외롭고 슬플 때는 위로와 위무의 손길이 되고, 절망과 낙담으로 괴로워할 때는 재기의 힘을 주는 민족의 비방(秘方)이 되는 것입니다.그러기에 대개는 어떤 명곡(名曲)이라 알려진 노래일지라도 때와 장소와 상황을 가리게 마련이지만, 우리 민족은 언제, 어디서나, 어떤 처지, 어떤 경우에서도 아리랑을 노래해도 어색함이 없으며, 포근히 안겨 토닥임을 받는 것 같아 속 깊은 감동과 따스한 기쁨을 느끼는 것이고, 위로와 격려를 받는 것입니다.

또한 아리랑을 부르노라면 저절로 선인(先人)들의 면면과 삶을 상기하게 됨으로서 잠들었던 민족의 자긍심(自矜心)과 정체의식(正體意識)을 되새기게 되는 것입니다. 「아리랑」은 우리 민족의 굴곡이 많았던 여정(旅程) 속에서 선조의 삶이 빚어낸 귀하디귀한 감로수요, 비방의 명약(名藥)인즉 이 땅에 살고 있는 모든 이들에게 기쁨과 위안을 주고, 민족의 큰 아픔을 치유(治癒)하는데 크게 효험이 있기를 기원하고 또 기원합니다.

「아리랑」은 끝났습니다. 우두커니 앉아서 노래를 다시 반추(反芻)하여 봅니다. 그리고 흥얼거려 봅니다.

아리랑 아리랑 아라리요
아리랑 고개를 넘어간다
나를 버리고 가시는 님은
십리도 못가서 발병난다
……

입춘(立春)

오늘은 2월 4일, 입춘입니다. 절기로 볼 때 봄이 문턱에 왔다는 날입니다. 그런데 창문을 열자마자 매서운 찬바람이 떠밀듯 방안으로 밀려듭니다. 얼굴에 와서 닿는 품이 한 겨울 삭풍(朔風)입니다. 춘래 불사춘(春來 不似春)이라더니 봄이 오다가 발병이 나서 쉬어 오려나보다 하고 창문을 닫았습니다.

두꺼운 옷을 껴입고 웅숭그리고 농장을 돌아보았습니다. 햇볕은 있으되 온기는 냉기에 쫓기어 간곳이 없고 활기를 잃은 채 내려앉아 떨고 있는 것 같았습니다. 아직도 여기저기에 잔설(殘雪)이 자리 잡고 있으며 담긴 물은 얼음으로 웅크리고 있으니 동장군의 기세가 아직은 남아있음이니 나무들인들 기를 펼 수 있겠습니까? 온 몸을 웅크리고 때를 기다리며 잠들어 있습니다.

겨울철 나무사이를 걷노라면 마치 인적(人跡)이 끊긴 골목을 지나가는 것과도 같습니다. 활기라고는 찾을 수 없이 정적(靜寂)만이 감도는 가라앉은 분위기는 성큼 발을 들어 놓기가 망설여지는 기분이 됩니다. 그래도 조심스레 다가가 풍설(風雪)에 움츠러든 나무 하나하나를 그 모진 추위를 견디는 인고(忍苦)를 위로하는 마음을 담아 쓰다듬어 봅니다. 아울러 봄이 문턱에 왔으니 잠을 깰 날도 멀지 않앗노라고 격려도 하면서 말입니다.

하기야 계절의 변화야 나보다도 저것들이 더 민감한 법, 봄의 전령사(傳令使)라는 매화나무가지의 꽃눈이 좀은 볼록해진 것 같아 코를 들이대다가 히죽 웃었습니다만 곧 그 향기를 맡을 날을 헤아리며 추위를 비웃었습니다.

지금은 잠든 대지에 서서 쓸쓸한 나무들을 돌아보지만 어찌 눈에 보이는 나무만 여기에 있겠습니까? 나무뿐만 아니라 수없이 많은 생물들, 씨앗들, 뿌리들이 푸른 꿈을 꾸면서 숨죽이고 잠들어 있습니다. 머지않아 햇살이 두터워지고 봄비가 토닥여 잠을 깨우면 움츠렸던 이것들이 기지개를 피며 벌떡 일어나 온 세상을 생명의 약동으로 꽉 채울 것입니다.

오늘은 입춘입니다. 날씨가 봄을 떠올리기에는 어울리지 않지만 돌아오는 철이야 무엇으로도 막지 못하는 법, 봄은 성큼성큼 다가올 것이며, 화창한 날씨에 화사한 꽃동산에서 날짐승 길짐승들이 춤추고 노래하는 전원의 무도회가 열릴 것입니다. 잔뜩 껴입었던 겨울옷을 벗어버리고, 움츠렸던 마음도 쭉 펴고 입춘을 맞이하여야겠습니다.

「立春大吉」이라고는 써서 붙이지는 않았지만 마음속으로는 「입춘대길」을 염불하듯 외면서 문을 활짝 열어젖히면서 말입니다.

미답의 길

● 전원(田園)의 **한담(閑談)**

미답(未踏)의 길

　누가 「어제가 오늘 같고, 오늘이 내일 같다」고 하는가? 「어제는 어제고, 오늘은 오늘이며, 내일은 내일」인 것을. 「어제」는 걸어온 길이니 돌아볼 수는 있으되 다시 되짚어 갈수는 없는 길이며, 「오늘」은 지금 걷고 있는 순간, 미지의 세계로 향한 미답의 길을 걷는 개척의 길, 탐험의 길, 창조의 길로 향하는 역사적 순간이고, 「내일」은 무한한 가능성을 지닌 희망과 기대에 부푼 미개척의 세계가 아닙니까? 생각하여보면 인생의 길은 외로운 나그네의 길, 동행이나 길라잡이가 없는 것은 아니지만 동행이 있다고 하더라도 맞닥뜨리는 문제들, 숨을 헐떡이게 하는 무거운 짐, 휘몰아치는 피로와 아픈 몸, 힘겨운 고뇌, 수많은 장애 등을 완전히 공유할 수 있는 것도 아니고, 세상을 보는 눈이나 생각들이 같을 수가 없는 것이며, 길라잡이가 있다손 치더라도 모호하기 이를 데 없는 불확실한 정보를 주기가 일쑤이니 결국 나그네의 길은 나그네 자신이 정하고 혼자의 힘으로 걸어야하는 외로운 길일 수 밖에 없습니다.

　아침에 눈을 뜨면 어찌 새 날을 맞는 설렘이나 기대가 없겠습니까? 생전 처음 맞는 오늘이고 이제 까지 경험하여 본적이 없는 길의 시발(始發)이니 어떤 사람, 어떤 사건, 어떤 정경이 기다리고 있을 것인가 기대와 흥미도 일고, 또 한편으로는 불확실에 대한 일말의 불안을 안고 하루를 맞이하는 것이 아닙니까?

물론 오늘도 어제와 연관된 것도 많이 만날 것입니다. 그러나 어제 만났던 사람이나 사건, 정경이나 환경은 오늘 대면하는 것과는 같은 것이 아닙니다. 같은 것 같지만 같지 않은 것, 같다고 생각하지만 같지 않은 것, 실인즉 우리는 거의 매일 대면하지만 조금씩은 달라진 사람이요, 사건이요, 환경인 새로운 것들을 맞는 것입니다. 그래서 오늘은 어제의 연속일 수 없는 것입니다.

내일이란 무엇입니까? 내일이란 말은 단순히 아직 오지 않은 시간만 의미하는 것이 아닙니다. 아직 이루지 못한 불확실의 세계, 미개척의 가능태(可能態)의 세계를 의미하기도 합니다. 아무도 발을 내밀어 본 적이 없는, 그러나 무한한 가능성을 잉태(孕胎)한 백지 같은 세계 말입니다. 거기다가 사람들은 자기가 이루고 싶은 세상, 얻고 싶고, 누리고 싶은 것의 그림(설계도)을 그립니다. 이런 것을 통틀어「내일」이라고 합니다.

인생길에 있어서는 매일매일이 새 날을 맞는 것이고, 매일 아침에 대면하는 모든 것은 이제까지 아무도 경험하여보지 못한 새로운 것을 맞는 것이며, 그러기에 이것들이 새로운 탐색의 대상이 되고 개척의 대상이 되는 것입니다. 아침에 눈을 뜨는 것은 동시에 미답의 길을 응시하는 것입니다. 누구나 경험한 바 없는 생소한 길이기에 서먹하고 두려움이 없지 않겠지만 한편으로는 기대감과 호기심이 발동하지 않습니까? 과감히 일어나 숫눈길 같은 미답의 길을 응시하며, 오늘 나아갈 길을 힘써 헤쳐 나아가야 할 것이 아니겠습니까?

제각기의 가슴속에 껴안고 있는 설계도를 실현하기 위하여 즐거운 마음으로 땀을 아낌없이 흘리며 길을 만들어가는 순간이 오늘이고, 오늘 해야할 우리의 사명입니다.

인연(因緣)

　인생은 살아간다고 합니다. 「간다」는 말은 목표가 있고, 그 목표를 향하여 간다는 것인즉 「인생」은 목표를 향하는 과정이라는 말입니다. 그 목표를 어디에 두느냐하는 것은 모든 사람이 같을 수는 없을 것이지만 어쨌든 인생이란 나면서 죽을 때 까지 인간의 삶을 「과정」(過程)적으로 인식한다는 것에는 변함이 없을 것입니다.

　이제까지 인생길을 많이 걸어왔습니다. 들, 내, 산을 넘었습니다. 평탄한 곳도 있었고 험한 물길, 깊은 골짜기, 가파른 산길도 걸었습니다. 걷는 어디서든 오랜 길동무도 있었고 잠깐 만난 이도, 스쳐가는 이도 수없이 만났고 또 헤어졌습니다. 본척만척 스쳐가는 이도 많았지만 천륜(天倫)과 인륜(人倫)으로 묶여진 길동무도 있었고 이해득실로 마주친 이도 있었습니다. 이렇게 만나고 헤여진 인연에는 만남과 헤어짐이 더 없이 행운이었던 선연(善緣)도 있고 만나지 않았으면 좋았다고 생각되는 악연(惡緣)도 있을 것입니다. 어쨌든 이 만남이 어떤 사연이 있건, 가는 길은 제각기 자기 길을 가는 것이며 그 길의 행방이 제각기 다를 것이니 어찌 보면 모든 사람이 자기 갈 길에서 부딪치는 만남이요, 헤어짐이 아니겠습니까? 그렇지만 모두가 자기 혼자의 삶의 짐을 지고 외로이 힘겹게 걸어가는 길에서 만난 길동무들이니 생각할수록 서로서로 따뜻한 눈길과 부드러운 손길로 위로하고 격려해주고 싶은 동병상련의 동반(同伴)들이 아닙니까? 가야 할 목적지도 확실하지 않고, 이정표(里程標)도 이런 것, 저런 것 갈피를 잡을 수 없는 불확실한 길, 누구도 걸어보지 못하였던 미답의 길 위에서 만난 동반들이니 서로 의지도 하고 격려도 하고 충고도 하지만 지향(指向)하는 목표가 제각기 다르니 충돌도 있고 갈등도 있으며 싸움질도 있는 것입니다. 가장 오랜 반려(伴侶)까지도 가장 가까운 거리에서 평생을 같이 걸어왔으나 가는 길이 꼭 같지 않은 이상 부딪힘은 불가피하지만 외로운 길 서로 의지하고 보듬어주면서 걸어가는 것입니다. 생각해보면 모두가 유한(有限)의 설움을 가슴에 안고 확실치 않은 종착역을 향해 허겁지겁 달려가는 군상(群像)속에 「나」이며 「너」인 것 을. 때로는 서러워 외진 곳 찾아 큰소리로 통곡이라도 하고픈 그런 고난을 겪으며 걷고 또 걸어온 여정이기에 서로 불쌍히 여기고 위로하고 감싸주며 가야하는 길인 것을.

 인생길에서 만났던 모든 이들, 인연이 닿았던 모든 이들에게 나는 어떤 길동무였을까를 돌이켜 생각해봅니다. 자신이 생각해도 따뜻하고 부드러운 미소를 보내는 길동무는 분명 아닐 것입니다. 그런 사람이 사람 살아가는 길을 제 나름대로나마 진지하게, 친절하게 안내자 구실인들 하였겠습니까? 그들에게 밤길에 발등만이라도 비출 등(燈)이라도 쥐어준 위인이었겠습니까? 그들에겐 까탈스럽고 모가 난 길동무요 정이 안가는 차가운 길동무였을 것입니다. 후덕한 구석이라고는 찾을 수 없는 강파른 인품, 싸움닭 같은 성깔, 얄팍한 품격의 길동무였다고 할 사람이 대다수일 것입니다.

그럼에도 인연을 맺었던 모든 이들에게서「그 사람과 길동무가 되었던 것은 선연(善緣)이었다」라는 말을 듣고자함은 언감생심(焉敢生心)이지만, 적어도「그 사람과 만난 것은 악연(惡緣)이었다」라는 말만은 듣고 싶지 않습니다. 그런 말을 듣는다면 70여년의 여정(旅程)이 너무나 비참하고 삶을 허송(虛送)한 발걸음이 아니겠습니까?

역사상 유명한 선연(善緣), 악연(惡緣)들을 들추어 보면서 역사의 분수령(分水嶺)이 될 만한 큰 획을 긋는 그들의 만남을 때로는 깊은 감동을, 때로는 혀를 차는 탄식과 슬픔을 느끼지만 우리같은 범인(凡人)이야 지극히 작은 것에도 울고 웃는 존재들이니 작은 것, 말 한마디, 손짓 발짓 하나에서도 선연과 악연의 갈림길이 될 수 있는 것이 아니겠습니까? 그러니 살아온 길에서 만난 사람 중에 지극히 작은 것으로 상처받고 피 흘려 삶의 길에 크게 흠을 낼 수도 있는 것이 아니겠습니까? 지나쳐 버릴 수도 있는 지극히 사소한 것에서 비롯된 크나큰 결과에 대하여 보상할 수도 없는 그 흉터를 어떻게 치유할 수 있겠습니까?

비록 살면서 크게 과오를 범한 적이 없다고 자부하여왔지만 무의식간이라도 지극히 작은일로 인하여 남에게 상처를 주고 생에 악영향을 주어 악연으로 기억되었다면 이 아니 가슴 아픈 일이겠습니까? 인연의 끈이 실타래같이 얽히고설킨 인연의 망 속에서 일어났던 일들을 다 회고하고 반성할 수는 없겠지만 두렵고 걱정스러운 마음이야 어찌 가시겠습니까? 허나 이미 걸어온 길이야 어쩌겠습니까. 모든 동행들! 모든 동반들! 바라건대 악연이라 생각되는 기억이 있다면 용서하시라, 그리고 잊어주시라. 나 또한 악연이었다는 기억은 다 지우고 오직 선연만 기억하고자 노력하리다.

지금도 길동무들이 아직 많고, 또 걸어야 할 노정(路程)도 남아있습니다. 지금이라도 옆에 있는 반려, 동반, 동행들, 스쳐가는 길손들에게 따뜻한 미소, 정겨운 손짓으로라도 정을 표하고 저들의 외롭고 고된 여정에 격려의 박수를 보내어 이제까지 그들에게 보이든 안보이는, 의식적이든 무의식적이든 상처주고 괴로움을 줌으로서 맺었을지도 모를 악연의 업보(業報)를 탕감 받을 수 있을까요?

남은 길은 온 길보다 짧겠지만, 남은 길은 관조(觀照)하는 마음으로 주위를 돌아볼 수 있는 여유도 좀 있고, 그리고 아등바등하여야 할 가파른 길은 없을 것이니 악연을 만들 일 또한 적을 것인 즉 선연만 쌓기를 바라고 또 바랍니다.

동행자들이여! 이제까지의 노정에서 맺은 인연에 감사합니다. 당신들이 있었기에 여기까지 무사히 왔고, 당신들과 정을 쌓았기에 행복했습니다. 당신들과 맺은 인연, 모두가 다 선연이었습니다.

그림자

　생각하건대 사람이 살아가는 것은 일출과 더불어 출발하여 일몰을 향하여 걸어가는 여정(旅程) 같고, 희망은 그림자 같기도 합니다. 일출과 더불어 태양을 등에 지고 그림자는 앞쪽에 길게 드리우다가 정오에 가까울수록 점점 짧아져 마침내 정오가 되면 그림자는 보이지 않습니다. 정오가 지나면 그림자는 등 쪽에 드리우고 차츰 석양에 가까워질수록 그 길이도 길어지게 됩니다.

　돌이켜보면 우리들의 어린 시절의 꿈이 얼마나 컸습니까? 황당하리만치 거창하고 웅대하였습니다. 그러나 나이가 들어가면서 현실을 돌아보기 시작하고 자기 능력의 한계를 자각하면서 차츰 그 꿈은 어쩔 수 없이 차츰 작아지게 됩니다. 대통령이 되겠다던 어린이의 꿈은 하급공무원이라도 되는것으로 작아지고, 재벌이 되겠다던 풋꿈은 회사의 평사원으로 줄어들며, 세계를 움직일만한 대 영웅이 되겠다던 꿈, 모든 인류에게 빛을 주겠다던 아름답고도 애틋하였던 어린 날의 꿈은 한낱 치기어린 꿈으로 치부되고 자기 능력의 한계 안에서의 조그마한 소망으로 가름하게 되고, 마침내는 자기 능력의 한계와 주어진 여건의 울타리안에 안주하게 되는 것입니다.

　차츰 노년에 접어들면서 꿈은 사라지고 지난날의 추억을 반추(反芻)하기 시작합니다. 사회라는 무대의 주인공이었던 자리에서 밀려

나고 생활의 최전선에서 퇴역할 수밖에 없으니 남는 것은 시간뿐입니다. 꿈을 잃은 사람에게는 남은 것은 걸어온 발자취뿐이니 뒤를 돌이켜보면서 어제의 추억을 되씹을 수밖에 없습니다. 지난일은 아름답게 미화되는 법, 그것도 오래된 추억일수록 더욱 아름답게 더욱 애련하게 재생되는 것입니다. 그러니 노년에는 앞보다 뒤를 돌이보면서 위로를 빋으려고 하는 것이 일반적이라 볼 수 있습니다. 마치 출발할 때에 그림자를 앞에 두고 내닫다가 일몰 무렵에는 등에 지고 돌아보는 것과 같이 말입니다.

인생에 있어서 아침과 저녁은 누구에게나 명확합니다. 긴 그림자를 바라보면서 한 발자국 한 발자국씩 앞으로 내달리는 '젊은이'의 시기와 그림자를 배후에 두고 낙조를 기다리는 '늙은이'의 시기는 쉽게 구분할 수 있으나 그림자가 보이지 않는 정오(正午)는 언제쯤이라고 할 것입니까?

흔히들 「나이는 숫자에 불과하다」라는 말들을 합니다. 아마도 사람마다 정오어름이 달라 나이로 구분하기에는 어려움이 있기 때문일 것입니다. 다시 말하면 꿈을 향하여 달리는 시간이 길고, 꿈을 쫓던 시기를 돌아보는 시간이 짧은 사람이 있는가하면 그와 반대인 사람도 있는 것입니다. 이렇게 본다면 '젊다', '늙었다'는 구분의 기준은 연령이 아니라 꿈을 쫓느냐 아니면 꿈을 돌아보느냐에 있지 않겠는가 생각됩니다.

사람들은 늙기를 바라지 않습니다. 비록 나이가 많이 든 사람도 자신이 늙은이임을 자인하고파 하는 이는 별로 없습니다. 그러나 "나는 젊다"고 떼를 쓴다고 젊어지는 것은 아니지 않습니까?

「젊은이는 내일에 살고, 늙은이는 어제에 산다」는 말이 있습니다. 이 말은 내일을 향하여 꿈을 지니고 이를 추구하기에 진력하는 사람은 그 나이가 얼마이든 정신적으로는 젊은이인 것이며, 아무리 나이가 어려도 꿈이 없으면 이미 늙은이에 불과하다는 말인 것이고, 또한 아무리 현란한 학력과 경력을 가진 사람일지라도 어제에 집착하여 내일로의 꿈을 접었다면 이미 폐기처분된 '늙은이'에 불과한 존재인 것입니다.

나이든 이들이여! 늙은이라는 지칭이 듣기 싫습니까? 그래서 젊기를 바라십니까? 그렇다면 꿈을 가지십시오. 웅대하고 현란한 꿈이 아니어도 좋습니다. 아무리 적은 꿈일지라도 꿈을 지니고 그 꿈을 이루어보려고 정열을 쏟는다면 비록 나이는 많아지고 몸은 망가졌을망정 정신적으로는 청춘이 아니겠습니까.

늙은 청춘, 이 얼마나 멋진 삶이겠습니까? 젊게 사는 방법은 이것뿐이 아닌가 생각됩니다.

운명(運命)

여기는 17번국도, 영동고속도로 양지 아이씨(陽智IC)가 턱 밑에 있는 4차선 도로입니다. 요즈음 새로 개설하는 국도는 자동차 위주이기에 사람을 위한 시설이 등한시 되어서인지 보도(步道)도 없고 횡단보도도 드물어 어쩔 수 없이 길을 건너야 할 경우 꼬리에 꼬리를 잇는 차들의 틈새를 뚫고 건넌다는 것은 모험에 가깝습니다. 한참을 기다리다가 멀리 있는 양쪽 사거리의 신호등이 맞아 떨어져 상, 하행선 차 꼬리가 동시에 끊기는 순간을 틈타서 잽싸게 뛰어야 건널 수 있습니다.

한낮에 산책을 나왔습니다. 무섭게 내달리는 대형트럭이 일으키는 차 바람에 모자라도 날릴세라 한 손으로는 머리를 누르고 조심스레 갓길을 걸었습니다. 그런데 얼핏 보니 중앙선 즈음에서 무엇인가 작은 것이 꼼지락꼼지락 움직이는 것이 보였습니다. 호기심이 생겨 눈여겨보니 식별이 어렵긴 하지만 누런 털북숭이 애벌레가 내 쪽으로 기어 온다는 것은 알 수 있었습니다.

처음에는 관심을 가질 만한 것도 아니었습니다. 가끔 차에 친 고양이, 강아지, 산토끼 등의 시체도 보았는데 저 조그마한 벌레야 보나마나 차가 만든 회오리에 날아가던가 아니면 차바퀴에 치여 흔적도 없이 없어질 것은 불문가지(不問可知)이거니 하고 지나치려 하였습니다. 그런데 한 차례 차 홍수가 지나갔는데도 여전히 살아남아 아스팔트 위를 열심히 기어오고 있는 것이 아니겠습니까? '오라! 요놈 재수가 대통한 놈이구나. 어디 무사히 건널 것인가 두고 보자'라고 생각하며 멈추어 서서 흥미롭게 지켜보았습니다. 제 아무리 운이 좋기로 수 없이 밀어닥치는 태풍같은 차 바람, 천지를 진동하는 굉음, 그리고 무시무시한 사신(死神)같은 타이어의 흐름인 이 험하고 험한 죽음의 길이 아직도 10여 미터나 남았는데 이 작고 보잘 것 없는 놈이 천운(天運)이 트이지 않고서야 느리게 꿈틀대는 걸음으로 어찌 무사하게 건너겠습니까?

그런데 또 한 차례의 차 홍수가 지나갔는데 일 미터는 더 앞쪽에서 전진의 행군은 계속되고 있는 것이 아니겠습니까? 그 긴 트레일러, 짐을 가득 실은 트럭들, 수없이 많은 승용차의 바퀴들도 이 작은 생명을 앗아가지 못했고, 그 거센 차 바람도 이 가벼운 생명체를 날리지 못했습니다. 조마조마한 심정으로 몇 차례의 차량홍수를 지켜보아야 했고 그 때마다 경이감(驚異感)으로 가슴이 두근두근하기까지 하였습니다. 마침내 이 운수대통한 털복숭이 애벌레는 내 발 아래까지 무사히 다다랐습니다. 안도의 한숨과 함께 박수라도 쳐주고 싶은 그런 심정이었습니다. 아니 생명에 대한 경외심(敬畏心)마저 들었다고 하면 너무 과장된 것 같습니까? 어쨌거나 이 작은 놈은 생명을 걸고 행한 행군에서 무사히 생명을 보전한 행운아이고 목적한 지점에 도달한 승리자임에 틀림없습니다. 이제 빙긋 웃음을 흘리며 허리를 펴고 가던 길을 계속해야 합니다.

그런데 문득 사방(四方)을 둘러보았습니다. 아뿔사! 이를 어쩌나.

지금 잡은 행운의 패가 결코 행운만이 아니라는 것을 알 수 있었습니다. 천신만고(千辛萬苦) 끝에 다다른 현실의 상황을 이 작은 미물(微物)이 알아차렸다면 얼마나 낙담할까? 이놈이 버리고 온 저 쪽은 참나무와 잡목이 빽빽이 들어서고 풀이 우거진 야산이며, 죽음을 무릅쓰고 건너온 이쪽은 물류창고 앞의 시멘트 바닥의 넓은 마당과 음식점이나 복덕방 같은 근린시설이 들어선 곳이니 저 놈이 살아갈 수 있는 조건들은 하나도 없습니다. 죽음의 행군에서 살아남은 행운이 죽음의 땅으로 건너 온 불행으로 변해버린 현실, 눈앞의 행운을 기뻐할 틈도 없이 더 큰 불행에 직면한 이 장면을 어떻게 보아야 하겠습니까? 머지않아 이 미물이야 현실을 깨닫지도 못하고 기고 또 기다가 뜨거운 햇빛에 말라 죽어가겠지만 바라보는 나의 심정도 애석하고 안쓰럽기 그지없습니다.

생각해보면 이런 비극적 생의 형태가 어찌 이 미물만이겠습니까? 내가 이 가엾은 애벌레를 보듯 어떤 분이 저 하늘 위에서 우리를 굽어보고 있다면 우리내 인생 또한 이런 우행(愚行)의 연속이 아니겠습니까? 옳다고 추구하던 것, 행(幸)이라고 생각하고 잡으려고 발버둥 치던 것, 목마르게 얻으려고 바라마지 않던 것들을 얻었다고 웃고, 얻지 못했다고 울고 하던 짓거리들이 이 벌레의 행태와 같은 경우가 얼마나 많겠습니까?

「한 치 앞을 알 수 없는 것이 인생」이라 하지 않습니까? 미지(未知)의 내일이요 불확실한 미래에 전전긍긍하며 허덕이는 인생이기에 무당, 판수, 점쟁이들이 돈을 벌고, 예언자나 선지자들이 등장하여 「이 길로 가야만 살길이 열린다」고 일러주며, 많은 각종 종교들이 발 벗고 나서서 낙원(樂園)과 지옥의 갈림길에서 안내역을 맡아 어리석은 인생을 일깨우려 하지 않습니까? 그리고 그 많은 철인(哲人)들이 바른길이 어디인가를 깨달으려 외롭고 고단한 구도(求道)의 길에서 고뇌하고 있지 않습니까? 그럼에도 인생은 여전히 전철(前轍)을 벗어나지 못하고 있습니다. 슬픈 일이지만 인생은 이런 우행의 연속 속에서 울고 웃는 희극이며 비극, 비극이며 희극을 반복하고 있는지 모르겠습니다.

그나마 이런 우행의 시행착오를 조금은 줄일 수 있음직한 것은 인간은 스스로 어리석음을 알고 있으며, 우리를 일깨우는 수 없이 많은 길라잡이들이 있고, 스스로의 위치를 돌아볼 수 있는 지적 능력이라도 있으니 비록 완전하지는 못하지만 행과 불행의 갈림길, 이 쪽이냐 저 쪽이냐 선택을 하여야 하는 결단의 순간에 고뇌하고 갈등을 겪겠지만 만사(萬事)에 직면하는 우리의 태도와 자세 여하에 따라 불행한 함정에서 벗어날 방도는 있지 않겠습니까?

주역(周易)에는 64개의 괘(卦)가 있습니다. 그 중에는 길(吉)한 괘도 있고 흉(凶)한 괘도 있지만 어떤 괘를 잡든 결론을 같습니다. 「삼가고 삼갈 것이며 성심을 다하라」고 충고합니다. 본시 길과 흉은 고정되어 있는 것이 아니며 언제든지 변할 수 있는 가변성(可變性)이 있다는 것입니다. 따라서 길흉화복(吉凶禍福)은 예정된 숙명도 아니고 불변의 운명도 아니며 우리 인간이 어떤 상황에 부딪히건 매사에 삼가고 또 삼가면서 성심을 다하여 현실을 맞을 때 흉은 길로, 화는 복으로 될 수 있으며 그렇지 못할 때 길이 흉으로, 복이 화로 되어 질 수 있다고 일러 주었으니 길괘(吉卦)를 잡았다고 좋아하고 방심해서는 안 되고, 흉괘(凶卦)를 잡았다고 낙담하여 자포자기할 것도 없습니다. 큰 틀에서 보면 운명이란 누구나 자기 할 나름이며 스스로 만들어가는 것이라 생각됩니다. 사주팔자(四柱八字)나 명당(明堂)묘 자리, 무당, 판수의 예언 따위가 길흉화복을 결정하는 것이 아니라「삼가고 또 삼가며 성심을 다해」매사에 임할 때 운명은 언제나 길하고 복된 상황으로 우리를 인도 한다는 것이 주역의 진수(眞髓)이며 인간이 살아가는 바른 길일 것입니다.

바라건대 나 또한 우행을 반복하는 미물같은 존재이지만 나비가 되겠다는 꿈을 껴안고 죽어라 기어가는 저 애벌레마냥 그래도 꿈을 잃지 않고 살면서 덜 우매해 지도록 삼가고 또 삼가면서 성심을 다하는 모습으로 살아가고 싶습니다.

나는 무엇을 하였는가?

　　나이 70이면 고래희(古來稀)라 하였던가? 그러니 생(生)을 정산(精算)하여 보고 마지막 정리(整理)를 준비할 나이가 되었나 봅니다. 이제 버릴 것은 버리고, 남길 것은 남겨 언제일지 모르지만 자리를 털고 일어날 때 앉았던 자리가 지저분하지 않도록 해둘 때가 된 것입니다. 허나 정리를 하려니 별로 정리할 만한 것이 없습니다. 버릴 것은 있으되 남겨야 할 가치 있는 것, 더구나 사회에 보탬이 되었다고 생각되는 것은 있을 것 같지도 않으니 부지중(不知中)에 「나는 무엇을 하였는가?」하는 자탄이 절로 날 수 밖에 없습니다.

　　누구나 생이란 단 한 번 밖에 없습니다. 그러기에 그 한 번의 생을 멋지고 자랑스러운 생으로 꾸려가고 싶은 바람(원:願)을 다 가지고 있을 것이고 , 나름대로는 그 바람을 실현하려고 노력할 것입니다. 그러나 누구나 그 바람대로 되어 지지는 않습니다. 누구는 청사(靑史)에 빛나는 이름을 남기고, 누구는 들풀마냥 이름 없이 살다가 이름 없이 스러지는 무명인(無名人)으로, 누구는 악명(惡名)을 남겨 후인들의 지탄(指彈)과 타기(唾棄)의 대상이 되기도 하는 것입니다. 누가 한번 밖에 없는 생을 지탄과 타기의 대상이 되는 생으로 꾸미고 싶겠습니까? 누가 무명(無名)의 생으로 마감하고 싶겠습니까? 그래서 나도 어린 나이부터 위인전을 열심히 읽고, 역사를 공부하며 선대(先代)의 족적(足跡)속에서 교훈을 얻으려고 애를 썼습니다.

성현(聖賢)들의 삶과 가르침, 그 많은 철학자, 사상가, 선각자의 사상과 이념들을 들추면서 그 숭고(崇高)한 교훈과 심오한 이론에 크나큰 감동을 받고 적으나마 뜻을 세워 보겠다고 마음먹기도 하고, 위대한 정치인들의 폭넓은 도량(度量)과 지도력 그리고 세상을 꿰뚫는 안목을 본받겠다고 다짐도 했었습니다. 전장(戰場)에서 큰 칼을 휘두르며 누란(累卵)에 선 조국을 구원하기 위해 신명(身命)을 바친 영웅들의 생애에서 그 용기와 뜨거운 충성심에 감동하여 조국과 민족의 역사에 보탬이 되어야겠다는 기개(氣槪)를 기르겠다고 다짐도 했었습니다. 높은 학문과 경륜으로 후진을 길러낸 큰 스승들의 모습에서 「참스승」의 사표(師表)로서 본받으려 하였으며, 눈에 보이고 발이 닿는 어느 곳에서나 접하는 불후(不朽)의 명품 명작인 천고에 변치 않은 예술품과 건축물들을 보면서 내 작은 능력으로나마 할 수 있는 것이라면 무엇이든 열심히 하여 자그마한 성취라도 하겠다는 결심도 하였었습니다.

인생 70년이란 시간은 세상을 바꿀만한 큰 업적을 쌓기에 충분한 시간입니다. 그런 70여년의 시간을 살아온 나는 살아오는 동안 세웠던 뜻, 이루고자 갈망하던 것들, 쏟았던 정열들의 결과는 무엇이었고, 얻은 결실이 무엇인지 알 수가 없습니다. 이제 세월과 함께 꿈도 깨지고 나이와 함께 정열도 식었습니다. 그 크고 아름답던 꿈은 한낱 백일몽같이 되었으며 이제 노쇠한 육신과 희미해진 정신으로

빈손만 바라보는 처지가 되어 정산(精算)을 위해 주판알을 굴리기도 부끄럽습니다.

돌아보면 평생 동안 짝사랑의 대상은 교직(敎職)이였고, 교단에 서면 대 잡은 무당같이 살아왔다고 했고, 지쳐서 쓰러질 것 같아도 분필만 잡으면 기운이 불끈 솟고, 학생들 앞에서면 목청이 절로 높아지는 생이었다고 생각해 왔습니다. 그리고 수 십장의 표창장, 각종 패(牌)와 앉아있던 자리의 명패(名牌)는 그간의 공적의 표적(表迹)이라고 자부했었습니다. 그러나 곰곰이 생각해보면 얼마나 아전인수(我田引水)적 오만(傲慢)입니까? 그 많은 제자들이 그렇다고 인정하겠습니까? 교직자였던 나의 생의 가치는 제자들의 인생에 인간으로서의 자질과 품격과 능력을 갖추게 하여 주는데 기여했느냐에 의해 결정되는 것이며 사회의 어느 부분에서인가 내 노력의 결실이 살아 숨 쉬고 있느냐에 의해 평가되는 것이 아닙니까? 표창장, 훈장, 각종 패에 기재된 문맥들이 실제의 공적이었다면 얼마나 장한 공적이겠습니까? 그러나 형식적이며 의례적인 그것들은 실제의 나의 업적과는 거리가 너무 먼 것이 아닙니까? 바른 평가를 하려면 만여(萬余) 제자들의 인생이 얼마나 알차게 성장해 갔는가를 보아야하고, 사회가 보다 바람직하고 살기 좋은 사회로 되어졌는가의 실상을 보아야 할 것입니다. 과연 그들은 나에게「스승」의 역할을 다했고「당신을 만나 인생에 크게 도움이 되었다」고 말해줄 것입니까? 사회의 제 현상들이「너는 사회에 보탬이 되었다」고 현실적으로 보여줄 것입니까?

교사는 제자와 얼굴을 맞댔던 일 이 삼년만 책임을 지는 유한책임

(有限責任)의 봉급자가 아니라 제자의 평생을 책임질 수밖에 없는 무한책임자(無限責任者)이며 사회에 대하여 또한 역사발전의 최첨단(最尖端)에선 첨병(尖兵)으로서의 책무자인 것.

무한책임자로서 제자 앞에 서서 「나는 너의 스승이었다」고 당당히 나설 수 있겠습니까? 그들의 가슴속에, 그들의 인격 속에, 그들의 인생 속에 나의 뜻, 나의 숨결, 나의 혼이 스며있다고 장담할 배짱이 있습니까? 아니 그들에게 지극히 작은 것이나마 그들의 생에 보탬이 되었다고 자부할 수 있습니까? 사회를 향해 당당히 나는 이 사회의 발전과 번영에 일조했노라고 소리칠 수 있습니까? 아닙니다. 그들 앞에서 준 것이 없음이 부끄럽고 생에 도움을 주지 못한 불민(不敏)은 있으되 떳떳이 설수 있는 자신감이 없습니다. 그저 빈 마음, 빈손밖에 없습니다.

저들의 성취를 보았을 때 느끼는 행복감은 지극히 적고, 저들의 실패한 소식에는 가슴이 덜컥 내려앉은 자책감이 이렇게 무겁거늘 「나는 무엇을 하였는가?」

풋풋하던 꿈과 펄펄 뛰던 열정이 이루려던 것들이 미완(未完)의 드라마로 머무르고 있으니 「나는 무엇을 하였는가?」

공분(公憤)과 고뇌로 뒤척이던 고독한 기도는 한낱 반항아의 모습으로 끝났으니 「나는 무엇을 하였는가?」

제자들의 실패, 사회의 저 갈등(葛藤)과 부패(腐敗)를 남의 책임이라 떠밀고 나와 무관하다 방관(傍觀)하는 비겁자로 서 있었으니 「나는 무엇을 하였는가?」

이제 주위를 돌아보면 평생 고락을 같이한 늙은 안사람과 가난한 속에서도 잘 자라준 다섯 자녀와 그 식솔들에 둘러싸여 있고, 몇몇의 친구들과 교류하면서 안온(安穩)한 나날을 보내는 팔자 좋은 늙은이로 살아갑니다. 그리고 몇 천 그루의 나무들을 매만지는 아마추어 정원사로, 씨앗 뿌려 철마다 조금씩이나마 수확하는 얼치기 농부로 땀 흘리는 기쁨도 느끼면서 편안한 마음으로 세상을 바라봅니다. 그러나 마음 저 깊숙한 속에서는 「나는 무엇을 하였는가?」라는 자문(自問)을 수없이 되뇌입니다.

아! 그 미소(微笑)

　나는 평생 '잘 생겼다'는 소리를 단 한 번도 들어본 적이 없는 면(面:얼굴)덕을 받지 못한 사람입니다. 그러나 요즈음 유행이 되다시피 된 성형수술로 꽃미남이 되고 싶은 마음은 없습니다. 허나 천진하고 자애가 흐르는 미소를 지닌 얼굴을 갖고 싶다는 염원(念願)은 버린 적이 없습니다. 나는 병약하고 왜소한 몸체와 강파르고 내성적인 성격의 소유자였습니다. 돌 무렵 홍역에다 폐렴까지 겹쳐 죽음 문턱까지 갔었고, 병치레로 부모님 속을 어지간히 썩혀드렸습니다. 그래서인지는 모르지만 초등학교 육년 내내 단골 2번(당시는 번호가 키 순서대로였습니다), 중고등학교에서 또한 3번에서 7번을 벗어나지 못하였습니다. 집안에서는 삼남매중 중간이니 위, 아래에 치인 샌드위치요, 친구들 중에서는 말 수 적은 약질 땅꼬마이니 왕따 되기에 십상이 살아남기 위해서라도 자위본능(自衛本能)으로 앙칼지고 반항적인 성격이 될 수밖에 없었으니 마치 날선 사금파리 같았으리라 생각됩니다.

　상상해보십시오. 못생긴 꼬마가 앙칼지고 반항적이니 누가 가까이 하고 싶겠습니까? 자칫 건드렸다가는 사금파리에 찔릴 것이 뻔한 것을, 실제로 섣불리 건드렸다가 큰 상처를 입은 아이들도 있었으니까. 그 앙다문 입, 새파란 눈빛, 긴장된 볼, 접근불가의 신호가

번쩍이는 얼굴이 아니겠습니까?

　세월이 많이 흘렀고, 풍파도 많이 지나갔습니다. 세월에 닳고 풍파에 깎여, 나도 모르는 사이에 날선 모서리가 많이 무디어 졌나봅니다. 거울을 들여다보면 옛날의 모습보다 모서리의 날이 부드러워진 듯도 합니다. 그러나 본디 바탕, 본디 모습이야 얼마나 바뀌겠습니까? 나 자신도 나의 얼굴의 진경을 가늠할 수가 없습니다. 누가 그랬던가? 나이 사십이 넘으면 자기 얼굴에 책임을 져야한다고. 내가 내 얼굴을 제대로 평가할 수는 없는 법, 남들이 평가하여 주어야겠지만 실속도 없이 누가 정확한 감정(鑑定)평가를 하려 하겠는가? 어쨌든 분명한 것은 '내 얼굴'에 대하여 책임을 기피할 수도 없고, 기피할 생각도 없지만 내가 보아도 마음에 들지 않는 얼굴을 남들 앞에서 책임지겠다고 큰소리치기에는 부끄러운 구석이 너무 많습니다. 나는 내 얼굴에 어린 아이들의 천진스런 미소와 누구라도 품어줄 자애 넘치는 미소가 배어나오는 얼굴을 갖고 싶었고, 그런 얼굴을 만들려고 애쓰고 싶었습니다.

　수많은 얼굴, 수많은 미소를 보아왔습니다. 특히 미소를 머금은 수많은 불상(佛像)들, 수많은 사람들의 다양한 미소들을 보아왔지만 그저 무심히 훑어 보아왔었습니다. 문득 어느 순간에 석굴암의 석가여래 부처님의 법열(法悅)이 흘러넘치는 미소 앞에서 넋을 잃은 기억이 있고, 금동미륵반가상의 미소가 온 중앙박물관을 따뜻한 훈기로 가득 채우는 것을 피부로 느낀 적이 있습니다. 모르긴 하지만 아마도 십자가의 고난이 끝나는 마지막 순간의 예수님도 소명(김命)을 다했다는 기쁨으로 이런 미소를 지으시지 않았을까 상상도 하여보았습니다. 근간에는 선종(善終)한 한 성직자의 초상에서 내가 흠모하고 동경해 마지않던 미소를 보게 되었고 다시 한 번 내 얼굴을 들여다보는 계기가 되었습니다. 말로는 표현할 수 없는 숭고한 자애, 가치기준을 초월하는 슬프도록 아름다운 따뜻한 사랑을 담은 미소를 보노라면 가슴 속에 담겼던 온갖 잡스러운 것들이 씻기어 새하얀 빈 마음자리만 남습니다.

　나 같은 범부(凡夫)야 감히 그런 숭고한 미소를 담은 얼굴을 지니겠다는 마음인들 가질 수 있겠습니까만, 그 숭고한 미소 앞에 서서 못나고 추한 내 얼굴의 몰골을 비추어 보는 거울로 삼을 수는 있지 않겠습니까? 성형수술로 이런 미소를 지닌 얼굴을 만들어 낼 수 있다면 천금을 주어도 아깝지 않을 것입니다. 그러나 그런 것은 불가능한 것, 그런 얼굴을 만들 수 있는 것은 의사가 아니라 오직 그런 얼굴을 바라마지않는 사람 자신만이 만들어 갈수 있다는 것입니다. 그 사람의 마음자리, 행동거지의 거울이 얼굴인 것을. 숭고한 미소를 머금은 얼굴을 지니고자하는 이는 그 마음, 그 행동거지가 그러하여야하는 것을.

　나의 칠십 평생을 통해 만들어진 얼굴을 들여다보며 슬픔을 느낍니다. 때로는 자기 미장(美裝)으로 맨 얼굴을 가리고, 때로는 가면을 쓰고 다른 이들 앞에 서서 가면극의 주인공 역할을 함으로서 삶을 땜질하였던 얼굴이기도 합니다. 그러나 자신이 자성(自省)의 눈으로 들여다 본 얼굴이야 어찌 거짓으로 볼 수 있겠는가? 그 지고(至高)한 미소를 머금은 얼굴을 우러러 갈구하면서도 아직도 사기(邪氣)와 욕기(慾氣)와 음기(陰氣)가 어른거리는 것을 보노라면 내 얼굴에 '책임을 지겠다'고 할 수 있겠습니까? 이제 그 진경(眞景)을 드러낼 때가 된 나이가 아니겠습니까? 내가 바라마지않던 그런 미소를 지닌 주인공이 되지는 못할망정 누가보아도 '흉한 얼굴', '추한 얼굴'이라는 얼굴만은 면하여야 할 나이이니 말입니다.

자. 이제라도 마음을 가다듬어 사랑을 품고, 행동거지에 마음을 담아 보자고 스스로 채찍질 하여 볼까 합니다. 평생 못생겼다는 얼굴에 추하지 않은 미소라도 담기 위하여 말입니다.

2011. 12. 04. 금혼식에서 가족들과 함께

돼 지

　나의 어린 시절 별명이 「돼지」였습니다. 지금은 다 잊혀진 먼 옛날의 일이지만 몇 안 남은 고향 친구 중에는 그 별명을 기억하고 친애의 표현으로 부르는 경우도 있습니다. 무엇으로 보나 그런 별명이 붙을 것 같지 않은 돼지라는 별명이 붙은 데에는 가슴 아픈 사연이 있습니다.

　나는 본래 부모님의 넷째 아들로 태어났습니다. 그러나 위로 둘은 돌을 넘기지 못하고 갔으며 셋째는 6.25사변이 앗아가 지금은 장자가 되었습니다. 1930년대에는 영아 사망률이 높았습니다. 독자(獨子)를 두신 할아버지가 손자를 거푸 둘이나 잃으시니 상심이 얼마나 크셨겠습니까? 하여 셋째손자를 보시자마자 면액(免厄)의 주술적(呪術的) 의미로 별명을 「돼지」라고 하셨습니다. 당시에는 이런 험한 이름으로 아이들의 무병장수를 기원하던 풍습이 있었습니다. 그 이후로 우리 집 택호(宅號)는 「돼지네 집」이 되었고 셋째인 형은 돼지가 되었습니다. 그런데 넷째인 내가 태어나자 어찌된 일인지 건강한 형의 돼지라는 딱지가 약골인 나에게 슬그머니 전수되었고 그대로 고착화되고 말았습니다.

　집에서 별명을 개칭한 것도 아니고, 그저 동리 사람들의 입에서 입으로 자연스레 전수된 것이지만 어린 나이에서는 「충교」라는 당당한 이름대신 돼지가 되어 놀림감이 되는 것이 분하기도 하고 약이 올라 싸움도 많이 하고, 울기도 많이 울었습니다. 일반적으로 돼지라 하면 지저분하고 미련하며 먹새만 좋고 못생긴 동물이라 생각합니다. 그래서 누구를 보고 '돼지 같이 생겼다'하면 떠오르는 인상이 그렇고 그렇지 않습니까? 하기야 옛날 돼지 축사라는 것이 맨땅에 말뚝을 둘러 박고 기르는 것이며, 먹이라야 뜨물에 음식 찌꺼기나 겨 몇 줌을 주는 것이 전부였습니다. 그러니 진흙바닥에 배설물과 오수가 뒤범벅이고 짓밟아 수렁이 되니 돼지 꼴이 어찌 되겠습니까? 필경 지저분하고 미련해 보일 것이고, 영양가가 적은 먹이이니 항상 주린 배를 채우려 허겁지겁할 것이며 오물을 뒤집어쓴 꼴이 못생겼다는 오명을 쓴 것은 당연할 것입니다.

　세상이 바뀌어 지금은 위생적인 축사에서 각종 영양소를 배합한 사료를 먹고 의료 관리까지 받으며 키워지고 있으니 지저분하다는 것과 먹보라는 오명은 벗어졌고, 또 몇몇 동물애호가들이 돼지를 애완용으로 사육한다니 꼭 미련하다거나 못생겼다고 단언하기도 어렵게 되었습니다. 그렇다 하더라도 돼지라는 별명을 가졌었던 나는 돼지의 이미지(image)와 결부됨을 저어하는 마음이 있었던 것은 사실입니다. 어찌 되었든 돼지는 사람에게 이익은 주되 해를 끼치지는 않습니다. 산돼지라는 놈이 간혹 농작물을 못 쓰게 만들어 유해조수(有害鳥獸)속에 들어 악명을 얻었지만 집돼지야 예나 지금이나 농부의 재산이고, 중요한 단백질 공급원일 뿐 아니라 멀지않은 장래에는 인류의 육체의 부품공급원이 될 전망이니 얼마나 유익한 동물입니까?

거기다 더하여 무슨 까닭으로 언제부터인지는 모르지만 '돼지꿈은 길몽'으로 여기게 되었습니다. 돼지꿈을 꾼 임산부는 아들임을 짐작하고 좋아하며, 횡재를 꿈꾸는 많은 사람은 복권을 사러 달려갑니다. 그래서 많은 사람들이 돼지꿈을 꾸기를 바란다고 합니다. 「돼지의 꿈」만 꾸어도 재운(財運)이 터진다는데 돼지라 불리어 온 사람은 당연히 재운에 묻히어 살아야하는 것이 순리일 것도 같은데 그렇지는 아닌가봅니다. 허나 돼지꿈이 길몽이고 재운을 가져오는 꿈이었으면 좋겠습니다.

나는 어린 날 돼지였습니다. 지금은 늙었으니 '늙은 돼지'라고 지칭하여도 개의(介意)치 않겠습니다. 나를 기억하고 나를 아는 모든 이들이 나를 상기(想起)하면서 잠 들 때마다 돼지꿈을 꾸시기 바랍니다. 돼지꿈 꾸시고 부자 되십시오.

동 창 회

　중학교 동창회를 개최한다는 통보를 받았습니다. 졸업한지 어언 육십일 년이 지난 지금, 칠십대 후반부터 팔십대 초반의 노인들 동 창이니 만난다는 것은 기쁜 일이 아닐 수 없습니다.

　그 동안 왕래가 잦았던 사람도 있고, 동창회가 열리지 않았던 것도 아니지만 이런 저런 사정으로 안부조차 없었던 친구들도 많으니 노 년의 해후가 기대 될 수밖에 없습니다. 시대를 잘못 만난 세대라서 초등학교를 일제(日帝)하에서 다녔고 교육제도의 탓도 있고 가난해 서도 그렇겠지만 제때 취학을 못해 광복 후에야 늦은 나이에 편입을 한 학생이 많아 연령차가 4～5세나 되었습니다. 따라서 중학교 동창 또한 그럴 수밖에 없어 중학생이지만 고학년에서는 지금의 대학생 이 될 수 있는 나이의 학생도 상당 수 있었습니다.

　3학년 때 비극적 6.25사변이 일어났습니다. 동창 중에 나이 든 학 생은 국군으로 출정한 사람도 있고, 운 나쁜 사람은 의용군(북한군) 으로 끌려가기도 하였습니다. 이런 시대적 비운으로 인하여 스러진 동창이 있는가하면 세월의 무게에 눌려 세상을 버린 동창도 상당하 여 동창회 명단에서 지워진 이들이 절반이나 됩니다. 살아남았다고 생각되는 절반 중에서도 연락두절인 사람도 많고 사람 모으기가 수 월치 않아 겨우 사십여 명의 동창에게 연락이 되었답니다.

반가웠습니다. 모처럼의 해후니 감회어린 회포가 실타래 풀리듯 끝이 없습니다. 이름도 잊었고 대면하고도 알아보지 못하는 친구가 있지만 동창이라는 이름으로 옛 버릇, 옛 행태가 금방 부활합니다. 그러나 이제는 팔팔했던 중학생일 수 없듯이 그저 옛 기분의 회상에서 오는 몸짓일 수밖에 없겠지요. 백발의 구부정한 육신, 주름과 광택 잃은 피부, 어쩔 수 없이 조락(凋落)과 같이 되어 스스로 종합 병원이란 자조(自嘲)하는 말들이 흘러나오니 세월의 무게는 벗어버릴 수 없나 봅니다.

생각해보면 그들은 어떤 사람들 입니까? 제각기 생활의 장(場)이 달랐고 일한 분야가 제각각이었지만 그들의 땀과 신고(辛苦)로 이 나라를 세계사의 뒤안길에서 세계사의 중앙 무대로 끌러 올렸고, 일인당 GNP 60여 달러에서 2만 달러로 이끌었으며, 평균 수명 40여세에서 80여세로 연장시키는데 기여한 역전의 용사들이 아닙니까? 그러기 위해 그 혈기 방자했던 정열과 호기탱천했던 기상도, 희망에 부풀어 앙천대소하던 청춘도 다 바친 그들이 아닙니까? 이제 무대에서는 물러났지만 그들은 활기차고 용감하며 어느 국가, 어느 민족의 젊은이들 보다도 더 용약무쌍하게 활약했던 무대의 주인공들이었습니다.

지금은 시들어가는 육체 속에 갇혀 볼품이 없겠지만 그들이 반추(反芻)하는 추억 속에 반짝이는 보석들을 귀히 보아야 할 것입니다. 이들 하나하나가 일구어간 삶, 글로 쓰지는 않았지만 그들이 엮어간 자서전의 갈피갈피에 묻어나는 땀 냄새, 굴곡 많은 발자국, 성공

담과 실패의 고백들 하나하나는 산 역사입니다. 그저 무대에서 밀려난 늙은이의 보잘 것 없는 삶의 한토막이라 치부한다면 삶을 모독하는 것이며 인생의 가치를 알지 못하는 무지인 것입니다.

 누구의 삶이나 그것은 작게는 그의 개인사(個人史)에 불과하지만, 크게는 한 국가, 한민족의 역사와 궤(軌)를 같이하는 역사적 의미가 있는 것이며, 그 삶은 타인과 비교할 수 없는 하나의 소우주인 것입니다. 비록 타인이 높이 평가해주거나 청사에 빛나는 이름을 올리지는 못하였다 손 치더라도 한 사람이 일구어온 삶은 결코 과소평가 할 수 없는 것이며, 그렇게 해서도 안 되는 것입니다. 내년에 다시 만나기로 기약하고 헤어졌습니다. 몇 개월이란 시간이 누구를 또 못 올 곳으로 데려갈 런지는 모르지만 모두의 바람은 모두가 함께 만나가를 기대하는 것이겠지요.

자! 친구들, 황혼에 서서 장엄한 낙조(落照)를 바라보면서 우리들 연극의 마지막 장(章)을 설계합시다. 모든 품격 있고 감동적인 연극은 끝 부분의 장이 멋있어야 하는 법, 아무리 초반, 중반에 멋진 연기를 하였어도 끝이 신통치 않으면 실패한 연극이 되는 것이며, 초반 중반이 좀 시시했어도 종반에 멋있고 감동적이면 얼마든지 역전(逆轉)할 수 있는 것입니다. 우리 삶의 종장을 초라한 퇴역배우의 쓸쓸한 모습으로 막을 내려서야 되겠습니까? 막이 내리려면 아직 시간이 남았지 않았습니까? 마지막까지 당당한 주연배우의 풍모를 지니고, 의연한 자세로 새로운 장면을 연출하여, 명실공이 일막 일장의 인생 드라마의 주인공답게 막 내림을 꾸밉시다.

자! 친구들! 지는 해는 장엄하고, 아름답고, 그리고 내일을 약속하는 것임을 명심합시다. 늙음을 서러워할 것도, 다가오는 죽음을 두려워할 것도 없습니다. 우리는 한 시대의 주역으로 사명을 다하였고 부끄러움 없이 역사 앞에 서 있으니 서발막대 휘둘러도 거칠 것이 무엇입니까?

바보 이상주의자

　나는 사회과 교사였습니다. 중학교 삼학년 사회교과에는 대한민국 헌법 단원이 큰 비중을 차지하고 있습니다. 우리 국민이라면 헌법의 대강을 알아야 한다는 보통교육 정신의 반영일 것입니다. 한 나라의 헌법은 한 나라의 큰 틀이며 그 나라의 나아갈 지표를 설정한 기본법인 것입니다. 틀이란 제도이며 동시에 국민 생활의 울타리라는 것이며 지표란 그 틀을 바탕으로 하여 국가와 국민이 가장 번영하고 행복하여질 수 있는 목표를 설정한 것입니다. 그러기에 국민이면 누구나 헌법의 대강을 알아야하는 것이 바람직한 것입니다.

　그런 생각에서 중학교 삼학년 사회과 수업에서는 일 년 안에 헌법 전문에서부터 부칙까지 암송하는 것이 숙제로 제시되었습니다. 수업시간마다 한두 조항씩 외우는 것이니 그리 어렵지는 않았으나 학생들은 큰 부담으로 여겼을 것입니다. 대부분의 학생은 숙제를 통과하였으나 몇 학생은 일 년 내내 총칙을 넘지 못한 경우도 있었습니다. 지금 생각하면 무리한 숙제이지 않았나 하는 미안함이 없지 않으나 몇몇 제자들이 외웠던 조항은 이튿날 잊었지만 지금도 헌법의 윤곽은 짐작한다는 회고담을 들었을 때 아주 무의미한 시도는 아니었구나 하는 생각이 듭니다.

　젊은 시절 국회의원에 출마하겠다는 선배와 자리를 같이할 기회가 있었습니다. 설왕설래 하던 중 화두가 헌법에 이르게 되었습니다. 선거권, 피선거권 등 가벼운 대화였으나 선배는 헌법에 대한 상식이 별로 없었습니다. 헌법기관에 입후보하겠다는 선배의 행태가 못마땅하여 「선배님, 출마하시려면 헌법을 좀 익히셔야겠습니다.」라고 해댔습니다. 물론 젊은 혈기에서 나온 오만 방자한 객기(客氣)였습니다. 그런데 선배의 대답은 「이 '바보 이상주의자'야! 정치란 헌법으로 하는 것이 아니야, 정치는 돈과 권력으로 한다는 것을 몰라?」. 나는 「선배님! 미안하지만 출마를 포기하십시오.」라고 쏘아붙이고 나왔고 반세기가 지난 지금도 왕래가 없습니다.

그 선배의 말과 같이 나는 바보 이상주의자일런지 모릅니다. 현실보다는 보다 가치 있고 바람직한 내일을 바라마지 않는 사람이니까요. 그러나 이런 꿈(希望), 이런 바람(願)이 나만의 것이겠습니까? 모든 국민이 가슴 속에 껴안고 있는 꿈이며 바람이 아니겠습니까? 그래서 국가의 기틀이며 국민의 희망이기도한 헌법조차도 모르는 국회의원, 안다손 치더라도 지키지도 않고, 지킬 생각도 없는 정치인들이 없기를 바라는 것이 국민의 마음이 아니겠습니까? 그렇다면 국민 모두가 「바보 이상주의자」가 되겠지요.

나는 정치와는 무관하며 관심도 별로 없습니다. 그러나 정치현실은 국민 모두에게 크게 작용하는 것이니 정치의 장(場)에서 이루어지는 행태에 불만이 없을 수 없습니다. 국회의원을 비롯하여 상당수의 정치인이 어찌 보면 「돈과 권력」에 매달려 헌법이나 법률 따위는 아랑곳 없다는 것 같은 정치 현장의 실태에 불만이 없겠습니까? 바보 이상주의자인 국민 앞에 매일 매시간에 전달되는 그 많은 정보에서 바보 이상주의자들에게 만족을 준적이 있습니까?

나는 정치인이야말로 가장 숭고한 뜻과 원을 지니고, 그 뜻과 원을 실현하기 위하여 목숨이라도 기꺼이 던질 수 있는 의지와 용기가 있는 이상주의자이여야 한다고 믿는 사람입니다. 질곡(桎梏)의 멍에를 지고 오천년의 세월을 세계사의 뒤안길에서 근근이 역사를 이어오던 이 국가를 세계의 어떤 국가와도 비교할 수 없는 부강한 복지국가로 만들겠다는 웅대한 이상, 모든 국민이 희망에 가슴이 부풀고 행복한 생활을 구가할 수 있게 만들어 주겠다는 이상을 지니고, 그 이상을 실현하기 위하여 자신을 헌신하겠다는 의지와 용기가 있는 이상주의자를 우리는 갈구합니다. 이런 이상과 의지와 용기도 없이 정치인이 되겠다고 나서는 자가 있다면 이자들은 모두 사기꾼이라고 생각합니다.

선거 때가 되면 급조되는 정당, 이합집산과 줄서기, 감투를 쫓는 수 없이 많은 철새 떼, 돈과 권력을 따라 이념이나 신념, 정책이나 비전(vision)과는 관계없이 이리 몰리고 저리 몰리는 자칭 애국자들이 얼마나 많습니까? 국가와 국민의 빛나는 오늘과 내일을 창조하기 위하여 피나는 노력과 고뇌를 하여야 할 장(場)인 국회에서 권력과 정권을 잡기 위하여 옳은 것인 줄 알면서도 반대하고, 옳지 않은 줄 알면서도 옳다고 주장하는 이조시대의 당파싸움 같은 정당들, 정치 생명을 유지하기 위하여서는 사적으로는 옳다고 하고 공적으로는 그르다하며, 사적으로는 그르다하고 공적으로는 옳다고 하는 자신의 주견 따위는 다 팽겨치고 거수기로 전락하는 선량(選良)들은 과연 이상이나 신념이라는 것이 있는 것입니까? 알량한 자리를 지키기 위하여 「옳은 것은 옳고」, 「그른 것은 그른 것」이라고 과감히 주장할 수 있는 의지와 용기도 없는 선량들은 양심이나 자존심이라는 것이 있는 것입니까? 그러면서도 국민 앞에 군림하고, 최고의 예우와 보상을 요구하는 그들은 국민을 마냥 「바보 이상주의자」라고 얏 보는 것입니까? 정치는 국가와 국민의 빛나는 내일을 만들어 가기 위한 엄숙하고도 숭고한 행위입니다. 결코 누구의 말과 같이 「돈과 권력」의, 「돈과 권력」에 의한, 「돈과 권력」을 위한 행위로 전락될 수 없으며 더더욱 정치인들을 위한 잔치일 수 없는 것입니다. 정치는 우리 모두의 「이상」을 실현화하는 용광로의 노작인 것입니다.

정치인 여러분, 바보 이상주의자인 국민들은 당신들이 더 없이 숭고하고 슬프도록 아름다운 비원(悲願)을 가슴에 지닌 이상주의자이기를 바라마지않습니다. 우리가 바라마지 않는 것은 토마스 모아(Tomas more)가 설파한 유토피아(Utopia) 같이 거창한 것도 아닙니다. 헌법을 준수하고 진심으로 국가와 민족의 광휘로운 내일을 이루겠다는 결의와 이를 실현하기 위하여 신명을 다하겠다는 꿈이면 족합니다. 당신들의 가슴 속에 품은 이런 꿈과 바람이 이 바보 이상주의자들의 가슴에 전달만 된다면 당신들과 함께 울고, 함께 웃으며 손발이 다 닳도록 일할 것이며, 당신들이 지닌 이상을 실현하기 위하여 불 속으로 뛰어든다면 바보 이상주의자인 국민들은 몸이 다 타서 재가 된다하여도 기꺼이 당신들의 뒤를 따르겠습니다.

당신들이 우리의 대표자라고 자처하듯, 우리는 당신들이 진정한 우리의 대표자가 되기를 바라마지 않습니다. 그러기 위하여는 우리를 이상의 세계로 이끌어야 할 의무와 사명을 다 하여야 합니다. 이「바보 이상주의자」들의 작은 이상들을 더 큰 이상으로 하나로 묶어 우리가 그 뒤를 기쁘게 노래하며 쫓아가게 이끌어주십시오. 횃불을 높이 들고 앞서 달리면서「나를 따르라!」하고 소리 높여 외치십시오. 그러면 이 바보들도 용약 전진할 것입니다.

이 나라는 프랑스 시민혁명의 자유의 여신같은 선도자를 기다립니다.

거짓말쟁이

　교사란 학생에게 지식만 전달하는 사람이 아닙니다. 올바른 지식을 전달할 뿐만 아니라 학생으로 하여금 한 사람의 인격체로, 한 사회의 구성원으로서, 한 국가의 국민으로서 올바른 삶을 영위할 수 있는 교양과 자질을 갖추게 하고, 세상을 바르게 바라볼 수 있는 인생관과 세계관을 지닐 수 있도록 도와주는 것이 교사의 사명인 것입니다. 그러므로 어떤 교과를 담당한 교사이든 맡은 교과의 지식을 교수하는 것은 교육활동의 한 부분에 불과한 것이며 근본적인 교육활동의 목적은「사람을 기르는 것」입니다.

　나는 사회과 교사였습니다. 교과의 특성상 사회 및 정치현상과 직접적인 연관성이 있음으로 사회적 격변기이며, 정치적 격동기였던 20세기 후반기에 교단에 섰었던 사회교과 교사들은 자신의 정체성에 심각한 고뇌를 겪지 않을 수 없었고, 학생들에게 어떤 방향을 제시할 것인가의 자문(自問)을 수 없이 반복하지 않을 수 없었습니다. 졸업한 학생들이 대학에 입학한 첫 여름방학에는 모교를 많이 방문합니다. 모교 은사에게 감사의 인사를 위한 의미도 있을 것이며, 자신의 변모한 모습을 보여 주고 싶은 마음도 있을 것입니다. 어떤 해에도 예외 없이 멀끔히 변모한 모습으로 초년 대학생 여럿이 교무실에 들이닥쳐 떠들썩하게 전 담임을 둘러싸고 인사말이 오갔습니다. 학년부장인 나에게는 건성 인사 뿐 이었습니다. 그런데 한 학생이 다가왔습니다.

「선생님, 고등학교 사회과의 내용은 전부 거짓말 이었더군요」

내 강의를 듣고 그 지식으로 대학에 입학한지 육 개월 밖에 지나지 않은 놈이 내 교육활동이 전부 거짓 이였다니 괘씸하기도 하고 그 치기(稚氣)가 가소롭기도 하였지만 화를 낼 수는 없지 않습니까? 그저 웃으면서 물었습니다.

「대학에서 사회 강의는 없을 것이고, 내가 거짓을 가르친 것을 어떻게 알았나?」

학생운동이 한참일 때였으니 대강 짐작은 하였습니다.

「대학 써클에서 들었습니다」

「참 빨리도 해방신학 주체사상의 신봉자가 되였구나」

옆에서 듣고 있던 다른 학생이 슬그머니 데리고 나가 대화는 끝났습니다.

참으로 황당하기도 하고 가슴에 구멍이 휑하게 뚫리는 기분이었다고나 할까? 단 한명이라도 더 대학에 입학시키고자 밤을 지새우며 학습요소를 추출하고 이에 따른 문제를 만들어 성심을 다하여 강의하였고, 나름대로는 인성교육에도 게을리 하지는 않았다고 생각하여 왔는데 허탈하기 이를 데 없었습니다. 그 동안 그 학생이 받은 12년의 보통교육이 육 개월의 이데올로기 세뇌에 물거품 같이 꺼져 「거짓말」이 되어버리는 현실 앞에서 교육력이란 무엇인가 하는 의문이 저절로 머리를 후려치고, 나 자신의 교수학습활동 및 인성교육의 결과에 대한 회의와 자책으로 괴로워해야 했습니다.

위의 이야기는 교육현장의 전반적인 현상은 아닙니다. 굴절된 시대적 갈등의 일단이기도합니다. 그러나 이런 웃을 수 없는 촌극은 치기와 오만으로 가득한 한 학생의 에피소드가 아닙니다. 오늘날의 교육현장에서 부각되는 여러 문제들로 미루어 볼 때 깊이 성찰하여야할 문제인 것입니다. 보통교육은 민주시민으로서의 인격과 사질, 지식과 기술을 익히는 주류문화의 선수과정입니다. 이런 기본적 교육과정을 충실히 수행하기 위하여는 필수적으로 교권이 바로 서야 가능한 것입니다. 성숙인인 교사가 미성숙인인 피교육자를 교육목표 달성까지 이끌기 위해서는 상식적이든 법적이든 교육을 시킬 수 있는 권위와 권한이 부여되어야하는 것입니다. 그러나 작금의 교육현장에서는 소위 학원의 민주화, 학생의 자율화, 학생 인권만 강조한 나머지 학생의 위상은 극대화되고 교사의 교권은 극소화되어버렸습니다. 학생의 요구는 무엇이나 수용하여야 하고 교사의 활동영역은 날로 위축되어갑니다. 학생에게는 자유의 폭이 넓어지고, 교사에게서는 교편(敎鞭)을 박탈하였습니다.

사람은 일반적으로 쓴 것 보다는 단것을, 고통보다는 안일을, 불편보다는 편리를, 흥미 없는 것보다는 흥미 있는 것을 추구하려는 것이 사람들의 속성입니다. 이성적 판단력이 있는 성인들도 이런 속성을 극복하기란 쉽지 않은 것입니다. 항차 이성적 판단력이 미숙한 미성숙인인 학생들이 이런 속성에서 벗어날 수 있는 의지가 갖추어졌다고 할 수 있습니까? 교육에는 필연적으로 고통, 인내, 책임이 따르게 마련입니다. 그런데 주류 문화에 적응시켜 바람직한 한 사람, 바람직한 국민으로 키우는 노작이 학생의 자생력에 그렇게 기대를 걸어도 되는 것입니까? 그들의 의지로 감미, 안일, 편리, 흥미의 유혹에서 자유로워질 수 있고, 그들에게 주어지지 않을 수 없는 고통과 인내와 책임을 스스로 감내할 수 있다고 믿습니까?

교육현장은 반석 같은 교육이념 위에 서야 바른 교육이 이루어질 수 있습니다. 그 교육이념을 달성하기 위하여서는 거국적 역량과 전 국민적 지원이 필요한 것입니다. 왜냐하면 국가와 민족의 내일이 달렸기 때문입니다. 고통, 인내, 책임은 교사도 학생도 학부모도 감내하여야합니다. 「미운 자식 떡 하나 더 주고, 예쁜 자식 회초리 한 대 더 때려라」라는 말은 참으로 의미심장한 말입니다. 지금, 교육현장에서 인기 영합적 작태로 교권을 무력화시켜 교육활동을 저해하고, 정치적 이데올로기로 주류문화를 「거짓」으로 굴절시켜 교육력을 사분오열로 몰아가고 있으며, 포퓰리즘적 우민 교육정책이 끼여들어 본연의 교육목적 달성을 위한 교육활동은 구심점을 상실하고 교육력은 무산되어가고 있습니다. 그래서 교사는 무기력하여지고 학교교육은 황폐화되고 따라서 우리들의 자녀는 교육부재의 광야에 설 수밖에 없습니다.

교육이 실종된 학교를 지탄은 하되 개선책을 찾는 것에는 냉담한 사회, 내 자식을 위하여는 교사건 학교건 교육이건 안중에도 없는 학부모, 당리당략으로 교육의 방향성은 아랑곳하지 않고 정쟁에만 열중하는 정치권의 행태가 있는 한 교육의 미래는 없습니다. 교육문제를 투표용지와 저울질하는 정치인이 있고, 자기 개인의 정치적 이념을 실현하기 위해서는 교육의 본질이나 교육현장에서 일어나는 문제들은 무시해버리는 교육 관리자들의 고집이 있는 한 교육은 질식할 수 밖에 없습니다.

　교육은 사회와 국가의 백년대계입니다. 몇몇의 정치인이나 정치적 교육 관리자들의 손에 좌지우지될 수 없는 국가와 민족의 이념이며 과제인 것입니다. 중국의 문화혁명세대가 증명하듯 한 번의 시행착오는 수 십 년 후 국가에 재난으로 돌아옵니다. 오늘의 교육 현장은 실패의 길로 치달리고 있습니다. 무엇을 기대하겠습니까? 교육 실패의 결과는 자질을 가추지 못한 우리들의 자녀, 내일을 기약할 수 없는 조국밖에 더 무엇을 바랄 수 있겠습니까?

흉 터

신체발부(身體髮膚)는 수지부모(受之父母)라 했던가? 그러기에 결코 손상(損傷)하여서는 안되는 것이며 그것이 효도의 첫걸음이라 하였습니다. 이를 교조(敎條)적으로 믿어왔던 선인들은 단발령이 내렸을 때 의병을 일으켜 저항했고 상투를 잘린 선비가 자결까지 하였습니다. 그러나 일반적인 상식으로 생각하건대 부모가 주신「나」(단순히 신체가 아닌)는 부모의 분신일 뿐 아니라 부모의 사랑과 정성이 담긴 귀하디귀한 존재이니 자중(自重), 자애(自愛)하는 자존(自尊)의 자세로 살아가라는 교훈일 것입니다. 그러나 아무리 자중자애한들 세상 살아가면서 어쩔 수 없이 상처도 입고 흉터가 남을 수도 있지 않습니까? 몸 구석구석을 살펴보면 작은 흉터가 남아있습니다. 처음 상처를 입었을 때는 피도 나고 통증도 있었겠지만 지금 그 흉터는 아련한 사연을 떠올리는 추억의 단서(端緖)들입니다.

오른쪽 발바닥에 세로로 1센티미터 정도의 흉터는 40년대의 것, 맨발로 산야(山野)를 누비며 뛰놀던 시절에 뒷산 중턱에서 나무 끄트럭에 찢겼습니다. 친구들이 둘러 앉아 흙가루를 뿌려주었고, 엄살을 부릴 틈도 없이 친구 따라 비탈길을 내 뛰었습니다. 왼쪽 엄지발가락에 발톱이 갈라졌습니다. 어린 시절 왜 그리도 돌부리를 자주 찼던가? 지금이야 내 달릴 힘도 없으니 돌부리인들 세게 찰리도 없겠지만 얼마나 세게 찼던지 엄지발가락이 문드러졌습니다. 고생고생 끝에 발톱이 갈라진 채 아물었습니다.

오른쪽 복숭아 뼈에 난 것은 시대적 가난의 표증(表證), 40년대 이차대전 말기에는 신발이 만만치 않았습니다. 운동화는 부자의 상징이고, 검은 고무신은 신는 것이 아니라 마늘로 광을 내여 선반위에 모셔 놓는 것이었습니다. 대게는 짚신과 조리를 신었고, 근거리는 게다(왜나막신)를 신었습니다. 나무판자에 밑에는 굽을 붙이고 위는 피대나 타이어를 쪼게 만든 끈을 못으로 박아 발에 걸고 다니는 게다는 왜 복숭아 뼈를 그리도 아프게 차는지, 아물만하면 차고, 아물만하면 또 차고, 기어이 흉터를 남기고, 전쟁은 끝나고 해방이 되어 고무신을 신을 수 있게 되었습니다.

양쪽 정강이와 무릎에는 헤일 수도 없는 흠집, 흉터라고 할 수 없는 자잘한 흠집들은 어린 시절 엎어지고 고꾸라지고 하면서도 열심히 일어서기 훈련을 한 공로로 얻은 훈장 같습니다. 때로는 어머니 눈치를 보면서 일어나고, 때로는 부끄러워서 일어나고, 때로는 넘어지지 않으리라 이를 악물고 일어나고.

왼쪽 팔은 약간 비틀렸습니다. 어머니는 들밥을 머리에 이시고, 나는 술 주전자를 들고 나들이가듯 들로 가는 중이었습니다. 강습소 다리에서 난간 위를 걷는 재롱을 부리다가 다리 밑으로 고꾸라졌습니다. 대경실색하신 어머니는 자칫 밥 광주리를 메치실 뻔 했고, 석지 영감님에게 동침을 물리도록 맞았습니다. 지금도 침은 물론 주사까지도 겁이 나고 왼팔의 비틀림은 고칠 길이 없습니다.

왼쪽 인지에는 손톱 위쪽으로 2센티미터의 흉터가 있습니다. 어린 시절의 장난감은 직접 자기가 만드는 것, 그러나 나는 형이 팽이, 썰매, 연, 스키 할 것 없이 다 만들어 주었습니다. 팽이를 잃어버렸습니다. 한번 만들어 보리라 작심하고 낫으로 나무를 깎다가 사고를 내고 말았습니다. 잘 드는 낫으로 손가락을 썩둑, 온 집 안에 난리가 났습니다. 어머니는 헌 홑이불을 쭉 찢어서 된장바른 손가락을 매어 주셨습니다.

왼쪽 약지 첫마디는 일제(日帝)의 전쟁군수물자 공급을 위해 광솔을 따다가 손가락에 낫질을 했습니다. 노송(老松)에 난 험집 같이 내 손가락에도 일제 착취의 잔재(殘在)가 새겨졌습니다. 그래서 하다 못해 일본과 야구경기를 해도 이를 갈고 우리 팀을 응원합니다.

오른쪽 새끼손가락 끝에 있는 것은 청춘의 상징입니다. 소녀가장이었던 그녀를 좋아했습니다. 그러나 맺어질 수 없는 인연이기에 별리(別離)의 표시. 그러나 아름다운 청춘의 회고는 애잔한 미소만 남겼습니다.

오른쪽 뺨의 눈 꼬리 부분에 찰과상이 흉터가 되었습니다. 이는 오토바이를 타다가 넘어져 상처를 입은 위에 젊은 동료와 100미터 달리기를 하는데 늙다리가 오기를 부리다 넘어져 이중의 상처가 겹쳐 30여년이 지나도 가시지를 않는 흉터로 남았습니다.

왼쪽이마에 작은 흉터는 향나무 전지(剪枝)를 하다가 가지 끝에 찔린 것, 근무하던 학교의 정원에 있는 나무들은 돌파리 정원사인 나에게 수 없이 수난을 당했습니다. 전지가위를 든 나를 보면 "또 나무 버렸군" 하는 눈초리가 느껴졌었습니다. 그 날 늙은 향나무를 타고 올라가 전지를 하다가 죽은 가지 끄트럭에 찔려 피를 흘리며 내려왔습니다. 더러는 구급약상자를 찾느라 법석이고 더러는 고소해 하는 눈치였습니다. 그 덕에 늙그막에 나무를 키우고 제법 전지에 도가 텄습니다.

다 훑어 보았는지 모르지만 생각해보면 부끄럽거나 욕되게 입은 상처나 흉터는 아닌 것이 다행입니다. 그러나 상처나 흉터가 어찌 육체의 것만 있겠습니까? 보다 깊은 상처나 큰 흉터는 마음의 것이 아니겠습니까? 그럼에도 지극히 다행스러운 것은 사람에게 망각 (忘却)이라는 명약이 있다는 것입니다. 육체의 흉터는 눈에 보이고 오래가지만 마음의 흉터는 보이지도 않고 망각이라는 장막으로 가려져 의식표면으로 떠오르는 경우가 드뭅니다. 더러 떠오른다 해도 아름다운 추억으로 재포장되고 아주 아팠던 것일지라도 아릿한 감상으로 싸안을 수 있으니 얼마나 다행입니까?

사람이 살다보면 크고 작은 몸과 마음의 상처를 주고받지 않을 수 없겠지만 몸에 흉터는 아픔이 없는 것이고 마음의 상처 또한 대부분은 잊겠지만 사무치게 아팠던 큰 상처라면 잊혀 지지 않는 것도 있을 것입니다.

생각해보면 나는 다행스럽게 지금까지 마음의 큰 흉터를 가질만 한 기억이 별로 없습니다. 외람되기 그지없지만 이런 점으로는 부모님 앞에 나아가도 흉한 흉터 많다고 꾸중 듣는 것은 면 할런지 모르겠습니다. 그러니 나는 그렇더라도 나로 하여 상처 받고, 그 흉터가 남아 그 흉터를 어루만지며 포원(抱冤)을 하는 사람이 혹시라도 있을 수 있을 것이라고 생각하면 소름이 끼칩니다.

그 많은 인연들 중에 나로 하여금 피 흘리는 상처를 입고 그 흉터가 남아있다면 얼마나 큰 죄를 진 것입니까? 돌아보고 다시 돌아보면서 자성하여 봅니다.

「신체발부는 수지부모」라 하였습니다. 그래서 절대로 손상하여서는 안 된다고 했습니다. 그러나 나는 작은 흉터들이 여럿이 있고 자잘한 마음의 흉터인들 어찌 아주 없겠습니까? 그러나 지극히 다행한 것은 신체의 흉터도 부끄럽고 수치스럽게 입은 상처나 흉터가 아니며, 마음에 둘만큼 마음의 상처나 흉터를 가지고 있지 않다는 것입니다.

그저 저어하는 것은 혹시라도 나로 하여 상처 입고 흉터를 쓰다듬는 사람이 있다며 어떤 말로 사죄를 할까 마음이 무겁고, 어떻게 위로를 하여야 하는가의 말귀가 떠오르지 않아 답답합니다. 그저 「용서 하여 주십시오.」라는 말이나 반복할 수밖에.

유척(鍮尺)

　이조시대에 군왕이 암행어사를 파견할 때에는 마패(馬牌)와 유척을 주었다고 합니다. 마패는 교통편과 숙식의 편의를 제공한다는 것이라지만 유척은 어떤 의미가 있는 것이겠습니까? 어사의 직분이 지방 수령들의 직무 감찰에 있다면 경국대전이나 기타 법전을 들려 보내는 것이 옳지 않았을까요?

　이조시대에도 도량형법이 있었고 전국적으로 통일하기 위해 힘을 썼지만 평민들은 정확한 도량형(度量衡) 측정 기기(器機)가 부족하였고, 일부 관원은 악의적으로 기기를 변조(變造)하여 수탈의 수단으로 악용하였다는 기록도 있습니다. 그렇다하더라도 유척이라고 하는 것은 길이를 측정하는 도구입니다. 어사의 유척은 군왕이 하사한 것이니 길이를 재는 자로서는 전국의 기준(standard)이 될 것이지만, 도량형 중에서 길이측정 척도의 통일만을 기하기 위해 유척을 하사한 것이라고 보기는 어렵지 않겠습니까? 그렇다면 어사의 손에 유척을 들려 준 것에는 숨은 뜻이 있을 것입니다.

　자라고 하는 것은 사물의 길이를 재는 도구를 지칭하는 것일 뿐 아니라 사물의 가치를 측정하는 기준 및 사람의 인격이나 행위양식 등 모든 분야의 평가기준을 의미하기도합니다. 그렇다면 군왕이 유척을 주었다는 것은 지방 수령들의 모든 행위를 평가하여 재단(裁

斷)하라는 의미가 내포되었고, 어느 누구의 잣대가 아닌 군왕이 준 잣대에 맞추어 공평무사한 감찰을 행하라는 것이 아니겠습니까?

그 잣대는 어사의 주관이나 사사로운 감정이 끼어들 수 없는 대명률을 비롯한 법과 군왕의 의지를 의미할 것이고, 그 대상은 지방 수령방백뿐 아니라 신분의 고하, 빈부귀천, 남녀노소를 불문하고 군왕이 준 같은 잣대(鍮尺)로 평등하고 공평하게 재단하라는 의미가 있지 않겠습니까?

이 세상 모든 사람들은 자기 나름의 잣대를 가지고 있습니다. 이 잣대로 모든 사물, 모든 사람을 재단하는 것입니다. 물론 그 잣대는 사회규범인 법, 관습, 전통, 풍토, 습관 등에서 학습되고 훈련된 결과로 만들어진 것이어서 모든 사람이 공통적으로 공유한 기준이기는 하지만, 사람마다 성장과정, 생활환경, 인생관, 세계관이나 사상적 차이로 하여 그 잣대가 동일할 수는 없음은 당연한 것인지도 모르겠습니다. 결국 그 잣대들의 차이의 크기가 얼마나 크냐, 그 잣대를 어느 쪽에 비중을 더 두느냐 하는 것이 문제입니다. 분명한 것은 객관적 잣대를 무시한 주관적 잣대로 사물이나 사람을 평가 재단하는 것은 광인(狂人)이나 정신병자의 행동에 불과할 것이고, 또한 주관성을 완전히 배제한 객관적 잣대만으로 세상을 재단할 수 있는 것은 신의 영역일 것입니다. 인간의 세상에서는 주관적 잣대가 객관적 잣대와 궤(軌)를 같이하는 보편타당(普遍妥當)한 잣대로 세상사를 평가 재단하는 것이 상식적 행태이고 이상적 행위양식이 아니겠습니까?

지금의 우리 사회는 모든 부문에서 이분화(二分化)되어간다는 위기감이 없지 않습니다. 사회계층간, 세대간, 이념간의 갈등이 심화되고 그 갈등의 골은 깊어만 가는데 서로가 가지고 있는 잣대가 너무나 상이(相異)하여 타협이나 화합의 길을 찾기가 매우 어렵습니다. 자기의 잣대나 자기 집단의 잣대만으로 상대방이나 상대 집단을 평가 재단한다면 타협이나 화합의 여지는 없습니다. 끝이 없는 논쟁과 분열과 갈등으로 피차 피로와 쇠락이 있을 뿐입니다. 그러기에 피차 자기들의 잣대를 보편타당한 잣대인가 재점검할 필요가 절실합니다만 이것같이 어려운 일이 또 있겠습니까? 지금이 이조시대이고, 군왕이 계셨다면 유척을 많이 만들어 모든 사람들의 잣대를 교정하여 주었으면 하는 망상도 해보지만 망상은 망상일 뿐.

바라건대 내 잣대를 고집하고 상대의 잣대를 꺾어 버리려 하지 말고, 내 잣대를 세우되 상대의 잣대도 이해할여고 노력 할 때 그래도 접점을 찾을 수 있지 않을까 생각됩니다. 사분오열(四分五裂)되여 싸우는 파열음에 귀가 아프고, 상처입고 씩씩대는 몰골들을 지켜보면서 한숨을 쉽니다.

자존(自尊)

사람의 값(가치)은 얼마나 될까?
미국의 어떤 과학자가 인체를 분석한 후에
돈으로 환산하여 보니 '7달러 50센트'랍니다.
'나는 이를 금으로 보철을 하였으니 값이 많이 올랐네'하였더니
모두들 웃었습니다.

사람의 값은 돈으로 따질 수가 없습니다. 모든 재화는 사람이 살아가는데 필요한 수단이며 사람만이 목적이기에 수단인 재화로 사람의 값을 매길 수가 없기 때문입니다. 그렇다면 사람의 가치를 어떻게 가늠하여볼 것입니까? 아무래도 값이나 가치라는 단어 자체가 재화에 적용하는 것이기에 사람에게는 적합한 단어가 아닌 것 같습니다. 그래서 일반적으로는 존엄성(尊嚴性)이란 말을 씁니다.

우선 사람이라는 존재는 어떤 존재인가를 살펴 보겠습니다. 사람은 일회성(一回性), 유일성(唯一性), 유한성(有限性)의 존재이며 무한한 가능성을 가지고 있는 존재이기도합니다. 일회성이란 한사람의 일생은 오직 한번밖에 없으며 되풀이 할 수 없다는 것입니다. 그러기에 한 사람의 삶의 모든 과정은 처음이며 마지막의 순간들이며, 다시 또 한번(once again)은 할 수 없는, 돌아올 수 없는 길을 걷는 것과 같습니다. 그러기에 모든 사람은 차마 아까워서 허송(虛送)

할 수 없는 역사적인 시간을 소비하며 삶을 꾸려가는 존재인 것입니다. 유일성이란 오직 하나뿐인 존재인 것입니다. 온 세상, 온 우주를 통틀어「나」는 오직 하나인 것입니다. 그 많은 사람들 중에 모습도, 마음도, 능력도 같은 사람은 단 한 사람도 없으며, 그 서있는 자리 또한「나」이외의 누구와도 대체할 수 없는 독자적 위치가 있는 것입니다. 누구나 오직 하나뿐인 존재로서 그 사람만의 지위와 역할이 있는 작은 우주로서 누구와도 비교 대상일 수 없는 존재가치를 갖는 것이기에「나」는 나대로 살아갈 의미와 내가 하지 않으면 아니 되는 역할과 사명이 있는 것입니다. 그러기에「나」는 거대한 사회조직의 부속품도 아니며 역사조류에 떠밀리는 부유물도 아닌 유일적 존재의미와 독자적 존재가치가 있다는 자존의식을 가져야 하고,「나」는 나로서의 존재가치를 자각함으로서 자중 자애하는 자존심을 굳히는 것은 매우 중요한 것입니다.

　사람은 언젠가는 끝을 맞이하여야 하는 유한적인 존재이기도한 것입니다. 이 세상의 다른 생명체들은 죽음을 자각하지 못하지만 사람만은 자신이 죽음이라는 끝이 있음을 자각하고 살아갑니다. 이런 유한성을 알고 살아가기에 생의 의미를 더욱 깊이 인식하게 되고, 유한성을 극복하려는 시도에 심혈을 기울입니다. 종교와 철학, 과학과 예술 등으로 무한성에로의 지향(指向)을 모색하는 것이 그 예일 것입니다. 역설적(逆說的)이긴 하지만 유한하기에(끝이 있기에) 더욱 소중하고 아름다운 것이고, 앞에 넘을 수 없는 장벽을 마주하고 있는 유한적인 존재가 그 장벽을 넘어보겠다는 무한을 지향(指向)하는 존재야말로 존중받아 마땅하지 않습니까? 사람의 능력에는 분명 한계가 있는 것이지만 유한적 존재라는 한계를 뛰어넘어 무한성을 쟁취하려는 도전을 시도하는 사람이라는 존재는 존엄한 것입니다. 이러한 연유로 모든 사람들 하나하나는 존중되어 마땅한 존엄성을 갖는 존재인 것이며 결코 값을 따질 수 없는 존재인 것입니다. 나 너 할 것 없이, 남녀노소, 빈부귀천 할 것 없이 사람으로 태어난 이상 존중되어 마땅한 존엄성을 갖는 것입니다.

　자존(自尊)이란 무엇인가? 사전(辭典)적으로는 '스스로 자기를 높이는 것', '자기의 품위를 높게 지키는 것'이라고 합니다. '스스로 자기를 높이는 것'이라하면 자칫 자기가 남보다 우월하다고 자부하는 자세나 태도로 오해하기 쉽습니다. 속이 빈 강정이 부피만 크고, 덜 익은 이삭이 고개를 세우듯 존중할 가치도 없는 사람이 남 앞에 우월성을 과시(誇示)하려는 자세는 자고(自高), 자만(自慢)이지 자존의 본 의미는 아닌 것입니다. 자존이란 자기 자신의 존엄성의 자각, 즉 자신은 존엄한 존재라는 정체성을 깨닫고 존엄한 존재로서의 삶을 영위하겠다는 마음가짐을 다지는 것을 말하는 것이며, 그런 마음가짐을 행동으로 실현하고자 최선을 다하는 것을 의미한다고 생각합니다. 따라서 자존이란 존엄성을 지닌 존재이기 때문에 존엄한 존재로서 합당한 사람이 되어야겠다는 자각이 없다면 진정한 자존이라고 할 수 없을 것입니다.
　'자기의 품위를 높게 지키는 것'이라 하면 이미 갖추어진 자기 품위를 손상시키지 않는 것으로 알기 쉽습니다. 그러나 자존이란 그런 소극적인 의미만 있는 것은 아니라고 생각합니다. 보다 적극적으로 존엄한 존재이기 때문에 존엄한 자기가 되기 위하여 부단한 자기 인격의 도야(陶冶)와 품위의 고양(高揚)에 매진하는 자세가 자존이 아닐까 생각합니다. 존엄한 존재이기에 결코 남으로부터 멸시(蔑視)나 타기(唾棄), 지탄(指彈)이나 비하(卑下)따위의 대상이 될 수는 없는 법이 아니겠습니까?, 그렇게 되지 않기 위하여 스스로의 존엄성(가치)을 높이기 위한 각고의 노력을 하여야 하는 실천적인 의지가 필요한 것입니다. 자기의 존엄성, 자기의 가치는 자기 스스로의 실천적 노력으로 높여가는 것이며 여기에는 피나는 자기 수련이 따르는 법입니다. 한낱 품위를 지키는 것만이 아니라 부단한 자기 성찰과 반성을 통하여 존엄한 자기 자신을 일구기 위한 지양(止揚)의 몸부림이 있을 때 진정한 자존이라고 말할 수 있을 것입니다.

자존이란 '스스로를 높인다'는 말입니다. 이 말은 다른 사람에게 자신의 우월성을 과시하면서 군림(君臨)하려는 것을 의미하는 것이 아닙니다. 다시 곰곰이 생각하여 보면 '나는 존중받아 마땅한 존엄성이 있는 존재'임을 자각하고, 존엄한 존재로서 손색이 없는 인격과 품위를 갈고 닦아 어느 누구에게도 부끄럼 없는 사람으로의 삶을 일구어 가는데에 최선을 다하겠다는 마음가짐이 진정한 자존이라고 생각합니다.

비유하건대 하나의 인간이 태여 날 때에는 보석의 원석(原石)과 같다고 할 수 있습니다. 원석은 보석이 아닙니다. 보석으로 될 수 있는 가능성이 있는 돌에 불과한 것입니다. 원석이 땅 속에 묻혀 있거나 냇가에 굴러다닌다면 누가 귀히 여기겠습니까? 집어 팽겨처도 아까울 것도 없는 돌덩이에 불과한 것을. 원석이 보석으로 만들어지기 위해서는 연마(研磨)의 과정을 거쳐 반짝반짝 빛이 날 때에야 보석으로서 귀한 대접을 받는 것입니다. 인간은 누구나 태어날 때부터 존엄한 존재입니다. 그러나 오물이 묻고 연마되지 않은 보석의 원석과 같은 존재인 것입니다. 아무리 존엄성을 들어낼 가능성을 지닌 존엄체라 하더라도 오물에 더럽혀지고 다듬어지지 않은 사람은 발길에 차이는 돌덩이인 원석과 같은 것, 그러기에 스스로 갈고 닦아 존엄성을 스스로 들어내야 참다운 존엄한 존재가 될 수 있는 것입니다.

자존심이란 무엇이겠습니까? 자기 자신은 더 없이 귀한 존엄성을 들어낼 수 있는 존재임을 깨닫고, 값진 보석 같이 나 스스로를 갈고 닦아 모든 이들이 귀히 여기는 한 사람으로 우뚝 서겠다는 마음이 자존심인 것입니다. 그러기에 자존심이 있는 사람은 자기의 존엄성을 위하여 자기 연마에 최선을 다하는 것이며, 자기 자존심의 손상은 목숨과도 바꾸는 것입니다.

겸허(謙虛)

어느 백발이 성성한 겸허하신 교육 원로 한 분이 계셨습니다.
그 분은 어디에서나 아이 어른을 불문하고
만나는 사람들에게 먼저 인사를 하셨습니다.
그러시기에 그 분을 만나는 많은 사람들은
그 분보다 먼저 인사를 하지 않을 수 없게 되었습니다

겸허라는 말은 '자기를 낮추어 남을 존중하고 자기를 내세우지 않는 태도'라고 합니다. 이 말에는 '자기를 낮춘다'라는 것과 '남을 존중한다'는 두 가지 요체(要諦)가 있다고 생각됩니다.

흔히들 사람은 '저 잘난 멋에 산다'는 말을 많이 합니다. 대개의 사람들은 세상을 자기 위주로 보는 까닭에 세상사는 자기를 중심으로 움직여야 한다고 생각합니다. 그러기에 자기야말로 세상이라는 무대의 주인공이며 다른 사람들은 다 조연(助演)에 불과한 것이라고 말입니다. 따라서 자기의 사고와 언행만이 옳으며, 자기야말로 유능하고 우월하다는 착각 속에서 살아가기 쉬우며, 그렇게 삶으로 하여 남을 업신여기고 깔보면서 오만(傲慢)하게 되는 경우가 많습니다. 정도의 차이는 있겠지만 대부분의 사람들의 마음속에는 이러한 마음가짐이 자리 잡고 있다고 생각됩니다. 그래서 남에게 스스로를 낮추기가 쉽지 않은 것이 아닌가 생각됩니다.

'자기를 낮춘다'는 것은 '저 잘난 멋에'살아 온 대다수 우리에게는 실천하기가 지극히 어려운 일입니다. 왜냐하면 자기 스스로를 낮춘다는 것은 남의 처지와 입장을 배려하는 역지사지(易地思之)의 사고와 행위, 자기가 남들 앞에 내세울 수 있는 모든 것들을 접어 두고 남에게 양보하는 사양지심(辭讓之心)을 갖는 것으로 자기본위(自己本位)의 마음가짐을 뜯어 고쳐야하는 것이고 그것은 사고방식과 행동양식의 일대 변혁을 위한 오랜 인격수양이 있어야하는 것이기 때문입니다. 그러나 세상이 '저 잘난 멋'에 사는 사람으로 가득하다면 각자가 다 독불장군이 될 것이며, 오만불손, 안하무인, 자고자만의 무리들이 활개를 치는 '만인은 만인을 위한 투쟁'의 세상이 되지 않겠습니까? 모든 사람들이 그런 세상을 바라지는 않을진대 아무리 어려워도 '자기를 낮추는' 겸허의 미덕을 세워야겠다는 생각을 하여 보아야 하지 않겠습니까?

바보 흉내를 연출하는 풍자극(gag)을 싫어하는 사람은 별로 없습니다. 그 이유는 일반적으로 자기보다 똑똑하고 잘난 사람에게는 열등의식이 발동하여 질시와 경계심을 가지게 되고 심한 경우에는 적의까지 품게 되는 것입니다. 그러나 자기보다 못하다고 생각되는 사람에게는 우월감이 느껴지고 동정심이나 측은감(惻隱感)으로 호의를 갖게 되기 때문입니다. 지나친 예인지 모르지만 나의 눈높이를 상대의 눈높이에 맞추느냐 아니냐에 따라 감정의 교류가 달라진다는 것입니다. '스스로를 낮춘다'면 상대방도 무장해제를 하고 호의적으로 다가오는 것이 일반적입니다. 대부분의 사람들은 다른 사람과 대면하였을 할 때에는 보이지 않는 방어체제의 벽을 쌓고 경계의 칼날을 세우는 것이 일반적이지만 상대가 스스로를 낮추면 슬그머니 방어벽을 걷고 칼날을 접게 되고, 비로소 감정교류의 물고가 트이는 것입니다. 내가 나 스스로를 낮추지 않으면 상대방도 낮추지 않아 방어벽을 사이에 쌓고 양립하는 대립의 형국이 되기 쉽고, 내가 낮추면 상대방도 낮추어 눈을 맞추게 되고 화해와 이해의 불길이 열리는 것입니다. 자기 스스로를 낮추는 것으로 자기의 인격에 험이 나는 법은 없습니다. 오히려 그것으로 하여 상대방과의 인격적 접촉과 감정적 교류가 이루어져 원만한 인간관계를 형성할 수 있는 것과 더불어 상대방도 나의 진면목(眞面目)을 알아보게 되는 일석이조(一石二鳥)의 얻음이 있는 것입니다.

본시 부자는 부자 티를 내지 않습니다. 정작 지식인이나 잘난 사람은 아는 체, 잘난 체를 하지 않습니다. 그러나 낭중지추(囊中之錐)라는 말과 같이 누구나 자기를 낮춘 사람의 접어둔 보이지 않는 진경(眞景)은 알아차리게 되어 있는 것입니다. 그래서 자기를 스스로 낮춘 사람의 진면목은 언젠가는 들어나게 되고, 낮추었기 때문에 그 인품이 더욱 두드러지게 빛날 수도 있는 것입니다.

겸허의 두 번째 요체는 '남을 존중'하는 것이라고 하였습니다. 내가 나 스스로를 높이고 존중하는 것을 자존이라 합니다. 어떻게 보면 겸허의 개념과는 이율배반(二律背反)인 것 같습니다. 그러나 자존은 나에게만 있는 것이 아닙니다. 나와 마찬가지로 모든 사람이 자존하는 존재인 것입니다. 그러기에 내가 다른 사람으로부터 존중받아 마땅한 존재라면 다른 사람 또한 존중받아 마땅한 존재인 것입니다. 따라서 남을 배려하고 존중함은 오히려 나 스스로 나를 존중하기 때문에 남을 존중하는 것이며 그래야 남도 나를 존중한다는 논리가 성립되는 것입니다. 속담에 '가는 말이 고와야 오는 말도 곱다'라는 말이나 '대접을 받으려면 먼저 대접을 해라'는 말은 여기에도 적용되는 말일 것 같습니다. 말을 바꾸면 '남에게서 존중을 받으려면 남을 먼저 존중하라'인 것이며, 겸허의 두 번째 요체인 '남을 존중한다'는 것은 곧 내가 존중받기 위한 것입니다.

생각하여보면 사람이란 존재가 얼마나 보잘 것 없는 존재입니까? 지구의 역사를 일 년으로 계산한다면 인간 백년의 삶은 0.7초라는 하루살이의 생애에 이룬 것이 무엇이고 이룰 것이 무엇입니까? 유구한 역사 앞에서, 심오한 진리의 바닷가에서, 높이를 가늠할 수도 없는 절대성 앞에서 왜소하기 그지없는 좁쌀 만한 존재들이 하늘을 쓰고 도리질을 한다고 위대해 집니까? 나 중심으로 세상이 돌아가는 것도 아니며 유한의 벽 앞에 서있는 왜소한 자기 존재를 직시할 수 있는 눈을 뜬다면 겸허의 본의(本意)를 깨닫게 되겠지만, 지금 우리는 겸허라는 단어가 무색한 세태 속에 살고 있습니다. 종적(縱的)이건 횡적(橫的)이건 관습이나 도덕 체계가 붕괴 되여 가치기준이 혼돈상태가 되어버린 사회를 한탄을 하면서도 헤어날 수가 없습니다. 그렇다고 수수방관만 할 수는 없는 일, 공허한 외침이라고 있어야하지 않겠습니까?

겸허는 '나 스스로를 낮추어 남을 존중하고 자기를 내세우지 않는 태도'라 하였습니다. 이는 결코 비열한 자기 비하(卑下)나 비굴

한 자기 열패(劣敗)가 아닙니다. 나 스스로를 낮추어 남과 눈높이를 같이하여 감정적 교류를 깊게 하며, 남의 인격과 품위를 존중함으로서 나 자신의 인격과 품위를 존중받는 인간관계를 쌓아가는 것이며 이를 통하여'만인은 만인을 위한 투쟁'의 마당 같은 이 사회를 각 개인의 인격과 인격, 자존심과 자존심의 만남의 장(場)으로 만들 수 있는 길이며, 이해와 협력, 화해와 안녕으로 갈 수 있게 하는 길인 것입니다. 우리들 모두가 재삼 겸허라는 단어나마 머릿속에 깊이 사겨 두어야 하지 않겠습니까?

이어달리기(繼走) 선수들

　큰 강의 흐름도 깊은 산 옹달샘에서 비롯됩니다. 땅 속에 스몄던 물이 솟구쳐 샘을 이루고, 샘이 넘쳐 실개천을, 실개천이 모여 내를 이루며, 내가 합쳐져 도도한 강의 흐름이 되어 바다로 들어가는 것입니다. 피의 흐름 또한 이와 같지 않겠습니까! 피의 흐름이 어디서 시작되었든 피의 흐름은 밑으로, 밑으로 이어왔고, 점점 그 폭 또한 넓게 확산되어 가족에서 씨족으로, 씨족에서 부족으로, 부족에서 민족, 민족에서 인류라는 사람의 바다를 이루는 것입니다. 한 세대에서 다음 세대로 이어지는 피의 흐름은 마치 운동경기의 이어 달리기에 비유할 수 있을 것입니다. 지구상의 모든 생명체들은 이런 피의 이어 달리기를 통해 이 세상을 채웠고, 지금도 진행 중입니다. 그러나 지구상의 모든 생명체들의 피의계승이 자연법칙이기는 하나 인간의 피의 흐름은 단순한 생명의 이어 달리기만의 의미만 있는 것은 아닙니다. 인간의 피의 이어 달리기에는 다른 축생의 그것과 달리 역사성과 문화성을 내포한 깊은 의미가 있는 것이며, 그 피의 흐름의 한 복판에 서서 피의 이어 달리기 바통(Baton)을 움켜쥐고 있는 우리들은 이 바통을 응시하면서 그 의미를 깊이 되새길 필요가 있습니다.

　옹달샘에서 도도한 강을 이루기까지의 강물은 돌 틈과 벼랑, 여울과 협곡을 굽이굽이 돌면서 모질고 험한 흐름의 고비고비를 지나야 하듯, 인간의 피의 이어 달리기의 발자취야말로 피와 땀의 발자취였으며 수없이 거듭되던 생과 사의 갈림길을 넘나들던 험난한 역경(逆境)의 길이였으며, 질곡(桎梏)의 멍에를 짊어진 여정(旅程)이였음을 잊어서는 안 될 것입니다.

우리가 지금, 여기 서 있기까지에는 피의 바통을 움켜쥐고 달리던 주자(走者)들이 수없이 거듭되었던 전쟁의 피 묻은 창과 칼의 밀림을 뚫고 지나왔고, 그 모진 가난과 질병의 틈바구니를 비집고 달려온 흐름이었습니다. 선조들은 이런 질곡의 멍에를 메고, 죽음의 계곡을 넘나들면서도, 그 허기와 병고를 인고(忍苦)의 신음을 깨물면서도 피의 이어달리기의 바통을 악착같이 놓치지 않으려 사력을 다해 달렸고, 마침내 우리의 손에 그 바통을 넘겨주어 우리를 여기에 세워준 것입니다. 이는 분명 경이로운 기적에 틀림없으며 천행이라 하지 않을 수 없습니다.

어찌 피의 계승뿐이겠습니까? 자손은 어버이의 내일이며 희망이라고 하지 않습니까? 자손의 안위와 행복을 기원하는 선조들의 정성과 사랑을 어찌 잊겠습니까? 이태리의 베수비오 화산 대폭발이 있었습니다. 뜨거운 화산재가 천지를 뒤덮었고 봄베이시를 함몰시켰습니다. 뜨거운 화산재에 묻혀가는 어버이가 자식만은 살리겠다고 타들어가는 두 팔로 아이를 치켜 올리고 죽어갔습니다. 그 화석을 발굴하던 사람들은 너나없이 이 경이로운 광경에 모두 울었답니다. 우리 선조들이 그 험한 세상, 그 모진 고난을 견디고 걸어온 행로(行路)에서도 그런 살신(殺身)의 헌신, 그런 애처롭기까지 한 정성, 그런 애끓는 사랑이 있었기에 우리가 지금 여기에 서 있게 되었고, 당신들이 이루지 못한 한(恨)과 원(願), 그리고 슬프도록 아름다운 꿈들을 후손인 우리들이 이루어 주기를 기원하면서 우리에게 바통을 안겨주었다고 생각할 때 이 얼마나 가슴 뜨거운 감격이며 감사한 일입니까? 우리 몸속에 피가 흐른다면 어찌 선조들의 기원(祈願)을 외면할 수 있으며 그 무거운 책임감, 그리고 짊어지지 않을 수 없는 사명감을 느끼지 않을 수 있겠습니까?

지금, 여기에 살아있는 우리들 한 사람 한 사람은 우연히, 그리고 무의미하게 던져진 존재도, 무책임하게 살아가도 되는 맹목적인 존재도 아닙니다. 위로는 선조들의 피의 이어 달리기의 마지막 주자(走者)이며 동시에 후손들에게는 바통을 물려줄 첫 번째 주자이기도 합니다. 그러기에 중간 주자로서의 책임감과 사명의식이 없을 수 없고, 각별한 각오와 열망이 없을 수 없는 존재인 것입니다. 다시 말해 선조들에게는 그분들이 바라마지않는 부끄러움 없는 떳떳한 후속주자로서의 사명감을 다하는 우리이어야 하며, 후손들에게는 선조들이 그러했듯 우리의 모든 것을 걸고 존경받기에 합당한 자랑스러운 선두주자로서의 역할을 다하여 보람차고 가치 있는 유산을 물려주겠다는 열정과 정성을 다하는 선조가 되기 위해 최선을 다해야 할 의무가 있다고 생각합니다. 그것이 피의 이어 달리기의 바통을 쥐고 있는 오늘의 우리의 책임이고 의무입니다. 이 책임과 의무를 성실히 수행하지 못했을 때 중간주자인 우리는 제대로 자기 몫을 다하지 못하여 선조와 후손들에게 동시에 죄를 지는 것이며, 부실한 삶을 살았다는 부끄러운 평가를 받을 수밖에 없는 것입니다.

　우리들은 일상(日常)의 생활 속에서 삶의 무게가 너무 무거워 깨달아야할 많은 것들을 무신경하게 넘겨버린 것들이 많습니다. 그러나 조금은 마음을 가다듬고 생각을 깊이 해봄이 어떻겠습니까? 선조들은 우리에게 무엇을 위해 그토록 험한 역경과 고난을 참으며 피의 바통을 우리에게 물려주려하였는가를. 우리는 후손들에게 무엇을 위해 이 바통을 물려주려하는 것이며 그들이 무엇을 이루기를 바라는가를.

　그리고 우리는 지금, 여기에서 피의 이어 달리기 바통을 쥐고 있는 중간주자로서의 우리가 짊어진 몫을 최선을 다하여 이루려고 노력하고 있는가를.

1초(秒) 라는 시간

　세월여류(歲月如流)라든가? 아침이다 하면 금방 저녁이고, 월요일이다 하면 어느새 토요일에 와있고, 정초라고 흥청거리다보면 어정어정 연말이 되어 있습니다. 그렇게 흘러가는 세월 속에서 퍼뜩 정신이 들면 무엇인가 잃은 것 같은 허전한 느낌이 엄습(掩襲)하는 때가 있습니다. 세월의 흐름에 둥둥 떠밀려 내려가는 무의식 무자각의 생에 대한 허무감과 회의(懷疑)가 솟아나기도 합니다.

　불교에서는 시간의 개념이 명확하지 않습니다. 천지가 개벽한 때부터 다음 개벽까지의 사이를 한 겁(劫:kalpa)이라하고, 손가락 한번 튀기는 시간의 65분의 1인 순간을 찰나(刹那:ksana)라 하였으니 우리의 시간개념으로는 이해가 쉽지 않습니다. 하기야 지구의 나이를 1년으로 셈하면 인생 100년은 7초에 불과하다니 이런 하잘 것 없는 존재가 겁이니 영겁(永劫:백겁)을 들먹이는 것이 우습기도 합니다. 숫자적 계산이야 과학에, 그 심오한 뜻이야 철학이나 종교에 맡기기로 하고, 우리네야 겁은 무한으로, 찰나는 유한적인 짧은 순간으로 해석하면 되지 않겠습니까?

　우주(宇宙)가 언제 생겼고 언제 소멸할지는 아직은 아는 사람이 없습니다. 그러니 그저 무한이라고 할밖에 없습니다. 그런데 이 우주 안에 유한적인 생명체가 없는 불덩이나 돌덩이 같은 별(천체)들만 있다면 소멸의 때를 알 수 없는 무한만 있을 뿐이니 시간적 개념은 의미가 없을 것입니다. 왜냐하면 무한과 대비되는 유한이 없기 때문입니다. 유한적인 존재인 생명체, 특히 유한을 인식하는 인간이 있기에 시간이라는 개념이 의미를 갖는 것이라 생각됩니다. 쉽게 말한다면 영원히 없어지지 않는 것들 (무한적 존재 : 우주 안의 별들)만 있는 우주에는 시간이니 세월이니 하는 말이 있을 수 없고, 거기에 생겼다 없어지는 것들(유한적 존재)이 있을 때 비로서 존재하는 동안의 시간적 측정이 가능하여지는 것이 아닌가 생각됩니다.

영겁의 무한 속에서 보면 인생이란 찰나적 존재도 못되겠지만, 그 유한적 존재가 유한적 잣대로 시간을 계산하고, 세월을 논하는 것이지만 그래도 인간은 그 속에서 존재의미를 찾아야하는 것이 아닙니까?

어쩌다가 말이 빗나갔습니다. 다시 본래로 돌아가겠습니다. 요즈음은 소치(sochi)동계올림픽기간입니다. 많은 사람들이 밤을 새우며 TV를 지킬 것입니다. 기록경기를 보고 있노라면 우리나라 선수이건 다른 나라 선수이건 안쓰럽기 그지없습니다. 수 년 동안의 피땀 어린 그 고된 훈련을 초(秒)단위, 아니 1000분의 1초 단위로 평가하여 어떤 선수는 천국, 어떤 선수는 지옥으로 분별하는 것 같아 어찌 보면 비인간적인 것 같기도 하고, 선수들의 흘린 땀에 대한 평가 잣대로는 너무 가혹하지 않은가 생각도 듭니다. 어쨌든지 시상을 위한 규정이니 더 좋은 방법이 없는 한, 재론 할 생각은 없습니다. 그저 여기서는 초 단위의 시간이라도 얼마나 엄청나게 중요한 의미를 가질 수 있는 것인가를 일깨워 준다는 것을 말하는 것입니다.

10여 년 전에 막내딸로부터 교통사고를 당했다는 전화를 받았습니다. 대경실색하여 사고현장으로 달려갔습니다. 현장에는 수습이 끝나서 아무도 없었고, 물어물어 찾아간 차 수리공장에서 처참하게 일그러진 차를 본 순간 하늘이 노랗게 보였습니다. 차의 왼쪽 앞바퀴와 엔진부분이 형체를 알 수도 없게 되었으니 운전자가 온전하겠습니까? 황망히 병원으로 뛰었습니다. 그런데 다짜고짜 응급실로 뛰어들다가 외국인 서넛과 대화를 나누는 막내를 발견하였습니다. 멀쩡히 서있는 막내를 보는 순간 안도의 한숨과 함께 긴장이 풀려 주저앉을 것 같았습니다. 사연인즉 신호를 보고 좌회전 출발을 하자마자 직진하던 외국인 차가 받았다는 것입니다. 가해 독일인은 그저 쏘리(sorry)만 연발하였습니다. 만약 막내가 0.5초쯤 빨리 출발했거나 아니면 그 독일인이 0.5초쯤 늦었다면 막내는 생명을 구하기가 어려웠을 것입니다. 그 0.5초가 생사를 가를 수 있는 시간이기도한 것입니다. 어찌 이런 일 뿐이겠습니까? 역사적인 큰 사건이나 사연도 필연이건 우연이건 간에 순간의 동기로 하여 세상을 뒤흔들 큰 일로 전개되는 예는 허다한 것입니다. 이렇게 짧은 시간이 인간에게 엄청난 의미를 줄 수 있고, 그럴 가능성을 내포한 순간 순간을 우리는 살아가고 있는 것입니다.

우리는 일상의 생활 속에서 시간의 중요성을 망각하고 살아갑니다. 그 날 그 날을 허송하면서 세월 빠름을 한탄만 합니다. 생각하여보면 인간은 유한적 존재로 저 앞에는 끝이 있고, 그 끝을 향하여 한 발짝씩 다가가는 것입니다. 그러니 그 한발 한발이 얼마나 소중한 발걸음이겠습니까? 활강하는 스키어나, 역주하는 스피드 스키어가 필사의 노력을 경주하여 얻으려는 그 1초의 귀중함을 짐작이나 하겠습니까? 선수들의 기록을 위한 시간만 중요한 것이 아닙니다. 우리의 생 그 지체의 매 순간이 중요한 의미를 지닌 소중한 시간인 것입니다.

비록 살아가는 모든 시간을 기록경기의 선수 같이는 할 수는 없겠지만 적어도 내가 맞는 매 순간들이 의미 있고 소중한 시간이며, 알찬 내용으로 채워가야 할 시간이라는 의식은 잊어서는 안되겠다는 것입니다.

촌로의
넋두리

 전원(田園)의 **한담(閑談)**

삼독(三毒)

　　사람의 본성(本性)은 착한 것이며 누구나 착하게 살아가기를 바란다는 성선설(性善說)을 믿고 싶습니다. 그러나 사람의 착한 본성을 가리는 요인들이 얼마나 많습니까? 그 요인들로 하여 점점 본성을 잃어가고 악한 심성이 우리 마음속에 가득하지 않습니까? 본시 깨끗하고 맑은 거울 같은 본성이 먼지와 때 국으로 얼룩져 본 모습을 알아볼 수 없게 되여지는 것과 마찬가지로 말입니다. 선인(先人)들은 이 착한 마음인 본성을 해치는 요인들을 탐할 탐(貪), 부릅뜰 진(瞋), 어리석을 치(癡), 즉 삼독(三毒)으로 요약하였습니다.

　　탐(貪)은 무엇입니까? 탐욕(貪慾)을 뜻하는 것입니다. 식욕, 색욕, 권력욕, 소유욕 등 끊일 줄 모르는 사람의 욕망으로 하여 사람의 착한 본성을 지탱할 수 없어 무너지는 것입니다. 허기가 지면 배를 채우려, 배가 차면 보다 미식(味食)으로, 미식을 맛보면 장수(長壽)식으로. 끝없는 산해진미를 찾아 헤매고 심한 경우 옛 로마에서는 토하는 타구까지 끼고 먹고 또 먹고 하였다지 않습니까? 색욕, 후손을 생산하고 종족 번식을 위해서는 절대불가결한 욕구이기는 하지만 성 개방과 함께 성적 쾌락에 탐닉되어 성 추구 경향이 사회, 예술 문화 구석구석 어디에나 만연되어 있습니다. 성이 본래의 개념을 넘어서서 향락의 도구로 되면서 타락과 부패로 치달리고 있는 경향이 없지 않습니다. 권력욕은 어떻습니까? 권력을 장악하는 과정부터 대중(大衆)은 수단시 되며 권력의 본연의 목표는 슬로건으로만 남아 있고 실상은 개인의 영달과 힘의 획득이 목적이 되어버렸고, 권력 행사 또한 진정한 이상(理想)사회, 이상 국가 실현을 위한 노력으로 매진하는 모습을 보기 어렵습니다. 그저 쉽게 눈에 띄는 것은 수단 방법을 불문하고 남을 깔아뭉개고 그 위에 서서 마음껏 힘을 과시하려는 욕망이 번득입니다. 소유욕. 가져도 가져도 부족하고, 채워도 채워도 허기지는 물질적 욕망이야 말로 악을 조장하고 생산하는 요인 중의 요인일 것입니다. 「아흔 아홉 섬 가진 놈이 한 섬 가진 놈 것을 빼앗는다」고 하지 않았습니까? 이는 생활필수품이나 생계유지에 필요한 물질의 양을 넘어서서 축적과 축적하여 얻은 만족감을 채우기 위한 탐욕으로 우리의 마음속에 도사린 독 중에 독이라고나 할까요? 그래서 기독교에서는 「욕심은 죄악을 낳고 죄악은 사망을 낳는다」고도 하였습니다. 물욕이 아주 없을 수야 있겠습니까만 필요한 물질 이상의 것을 탐하는 탐욕은 분명 악의 요소이며 이 탐욕이 우리의 본성을 흐리게 하는 것은 분명한 것일 것입니다.

진(瞋)이란 무엇입니까? 자기의 마음에 맞지 않는 사람이나 사물에 대하여 미워하고 분노하여 화를 내는 마음가짐입니다. 세상 살아가다가 분하고 화가 날 일이야 얼마나 많겠습니까? 자기보다 우위에 있는 사람에게는 시기(猜忌)하는 마음이 들고, 경쟁자에게는 질투의 감정이 불끈불끈 솟고 나의 이익이나 인격에 상처를 받으면 분노의 감정이 활화산 같이 분출하는 것이 사람들의 상정(常情)임에 틀림없을 것입니다. 뿐만 아니라 사회 현상이나 자연현상까지도 자기의 마음에 맞지 않을 때 원망하고 원통해 하지 않습니까? 눈을 흘기는 마음, 분하고 원통하고 시기하고 질투하면서 이를 악물고 사납게 눈을 부릅뜰 때 잔잔하고 착한 마음을 격동(激動)시키고 이성(理性)을 흐리게 함은 두 말할 필요가 없을 것입니다. 따라서 대인관계에서는 불화(不和)와 쟁투(爭鬪), 사회적으로는 혼란과 파괴를 가져오게 되는 것이며 파멸의 원인이 되는 것입니다. 치(癡)는 무엇입니까? 어리석음입니다. 탐(貪)이나 진(瞋)도 따지고 보면 치(癡)에서 비롯된다고 하겠습니다. 자기의 분수(分數)에 넘치는 탐욕이나 자기의 처지나 행태는 알지도 못하면서 눈을 흡뜨고 분노와 노호를 터뜨리는 것이 어리석음의 대표적 표출이 아니겠습니까?

이성적인 평가와 판단을 결여(缺如)한 직선적 감정 반응으로 하여 올바른 행동을 하지 못하면 그것을 어리석다고 하는 것입니다. 사람은 매순간 부딪치는 상황에 대처하여 행하는 모든 행동에 앞서 결단을 하여야 하는 존재입니다. '이것이냐, 저것이냐?'의 기로(岐路)에서 어느 한 쪽을 선택하지 않으면 안되는 결단 말입니다. 그런데 그 선택의 결단을 제대로 하지 못하는 행태를 「어리석음」이라 하는 것이며 이것으로 하여 마음은 혼돈을 면치 못하게 되며 그 행태는 종잡을 수 없이 난잡해질 수 밖에 없습니다.

사람의 밑바닥에 깔린 본성이 아무리 착함에 뿌리를 두고 있더라도 삼독(三毒)이 그 심성을 지배할 때 악(惡)의 심연에서 벗어날 수는 없을 것입니다. 그런 현상을 보다 못해 사람의 본성은 악한 것이라고 규정해 버린 성악설(性惡說)도 있지 않습니까? 사람의 본성이 깨끗한 거울이라면 삼독과 같은 본성의 저해 요인으로하여 본래의 기능을 상실한 거울은 깨 버려야 하는 것입니까? 아니면 닦아보도록 노력하여야 하겠습니까? 생각건대 사람은 누구나 착한 심성과 바르게 살아보려는 의지를 지니고 있음은 의심의 여지가 없을 듯합니다. 그러나 또한 욕망과 눈을 부릅뜰 사항과 어리석음을 함께 껴안고 살아가는 비극적 존재이기도 합니다. 더더욱 이 삼독이 누구로부터 압력을 받아 나에게 일어나는 것아 아니라 내 마음 속에서 솟구치는 것이니 이를 제어(制御)할 수 있는 장본인은 다른 사람이 아닌 나 자신이라는 데에 더 큰 어려움이 있습니다. 자신의 본성을 가리는 것은 자신의 마음에서 분출하는 삼독이며 이를 제어할 수 있는 것은 자신뿐이라는 명제는 모든 사람에게 주어지는 숙제이며, 풀지 못하면 악인(惡人)이라는 낙인이, 풀려고 노력하는 자는 선인(善人)의 길로 접어들었다고 할까요?

「신독」(愼獨)이란 말이 있습니다. 「혼자 있을 때 삼가 행한다」는 말은 다른 사람 앞에서는 채면에 걸려 그럴싸하게 언행을 하다가 남이 보지 않는 곳에서는 심신이 흐트러지는 것을 삼가라는 말이겠지만 다시 생각해 보면 혼자 있을 때 깊은 자기 속의 내면(內面)의 소리, 양심의 소리를 듣고 깊이 자성(自省)하는 태도를 가지라는 말도 됩니다. 「나」는 얼마나 탐(貪)하였는가? 「나」는 얼마나 진(瞋)하였는가? 「나」는 얼마나 치(癡)하였는가? 그리고, 그리고 말입니다. 스스로 생각해도 부끄럽고 한스러운 점이 있다면 본성을 되찾을 길을 스스로 모색하도록 노력해 봄이 있어야 할 것이 아니겠습니까?

글을 씁니다

　겨울철에 접어들면 모임의 친구들이 「겨울철에는 할 일이 없지 않은가?」라고 묻는 일이 가끔 있습니다. 농사일을 핑계로 모임에 빠지는 경우가 가끔 있었기 때문에 농한기(農閑期)가 되었으니 잘 나올 수 있지 않겠느냐하는 의미가 담겨있을 것입니다. 어디에서나 마찬가지이겠으나 일이란 일거리를 만들면 일이 있는 것이고, 일거리를 만들지 않으면 일이 없는 것이 아니겠습니까? 농촌의 겨울철이 농한기라고 합니다만 일거리가 없는 것이 아닙니다. 때를 놓치면 안 되는 일이 적은 계절로 급히 서두르지 않아도 되고 여차하면 일손을 놓아도 되는 때이니 좀 한가할 수 있습니다. 그러니 「좀은 한가하다네. 날이 좋으면 나무의 전지(剪枝)도 하고 땔감도 줍고, 날이 춥거나 궂으면 TV도 보고 책도 읽고 글도 쓰면서 시간을 죽인다네」라고 대답합니다. 답을 들은 친구들은 다른 것은 다 제하고 「글을 쓴다」는 말에 초점을 맞추어 확대해석하는 것 같습니다.

　「시를 쓰나? 수필을 쓰나?」 이런 물음은 좀은 당혹스럽습니다. 어찌 들으면 농사일을 하는 촌노(村老)가 가당키나 한 일인가라고 들리기도 하고, 또 어찌 들으면 「글 쓴다」는 것이 그렇게 대단한 일인가 싶어 심심파적으로 긁적이는 것을 「글을 쓴다」고 표현한 것이 잘못된 것인가 싶기도 합니다. 「나는 작가가 아니라네. 그저 치매 예방차원으로 평소의 생각을 기록한다네.」누가 그랬던가? 늙지 않으려면 '하루에 열 번 전화하고, 백자를 쓰고, 천자를 읽고, 만보를 걸어라'고. 아마도 몸과 머리를 부지런히 움직이면 육체적, 정신적 건강을 유지할 수 있다는 말일 것입니다. 생각해 보면 자신의 지적능력이나 기억력이 조금씩 감퇴되어 감을 스스로 느낄 때 상실감이나 쓸쓸하고 허전함을 느끼지 않는 사람이 있겠습니까? 그렇다고 단식하고 체념해 버릴 수는 없는 일이 아닙니까? 보잘 것 없는 글이라도 글을 쓴다는 것은 이런 세월이 빼앗아가려는 것들을 조금이라도 덜 빼앗기려고 발버둥 치는데 일조하지 않겠습니까?

본래 글 쓰는 데에 재주가 없는데다가 생각의 폭이 좁아 깊이 있는 글이 될 수 없고, 어휘선택이 서툴러 문장이 매끄럽지 않아 읽기가 껄끄럽고 재미가 없다는 평을 받아온 터라 발표를 위해 쓰는 글은 되도록 기피했으며 그나마 퇴직 후에는 글 자체를 쓸 기회가 없습니다. 그러다보니 머리회전이 점점 무디어지고 기억력이 감퇴되어 어휘나 한자를 점점 잊어가는 것 같아 마음이 초조로워집니다. 그래서 건망증으로 잃어가는 부분을 보충하기 위한 방법을 찾아보자고 생각했고 농한기가 되어 심신이 좀 한가하게 되어 권태와 무료함이 찾아 올 틈을「글 쓰기」로 메우기 시작하였습니다. 평소에 생각해왔던 것들, 생활하면서 느낀 것들, 그 때 그 때 생각 돌아가는 대로 글을 옮기는 것이니 이름을 붙인다면「생활 잡기」(生活 雜記)라고나 할까요? 아무리 내용이 빈약하고 세련되지 못한 글이라도 엮어가려면 상당한 집중력이 요구되는 작업인 것입니다. 그런데 십여 년의 안일한 생활이 머리회전에까지 타성이 생겨 초점을 흐리게 합니다. 초안은 누더기가 되도록 고치고 또 고쳐도 마음에 드는 문장으로 되여지지도 않습니다. 뿐만 아니라 컴맹에 가까운 처지라 자판을 치는 솜씨가 독수리타법인데다가 익숙하지도 않아 한 페이지를 치는데 한나절이나 걸리니 누가 보면 가관도 아니라는 핀잔을 들을 것은 불문가지(不問可知)입니다. (할 수 없이 아이들 손을 빌립니다.) 또한 한자의 획을 잊어 옥편을 챙겨야하고 어휘가 알쏭달쏭하여 국어사전을 자주 찾게 되는데 돋보기로도 잘 보이지 않아 확대경까지 사용하여야하니 진전이 지지부진할 수밖에 없습니다.

지금 쓰고 있는 글은 누구에게 보이기 위해 쓰는 글이 아닙니다. 그저 자신을 돌아보는 작업이니 시간에 쫓길 필요도 없고 내용의 평가를 의식할 것도 없으니 부담 같은 것은 없습니다. 그러나 글을 쓰고 있는 자신에 대하여서는 책임감이 느껴지지 않을 수 없습니다. 백지를 앞에 놓고 글을 쓰려는 자신을 돌아보는 것은 거울 앞에서 자기 모습을 응시하는 여인의 마음가짐과 비교할 수 있을까요? 자신의 경험, 지식, 태도, 마음가짐을 마음의 거울에 비추어보면서 희노애락의 감정에 휘둘리지 않고 차분히 써 내려갈 수 있을까하는 떨리는 마음을 갖고 펜을 들고 있습니다.

미려(美麗)한 문장, 심오한 내용의 글을 쓰려는 것이 아닙니다. 다만 남에게 보이기 위한 미사여구(美辭麗句)를 구사하거나 덧보이기 위한 가식적(假飾的) 표현을 하지 않기를 스스로 다짐하며 엉킨 실타래 같이 무질서하게 쌓인 칠십여 년의 경험과 생각들을 꾸밈없이 정직하게 쓰겠다고 다짐합니다. 비록 내용이 부실하고 표현이 거칠어도 써 가면서 자신의 생각을 다듬어 가고, 덤으로 치매도 예방할 수 있다면 어찌 의미가 없겠습니까?

말 (言語)

　말은 그 말을 사용하는 민족의 얼이며 혼이라고 합니다. 따라서 그 말의 흐름은 그 민족사의 부침(浮沈)과 함께하는 것이며, 그 때 그 때의 언어는 그 시대를 그대로 반영하는 것입니다.

　어린 시절은 일제(日帝)의 수탈이 절정이었던 2차대전 중이었습니다. 극도의 가난과 징병, 징용, 정신대 같은 전쟁을 위한 인력동원 등으로 민심은 흉흉하고 심성들이 악에 받힌 극한의 시절이었습니다. 언제 터질지 모를 분노를 껴안고 살얼음판 위에 서있는 군중들의 입에서 나오는 말씨가 고울 리가 있겠습니까? 초조와 긴장과 분노는 약한 쪽으로 배출되게 마련이니 남편은 아낙에게, 아낙은 애꿎은 아이들에게 이유 없는 화풀이를 하게 되고 말씨조차 거칠기 그지없었습니다. 악담(惡談)섞인 욕설을 퍼 부으며 매를 들고 아이 뒤를 쫓는 모습이 눈에 선합니다. 어찌 어미가 되어 자식에게 악담같이 되기를 바라서 그러겠습니까? 긴장된 사회 분위기, 끼니를 거르는 조석(朝夕), 언제 닥칠지 모를 불행의 그림자 등이 사람들의 마음을 황폐화시키고 초조와 불안이 악심(惡心)으로 심성을 거칠게 하니 그 입에서 고운 말이 나올 리 있겠습니까? 이제 그런 억눌린 분노의 표출 같은 단어와 억양은 사그러졌지만 지금 생각해도 가슴 아픈 일들이 아닐 수 없습니다.

KBS의「남북의 창」을 가끔 시청하면서 북한의 소식을 듣습니다. 다른 것은 다 제쳐놓고 북한 아나운서의 선동적인 억양과 호전적인 단어에 소름이 끼칩니다. 우리에 대하여 극단적이고 전투적인 어휘를 선동적 어투로 내지르듯 퍼붓는 것을 대할 때 얼음칼을 들이대는 섬뜩함을 느낍니다. 이는 북한이 우리를 어떻게 보고 있는가를 알 뿐만 아니라 북한사회의 체제와 사회운영의 실상까지 짐작할 수 있을 것 같습니다. 그 말씨 하나로도 체제자체가 극단적 표현으로 위협하지 않으면 영위할 수 없는 강압체제이며 선동하지 않으면 꿈쩍도 하지 않는 국민에게 감성에 불을 지펴 움직이게 하는 우민(愚民)정책의 사회임을 짐작하게 합니다.

오늘날, 오천년 역사동안 가장 풍요롭고 선진국 문턱에 들어선 우리나라의 말씨는 어떻습니까? 인터넷을 들여다보면 그 많은 정보들 중에 도시 무슨 말인지 이해할 수 없는 글들이 수없이 많으며 차마 읽을 수가 없을 정도의 험한 말들이 난무하고 있습니다. 사회일반이 이해할 수 없는 암호 같은 언어(준말, 비속어, 끼리끼리의 암호 같은 신조어)와 거친 말, 욕설이 상용어 같이 범람하고 있습니다. 부분문화(청년문화 등)가 주류문화에 영향을 주지 않을 수 없지만 주류문화를 전도(顚倒)시킬 정도가 된다면 이는 일종의 문화혁명이 아닐 수 없습니다. 국어를 왜곡(歪曲), 오염시키는 것은 국어의 품위를 떨어트릴 뿐 아니라 민족의 혼과 얼을 병들게 하는 것입니다.

버스를 타보면 청소년들(학생이 대부분이지만)의 대화를 듣게 됩니다. 대화의 반절은 비속어(욕설)로 채워집니다. 'X새끼', 'O새끼'는 지칭(指稱)명사가 되다시피 되었습니다. 들다못해 대화에 끼어

들었습니다.

「너는 부모님이 계시냐?」

「네」

「부모님을 사랑하느냐?」

「네」

「저 아이가 너의 부모님을 X라 하는데 듣기 좋으냐?」

「?」

다른 아이에게 물었습니다.

「너는 어머니가 계시느냐?」

「네」

「어머니를 사랑하느냐?」

「네」

「그런데 저 아이가 네 어머니를 욕하는데 기분이 어떤가?」

「?」

저희끼리 거침없이 쓰고 있는 거친 말이 무엇을 의미하는지 뜻조차 모르고 일상(日常)의 용어 같이 쓰고 있는 청소년들의 행태를 어찌할 것입니까? 거친 말, 비속어 등만 언어를 그르치는 것이 아닙니다. 언어를 잘못 구사할 때 이 또한 언어를 왜곡하는 것입니다. 공영방송에서조차 남편의 호칭이 「오빠」가 되니 이는 상피(相避)가 되는 것이며 프로그램 구석구석에는 거친 말, 잘못 적용되는 용어가 허다합니다.

예전에 등산을 하는 중 한 여인이 예쁜 강아지를 잘 치장하여 안고 왔습니다. 자랑삼아 옆 여인에게

「우리 딸 예쁘지?」

뒤에 오던 한 남자가

「사람이 개를 낳을 리 없고, 개도 오래 묵으면 사람이 되나?」

여러 남자가 박장대소를 하였지만 말이란 개인적으로 그 사람의 인격과 품위를 좌우하는 것이며 사회적으로는 소통과 인과관계의 질을 결정하고 한 국가, 한 민족의 문화품격을 결정하는 것입니다. 그렇기에 오늘날 우리사회의 언어 수준을 걱정하고 고민하며 순화문제를 거국적 거족적 과제로 삼아야할 것입니다.

프랑스에서는 영어 소통이 어렵답니다, 영어를 아는 프랑스인도 대답은 자국어로 한답니다. 자국어에 대한 자긍심이 그만큼 크다는 것이며, 그 자긍심을 지키기 위해서 세계에서 제일 세련되고 아름다운 언어가 될 수 있도록 더욱 가꾸고 다듬는 노력을 게을리 하지 않는다고 합니다. 그것이 문화국민의 태도이고 국가와 민족의 품격을 높이는 길인 것입니다.

회초리

회초리는 폭력의 상징이 아니다.
훈육의 도구이기 때문에 어느 사회에나 있어왔고, 있어야한다.
시대와 장소에 따라 그 형태는 다를 수 있지만, 회초리가 없는 사회는 없다.
사회의 문화와 가치를 유지, 발전시키려면 훈육이 필수적이니
회초리는 없을 수 없다.

　사회에는 사회의 안녕과 질서를 유지하고 성원의 안전과 행복 추구를 위해 몇 겹의 안전망(安全網)을 구축합니다. 인간 이외의 축생들은 뇌에 입력된 본능에 따라 살아가면 되지만 인간은 「해야 한다」(Ought do), 「해서는 안 된다」(Not ought do)라는 당위법칙이 있고 그 바깥쪽에는 좀 더 강력한 「반드시 하여야 한다」(Must do), 「절대로 해서는 안 된다」(Not must do)라는 법체제가 있어 이 사회규범을 어기지 않도록 규제를 가하게 되는 것입니다. 따라서 인간의 생각과 행동은 이 사회규범 안에서 이루어져야 하고 그럴 때 사회는 안녕과 질서가 확보되고 성원은 안전과 행복을 향유할 수 있습니다. 그러기에 사회규범을 사회의 안전망이라고 할 수 있습니다. 사람이 자유롭게 아무런 제재나 규제 없이 살아갈 수 있는 범위를 중심으로 하여 습관이나 버릇이 안쪽에 그 밖으로는 전통, 관습, 도덕, 법규 등으로 첩첩히 동심원의 안정망이 둘려 있는 것입니다.

당위법칙에는 개인의 버릇이나 습관, 사회의 전통이나 관습, 보편적 가치체제와 도덕 등의 망(網)이 있어 개인의 습관이나 버릇이 당위에 저촉되면 훈계를 하거나 회초리를, 전통이나 관습을 위반했을 때는 사회적 비난이나 세인의 지탄을, 비도덕적 행위인 경우에는 앞에 열거한 제재 수단 이외에도 심한 경우 멍석말이까지 동원하여 그 당위의 망에서 일탈(逸脫)을 방지하려고 합니다. 그 바깥쪽 가장 강력한 안전망인 법망을 넘을 때는 범법자가 되어 감옥에 넣어 사회에서 격리하거나 영원히 격리하기도 하여 사회의 안녕질서를 유지하고, 사회자체를 유지 할 수 있는 것입니다.

다시 말하면 우리가 자유롭게 살아갈 수 있는 범위 바깥쪽에는 거미줄 새끼줄 동아줄 철망등으로 비유할 수 있는 수없이 많은 저지선이 있고 이 저지선을 넘는 일탈에는 그 만큼의 채찍(징벌)이 가해지는 것입니다. 인간은 결국 여러 층의 저지선(沮止線) 안쪽에서의 자유이며 이 선을 넘는 것은 허용되지 않는 제한(制限)을 감수하여야 하는 것입니다. 시대가 변하고 가치관도 변했습니다. 따라서 이 저지선인 사회규범이나 도덕적 기준(Moral standard)이 변하는 것은 당연할 것입니다. 그러나 부분적인 가치의 변천이야 있겠지만 근본적인 보편타당한 가치, 마땅히 지켜져야 할 기본적 행동양식이나 생활규범이야 변할 수 없는 것입니다.

그런데 현실사회는 이 저지선이 점점 모호해지고, 일탈자를 제재(制裁)하는 수단이나 방법이 점점 허술하여지고 있다는데 문제가 있습니다. 이런 저지선을 만들고 지키고 하는 것은 국가기관에서만 하는 것은 아닙니다. 국가기관에서 할 수 있는 것은 제일 마지막의 저지선인 법체계에서 뿐, 그 외의 것은 사회통념이나 사회적 오랜 합의에서 만들어진 것이고 또 사회일반에 의해 지켜진 것입니다. 그럼에도 불구하고 사회전반에서 이 저지선 수호를 위한 노력이 점점 약화(弱化)하여가는 경향이 있어 안타깝기 그지없습니다.

　오늘의 사회에는 회초리를 들 사람이 없습니다. 사회의 어른들, 가정의 부모들, 학교의 교사들이 사회규범을 지키기 위해 회초리를 휘두를 용기가 없습니다. 전 근대사회에서는 장유유서(長幼有序)의 질서가 철저하여 연장(年長)자는 연하자의 훈육지도의 기능이 막강했고, 대가족제하에서는 부조(父祖)가 자녀의 가정교육을 책임짐으로서 사회구성원의 보편적 행동양식이나 생활규범이 비교적 잘 지켜졌으나 지금에 와서는 사회의 가치관의 급변으로 연장(年長)의 권위가 쇠퇴하고, 소가족제와 맞벌이 가정의 보편화에 따른 가정교육의 약화로 청소년의 일탈현상이 증가하는 추세입니다. 그럼에도 사회의 원로, 사회의 지도층이나 부모들이 사회규범 수호를 위한 노력, 일탈 저지선을 지켜 가려는 회초리 들기를 주저하고 꺼려합니다. 그러면서도 교육기관, 즉 학교교육에 그 책임을 전가하고, 청소년 비행이나 일탈행위가 증가하는 것이「학교교육」의 부실(不實)에서 오는 것이라 질타(叱咤)합니다. 솔직히 말하면 사람의 인성이나 도덕적 행동양식 및 보편적 사회규범의 체득이나 생활화는 취학 전 칠세까지 95%이상이 이루어진다는 것이 정설(定說)인 즉 학교교육이 책임질 부분은 지극히 미미한 것이 틀림없습니다. 그나마도 학교교육이 그 임무를 수행하고자 시도한다해도 자율이다 민주화다 인권이다 등등의 이런 저런 이름으로 사회나 교육

수요자가 딴죽을 걸면 걸었지 학교의 시책이나 일탈방지 노력의 기능을 이해해 주거나 힘을 실어주는 데에는 인색하기 이를 데 없는 것이 현실입니다.

자! 그러면 이 사회의 존속과 안녕 질서와 구성원의 안전과 행복을 위한 안전망인 사회규범을 어떻게 수호하여야 할 것입니까? 이렇게 안전망이 허술해지면 뛰어넘기 쉬워지고, 뛰어넘는 자들이 점점 늘어간다면 못된 자들, 버르장머리가 없는 자, 괘씸한 자, 고약한 자들이 차고 넘칠 것이 아닙니까?

옛날에는 행위규제를 국가도 담당했지만 향촌에서는 동리(洞里)의 장노(長老)등의 주제로 재단하기도 하였습니다. 징치(懲治)방법은 경우와 정황에 따라 달랐겠지만 훈계, 태장, 방출도 하였고 죄질이 아주 나쁘면 멍석말이까지 하였다고 합니다. 멍석말이는 죄인을 멍석으로 말고 몽둥이찜질을 하는 무서운 징치입니다. 어렸을 때 못된 자를 자루에 씌우고 여럿이 구타하는 것도 보았습니다. 자루찜질이라는 집단 징치방법입니다. 가정에 있어서도 밥상머리의 식사예절부터 모든 행위양식에 이르기까지 바람직하지 못할 때는 가차 없이 회초리를 들었고 심한 경우 가문(家門)에서 축출하는 징치를 함으로써 가문(家門)의 명예를 지키고 사회성원으로 양육했습니다. 멍석말이나 자루찜질 같은 몰매가 옳다거나 그런 방법을 써 보자는 것은 더욱 아닙니다. 이런 방법이 잘못 써진다면 정말 인권유린이요 폭력행위이겠지만 당시로서는 일탈방지 수단이었음은 인정한다는 것입니다.

이런 극단적인 징치방법까지 생각할 만큼 오늘의 사회는 몰매를 때려주고 싶은 자, 몰매를 맞아도 싼 자들이 너무나 많습니다. 저 위에서부터 저 아래에 이르기까지 멍석말이를 하던지 자루를 씌워 몰매를 때려 못된 버릇이나 행위를 고쳐주고 싶은 충동이 절로 나는 짓거리들이 차고 넘치니 한심스럽기 그지없습니다.

이제라도 전 사회의 풍조가 바뀌어야 합니다. 사회의 안전망인 사회규범이나 보편타당한 가치가 침해되는 것을 방관(傍觀)하거나 외면하면 이 사회는 암흑에 휩싸이게 되기 때문입니다. 사회성원 전체가 분연히 나서야 할 때가 되었다고 생각지 않습니까? 국가는 어떤 일이 있어도 공권력을 확립하여 범법행위에 대하여는 철퇴를 가해야 할 것입니다. 국가의 최고 지도자가 헌법을 무시하고 범법을 권장하는 나라, 주정꾼이 파출소를 부수는 나라가 지구상 어디에 있단 말입니까? 법을 만드는 기관에서 법을 어기는 나라가 있습니까? 공권력이 약화된 국가는 준법정신이 약화됩니다. 사회에서 소위 지도자라 하는 사람, 연장자들은 참 어른의 자리로 돌아가야 합니다. 「사랑합시다. 사랑합시다.」라고 앵무새마냥 외치는 것은 쓸데 없는 말장난입니다. 진정 사회를 사랑하고 이웃을 사랑한다면 쓴 소리, 질타의 목소리, 매운 회초리 매질을 할 수 있는 과감한 용기가 발휘되어야 합니다. 교육기관에서는 실추된 교권을 되살려 교육수요자 앞에 권위를 세워야 하고, 학생 앞에 참스승으로 당당히 서서 수요자의 일탈을 질타하고 교정 할 수 있는 용기를 발휘하여야 하며 교권침해 및 교육활동 저해행위에 맞서야합니다. 가정에서 자식을 진정 사랑한다면 밥상머리에서부터 회초리를 들어야 합니다. 자식을 사랑한다는 이름으로 모조건 싸고돌아 버릇이나 행위양식을 올바로 가르치지 못했을 때 자녀 개인 뿐 아니라 남에게 누를 끼치고 사회규범을 벗어나는 일탈자가 되기 쉽습니다. 그러기에 예로부터 「귀한 자식은 매를 때리고 미운자식은 떡을 하나 더 주라」하지 않았습니까? 사회규범의 교육은 전적으로 부모에게 책임이 있는 것, 대개의 부모는 자녀의 일탈책임을 타인이나 사회에 전가하려 합니다. 그것은 무책임한 책임회피이며 소임을 다하지 못한 자의 비겁한 변명입니다. 「문제아의 뒤에는 문제부모」가 있는 법, 책임회피의 길은 없습니다.

자! 떨쳐 일어납시다. 사회가 더 망가지기 전에. 국가는 국가가 해야 할 일, 사회는 지도급인사는 물론 전 구성원은 저들이 해야 할 일, 가정에서는 가정에서 해야 할 일, 교육기관에서는 그들이 해야 할 일을 충실히 하여 규범이 제대로 작동하는 사회를 만들기에 총력을 다해야 합니다. 회초리를 드십시오. 수호해야 할 우리 조국, 정겹디정겨운 내 이웃, 귀하디귀한 우리의 자녀를 정말 아끼고 사랑한다면 사회의 안정망을 지키기 위해 회초리를 들어야합니다.

회초리는 폭력의 상징일 수 없습니다. 사회의 유지 발전과 사회구성원의 안녕과 행복을 확보하기 위하여 사회규범을 포함한 문화와 가치체제를 계승 발전시켜야하고, 그러기 위하여 훈육을 위한 회초리가 필요한 법, 어서 빨리 마땅한 회초리를 만들어 문틀 위에 얹어두고, 회초리를 쓰지 않아도 될 사회가 되기를 기원합시다.

보물함

    우리 집에는 보물함이 하나 있습니다. 보물이란 무엇입니까? 사전에는 '보배로운 물건, 보재(寶財), 보화(寶貨), 화보(貨寶),'라고 쓰여 있습니다. 그러니 보물 함 속에는 흥부네 박통모양 귀중품이 가득할 것이며, 도둑이 들었다하면 제일 먼저 손을 탈 것이라는 것이 통념일 것입니다. 그러니 보물함이라하면 이 통념에 걸맞게 눈에 번쩍 띄는 것이어야 하겠지만, 우리 집 보물함은 시건장치도 떨어져 없어진 조잡한 자개함이고, 길가에 내놓아도 누구 하나 거들떠보지도 않을 고물입니다. 뿐만 아니라 함속의 내용물을 본다면 더욱 아연(啞然)해 할 것입니다. 녹이 슬고, 때가 끼고, 못 쓰게 된 것들이 가득하니 보물이라는 이름이 무색함은 말할 것도 없고, 쓸모 없는 잡동사니를 모아 놓은 심사를 의아해할 것입니다. 집의 아이들조차 '보물함' 소리만 나와도 야릇한 웃음을 웃습니다.

    으레 보물하면 으리번쩍하는 금은보화나 현란한 보석들을 떠올리며 침을 삼킵니다. 예로부터 이것들은 신분과 권력의 상징이었고, 부귀영화를 누릴 수 있는 계층의 전유물이었으니 평민들이야 감히 쳐다볼 수도 없는 오르지 못할 나무였고, 이것들로 치장한 사람들 앞에서 항상 기가 죽어 그 발등에 입맞춤을 할 수 밖에 없었으니 얼마나 한(恨)이 맺힌 물건들입니까? 억울하기도 하고, 시샘도 나고, 그것들을 갖고 싶다는 이루지 못할 욕구에 스스로 화를 내는 심통이 왜 없겠습니까?

모파상의 '진주 목걸이'를 읽으며 목걸이 하나로 일생을 그르친 주인공의 생이 어찌 남의 일이겠습니까? 그래서 책을 덮으면서 자탄의 신음을 토하는 것이 아니겠습니까? 아동문학에 자주 등장하는 해적들의 보물지도 이야기는 보물을 소유할 수 있었던 계층을 강박(强迫)할 수 있던 해적들을 빌어 억압된 평민에게 한풀이의 대리만족을 하여주는 심리가 깔려 있는 것이 아니겠습니까? 가난에 찌들었던 아낙일수록 한풀이로 황금 보석 휘감기를 열망하는 심리를 알 만하지 않습니까?

보물과 신분, 권력, 부귀영화의 연관성으로 하여 '보물'은 보물 그 자체의 가치 이상의 높은 평가를 받는 것이니 어찌 보물에 대한 집착을 떨쳐 버릴 수 있겠습니까? 대망(待望)의 욕구이면서도 얻지 못하는 보물, 보물과 함께 밀착하여 춤추는 동경(憧憬)하여 마지않던 신분과 권력과 영화에 대한 시샘이 가슴에 불을 지피는데 어찌 보물이라 하면 눈이 번쩍하지 않겠습니까? 그래서 '우리 집에 보물 함이 있다'고하면 대개는 의아한 눈빛을 하고 쳐다 봅니다.

보물에는 눈부신 금은보화만 있는 것은 아닙니다. 나라의 보물인 국보(國寶)나 보물목록에 있는 것들을 살펴보십시오. 귀가 떨어진 도자기 기명, 코가 떨어져 나간 불상, 풍화로 형태를 알아보기 힘든 마애불, 삭아서 형태조차 짐작이 어려운 금속조각도 보물일 수 있고, 모르는 사람의 눈에는 불쏘시개 감으로 밖에 보이지 않는 고서(古書), 빛바랜 그림 한 폭도 애지중지하는 귀중한 보물인 것입니다. 가치기준이란 단일적인 것이 아닙니다. 모르기는 하지만 만약 방원이 포은을 척살할 때 사용한 녹이 쓴 철퇴가 발견된다면 보물로 될 수도 있을 것이며, 충무공을 쓰러트린 적탄의 탄알, 고종황제를 붕어하게 했던 독이 묻은 찻잔을 찾는다면 이 또한 역사적 의미상 보물로 지정될 가능성이 있지 않겠습니까?

보물이란 그 자체의 경세적 가치도 중요하겠지만 그것만으로 충분조건은 아닙니다. 그 물건에 담긴 의미가 어떤 것이냐가 비중이 더 큰 것이라고 생각됩니다. 물건 자체의 경제적 가치가 아무리 하치않아도 그 물건에 담긴 의미가 크다면 보물로서의 가치로 충분한 것입니다. 국가의 보물도 그러하거니와 개인이 소장하고 애지중지하는 물건 또한 그런 맥락에서 보물일 수 있는 것입니다. 그런 의미에서 우리 집의 보물함에 들어있는 내용물은 남이 보기에는 쓸모 없는 잡동사니에 불과하겠지만 나에게는 그 하나하나가 의미를 지닌 귀한 것들이니 나만의 보물이라 한다고 비웃음을 받을 이유는 없다고 생각합니다.

자! 보물함을 열어 보겠습니다. 우선 하나하나의 물건들을 진열하여봅니다. 그것들 하나하나에는 사연이 있고 깊은 의미가 담겨있어 눈은 짧은 시간으로, 머리는 긴 시간으로 이것들을 살펴봅니다. 자질구레한 것들은 덮어두고 몇 가지만 사연을 적어보겠습니다.

선친(先親)의 인감도장 : 비록 재질은 프라스틱이지만 선친의 몇 안 되는 유품입니다. 이 하얀 도장을 대면할 때마다 아버지의 생애를 더듬게 됩니다. 일찍 어머니를 여의시고 편부 슬하에서 어렵게 소년시대를 지내셨고, 수인·수여선 철도 부설과 그 관리로 청·장년의 인생 황금기를 지내시다가 뒤늦게 농사를 시작하신 늦깍이 농부였지만 성품이 근면하시어 자수성가(自手成家)하셨습니다. 그분이 이 도장을 찍으실 때 마다 식구는 죽을 먹어야했고 전답은 조금씩 늘어갔습니다. 이 도장은 선친의 얼굴이며 살아가시는 자세였습니다. 도장을 꼭 쥐고 아버지를 그립니다.

선비의 은가락지와 은비녀 : 그 고된 노동으로 마디가 굵어진 어머니의 손가락에 끼우셨던 은가락지, 평생 단정하게 빗질하여 틀은 쪽에 반듯하게 꼽으셨던 은비녀, 이 어머니의 유품을 만지작거리면 눈물이 절로 흐릅니다. 말 없이 인자하신 모습으로 지켜보아주시던 어머니의 눈길과 손길 없이 어찌 지금의 내가 있었겠습니까? 자식들에게는 인자하면서도 부단한 격려와 엄격한 교훈으로 양육하셨고, 가문이 휘청일 때 마다 흔들림없이 들보를 잡아주시던 어머니가 그리워 이 반지와 비녀를 매만지고 또 매만집니다. 이제 보니 좀 녹이 쓸었습니다. 죄송합니다. 잘 닦아 간수하겠습니다.

시계 일곱 개 : 젊은 시절, 내 손목에서 삶의 순간들을 계량하여주면서 '한정된 삶의 시간은 흐른다, 시간을 유용하게 쓰라'고 채근하여주던 동무들이었습니다. 은퇴한 이것들 중에는 훈장수상의 부 상품도 있으나 지금은 일을 멈추고 녹이 슬어 갑니다. 특히 매만지는 손길이 자주 가는 것은 선친(先親)의 유품(遺品)을 대신하는 회중시

계입니다. 대학입학 축하선물로 당신이 젊은 시절부터 지니셨던 것을 주셨습니다. 미숙한 자식은 유행에 따라 손목시계를 찼고, 소박맞은 시계는 어찌어찌하다가 분실하였습니다. 훗날 아버지의 마음자리를 짐작하게 되면서 죄송하고 부끄러워 스위스 여행 중에 기계식 회중시계를 구하여 이 함에 보관하고 있습니다. 비록 선친의 유품은 아니지만 잘 작동하는 이 시계를 유품으로 생각하고 어루만지면서 아버지를 그립니다.

도장 네 개 : 사무용 도장 두 개와 장서 및 기념 날인용 도장 두 개입니다. 사무용 도장은 40여년의 공직수행 동안 모든 문서에 '내가 책임을 지겠다'는 얼굴역할을 하느라 반들반들 닳아서 마모된 육신으로 잠자고 있습니다. 이 도장들을 만지작거리다보면 가지가지의 에피소드들이 주마등같이 눈 앞을 스쳐갑니다. 나의 퇴직과 함께 이것들도 은퇴하여 한가로이 여기서 쉬고 있습니다.

엽전 백여 개와 동전 백여 개 : 그럭저럭 수집한 조선통보와 상평통보, 광무년대의 은화와 동전, 명치년대의 일본 동전과 일제시대에 우리도 사용하던 동전과 지폐, 몇 개의 기념주화가 있습니다. 시대에 따라 재질도 형태도 다 다르지만 시대를 대변하는 소리가 들리는 듯 합니다. 이것들은 선인들을 울고 웃게 하면서 돌고 돌다가 이 함 까지 왔습니다. 할아버지 할머니의 쌈지와 전대를 거쳤고, 아이들의 손에 쥐어 점방의 문턱을 넘기도 하였고, 투전판의 판돈으로 이손 저손으로 건네지기도 하였으며, 도둑과 부패 공무원의 주머니를 들락거리기도 하였고, 가난한 아낙의 치마폭에서 그들의 고단함을 지켜보았을 것입니다. 당오전 당백전을 쥐어보면 조선 후기의 인플레이션과 물가고에 신음했던 선조들의 주름진 얼굴이 아른거립니다. 한 때는 권위를 갖고 쩔렁거리던 것들이 초라한 몰골로 녹이 슬어가니 안쓰러워 잘 닦아 주어야겠습니다. 그래야 조금은 옛 체면을 찾지 않겠습니까?

넥타이 핀과 카오스 버튼 세트: 교직생활 내내 정장(正裝)을 하였으니 이래저래 이런 액세서리가 모였습니다. '교사는 교실의 왕'이니 왕관은 없으나 정장의 격식은 차려야하지 않겠습니까? 그래서 젊은 날로부터 백발이 될 때까지 나와 더불어 아이들의 눈동자를 굽어보았던 교직생활의 동반자였으며, 내 강의의 감시자였습니다. 지금도 가끔 이것들에게 묻습니다. '내가 교직을 바르게 수행하였는가?'라고.

이제 나의 보물함을 닫겠습니다. 아마도 여러분들은 실망하였는지는 모르겠습니다. 그러나 나에게는 소중한 보물이니 비웃지만은 마십시오. 자고로 보물이란 경제적 가치가 아니라 마음속의 의미인 것이 아니겠습니까.

동전 한 닢

　길을 가다가 십 원짜리 동전 한 닢을 주웠습니다. 그래도 면목이 화폐인지라 길바닥에 내버린 것이 안쓰러워 줍기는 하였으나 그 몰골이 말이 아니었습니다. 그 재질이나 윤각으로는 동전이지만, 사람의 발에 밟히고 자동차 바퀴에 짓눌려 화폐라고하기에는 너무나도 상처받고 일그러져 그저 하나의 구리조각 같았습니다. 앞면의 10자는 '나의 가치는 10원이었습니다'라고 희미한 소리로 호소하듯 겨우 알아볼 수 있고, 발행년도는 찌든 세월을 잊고 싶은 듯 1X88이란 숫자가 돋보기로도 읽을 수 없어 확대경을 대고서야 겨우 판독할 수 있었습니다. 뒷면의 다보탑은 그 아름다운 자태는 찢기고 갈려 기단의 일부만이 겨우겨우 남았으니 누가 이런 것을 동전이라 하겠습니까?

　이 동전은 온 나라 안이 올림픽대회로 들썩들썩하던 1988년에 노랗고 반짝반짝 윤이 나는 얼굴로 태어났습니다. 누가 보아도 국가의 보물인 아름다운 다보탑을 얼굴로 한 이 동전을 밉게 보이지는 않았겠지만 본시 타고난 액면이 최하위인 개털 계급이니 그리 귀한 대접을 받지 못하였고, 저 혼자로는 제대로 된 구실을 하지 못하였습니다. 코흘리개 아이들도 용돈으로 주면 시큰둥하였고,

버스를 타도 여러 개를 주어야했으며, 구멍가게에서 사탕 한 개를 살려고 하여도 몇 개를 주어야했습니다. 언제나 액면이 높은 범털 계급 화폐의 행차 길에 붙어서 잔심부름이나 하거나, 범털 덩치가 너무 커서 몸집을 줄이는 거스름의 역할이나 하였습니다. 그나마 도 액면이 높은 범털의 수량이 늘고 늘어 개털 천격들의 쓸모가 적어지면서 아이들은 돼지 저금통 속에 쑤셔 넣고, 어른들은 서랍 구석에 처박은 채 잊어버리는 '잊혀진 존재'라는 처량한 신세가 되었습니다.

그렇다고 하더라도 비록 자질구레한 구실이기는 하였지만 이 주머니에서 저 주머니로, 이 집에서 저 집으로, 수 많은 남자와 여자, 젊은이와 늙은이의 손과 손을 거치면서 지나온 25년의 세월 속에서 우리의 생활에 도움을 주어 왔고, 숱한 사연과 애환(哀歡)을 빚어주었던 이 동전의 이력(履歷)을 어찌 상상이나 할 수 있겠습니까? 비록 멸시와 홀대(忽待)를 받아 왔고 그 역할도 크지 않았지만 그래도 국가가 보증하는 '화폐'라는 권위와 작으나마 '교환가치'를 가지고 바쁘게 흘러 다닌 공은 인정하여야하는 것이 아니겠습니까? 그러니 이것들이 감내(堪耐)하였던 역할들을 생각하고, 그간 우리를 도와준 공을 보아서라도 무엇 묻은 휴지 버리듯 길바닥에 굴러다니게 하여서야 되겠습니까?

이 홍진(紅塵)에 찌들고, 세파에 닳고 닳다가 버림 받아 길가에서 깨지고 상처받던 이 동전, 성한 몸으로 길바닥에 뒹굴어도 코흘리개 아이마저도 거들떠보지 않을 하잘 것 없는 잊혀진 존재가 그나마도 이렇게 만신창이(滿身瘡痍)가 된 것을 누가 거두어 주겠습니까? 누가 이것들의 내밀(內密)한 이야기들에 귀 기우려 주겠습니까? 생각하여 보면 이 동전을 들여다보면서 일말(一抹)의 연민(憐愍) 같은 감정이 스쳐가는 것은 무슨 까닭일까요?

어찌 보면 동전에 대한 연민의 정이 조금이라도 느껴진다는 것은 그것으로 하여 우리들 자신의 삶을 돌아보게 되기 때문이지 않겠습니까? 우리네 범인(凡人)들의 생애를 되짚어 보면 이 동전의 그것과 별반 다를 바 없는 것이 아닌가하는 조금은 서글픈 생각도 듭니다. 잠깐이긴 하지만 말입니다.

한(恨) 풀이

오늘은 천안함 격침 일주년이 되는 날입니다. 46명의 젊은 용사들이 차가운 바다에서 순국하고, 어버이의 가슴에 묻혔습니다. 어버이들의 한 맺힌 통곡소리가 모든 국민의 가슴을 난도질을 하는 것 같습니다. 어찌 그 통곡소리가 순국용사의 가족만의 것이겠습니까? 이 겨레의 모든 이들의 한숨과 분노와 절규의 메아리가 합친 소리입니다. 모든 이들의 가슴속에 한의 대못을 박는 소리입니다.

오늘 연상(聯想)되는 또 하나는 40여 년 전 백령도에서 보았던 노인의 한 서린 눈이 떠오릅니다. 북녘 땅이 바라다 보이는 언덕에 제상을 차려 놓고 표현하기조차 어려운 한스러운 눈으로 북녘 땅을 응시(凝視)하던 노인의 두 뺨에는 눈물이 주루룩 흐르던 그 모습을 상기하면 지금도 가슴이 아려옵니다. 손에 잡힐 듯한 바다건너 저 앞에 부모 형제가 있음에도 30여 년간이나 생사조차 알 수 없이 이 언덕에서 바라만 보아야하는 노인의 가슴에 서린 한이 어찌 사무치지 않겠습니까? 어쩌다가 동방 한 모퉁이의 조용한 아침의 나라가 오천년의 기나긴 형극의 여정을 지나면서 쌓인 한도 모자라 이렇게 아픈 한으로 이 민족의 마음 마음에 대못을 박아야 하는 것입니까?

한(恨). 억울하고 원통하고 원망스러워 울분이 가슴속에 차곡차곡 쌓여 응어리가 되고, 그 응어리는 언젠가는 터질 수도 있는 에너지로 침잠(沈潛)하여 있는 것을 한이라고 합니다. 사람이 살아가면서 평생 한이 될 만한 아픈 경험이 없이 안일한 생활을 할 수 있다면 얼마나 좋겠습니까? 그러나 대개의 사람은 크건 작건 한을 껴안고 가슴앓이를 하면서 살아갑니다. 가슴속에 한의 응어리를 품고 살아간다는 것은 괴로운 것임에 틀림이 없습니다. '한이 쌓였다'는 것은 불행한 어제가 있었다는 것이며, 그 불행했던 어제의 앙금을 지니고 살아간다는 것은 괴로운 일이 아닐 수 없습니다. 그러나 한은 그 대가(代價)로 인생의 깊이와 폭이 확대되는 일면도 있는 듯 합니다.

안일한 삶을 향유한 사람의 삶이 직선형의 삶이라고 한다면, 한이 많은 사람은 많은 굴곡이 점철하는 곡선형의 삶이라고 할 수 있지 않겠습니까? 같은 삶을 살았어도 한이 많은 사람은 가슴 아픈 대가이긴 하지만 많은 사연과 내용을 품은 인생의 깊이와 폭을 더하는 것이며, 시간적으로는 계량할 수 없지만 더 긴 세월을 산 것이라고 생각할 수 있지 않겠습니까? 한은 가슴속에 쌓여 응어리가 되고, 응어리에 응축(凝縮)된 에너지는 한을 뛰어넘을 반동(反動)의 힘이 되고, 지양(止揚)의 힘이 되여 그 힘으로 삶을 더 높은 단계로 승화시킬 수 있는 밑거름이 되기도 하지 않나 생각됩니다. 고난과 역경을 겪은 사람들, 한 맺힌 삶 속에서 인고의 세월을 보낸 사람들 가운데 위대한 인물들이 많았던 사례는 얼마든지 찾을 수 있습니다.

한은 대(代)를 잇기도 하는 것 같습니다. 물론 무릎 위 교육, 밥상

머리 교육의 결과이기도 할 것이고, 사회의 문화풍토의 효과이기도 하겠지만 한 가족의 그것은 논외로 하고, 한 민족이나 한 국가가 오랜 역사를 통하여 쌓이고 쌓인 한이 그 민족, 그 국가의 정신 속에 자리하여 응축된 에너지로 잠재한다는 것을 간과할 수 없습니다. 고난의 역사를 지닌 민족의 민족사를 들추어보면 그 끈질긴 생명력과 무서운 힘의 폭발력이 나타나는 것을 볼 수 있습니다. 개인이나 국가나 민족의 고난이나 한은 결코 헛된 과거의 고난이나 한으로 끝이는 것이 아닌 것입니다. 고난이나 한에 굴복하지만 않는다면 보다 나은 내일로 비약 할 수 있게 하는 도약대(跳躍臺)가 될 수 있기 때문입니다.

한은 풀어야 합니다. 한풀이를 하지 않으면 가슴속에 뭉쳐있는 응어리로 하여, 그 응어리에 내재한 에너지에 의하여 병탈이 되기 때문입니다. 문제는 그 한풀이의 방법을 어떻게 하느냐에 있습니다. 그러나 한풀이는 한이라는 잠재하여 있는 에너지의 분출 현상이니 긍정적인 방향으로 갈 수도 있고, 부정적인 방향으로 갈 수도 있는 것입니다. 한으로 뭉쳐진 응어리의 잠재적 에너지는 어느 방향으로 분출하느냐에 따라 분노와 광폭으로 폭발할 수도 있고, 내향적으로 꽉꽉 눌러 자포자기의 늪에 빠지게 될 수도 있습니다. 그런가하면 자성(自省)을 통하여 자기 정체성(正體性)을 자각하고 자기 정체의 지양(止揚)의 길을 찾아 실천하는 힘으로 발현하여 한의 응축된 힘을 보다 높은 차원의 가치를 추구하기에 힘쓰는 정신적 승화(昇華)의 경우도 있습니다.

생각하여보면 한풀이도 자기 존재의 귀함을 자각하는 자존(自尊)

으로부터 출발하여야 하지 않을까 합니다. 자기 존재의 존엄성을 인식하지 못하는 사람은 한으로 응축된 에너지를 분풀이, 화풀이 아니면 체념에서 오는 자포자기로 가슴속 불돌을 식히는데 소진하기가 쉽습니다. 그러나 자기 존재를 스스로 귀히 여기는 사람은 한으로 응축된 에너지를 자기의 가치를 보다 높은 차원으로 끌어 올리는 노작에 쏟아 내는 것입니다. 눈이 먼 서편재의 여주인공의 한 서린 가락에 우리는 얼마나 울었습니까? 귀머거리 베토벤의 선율에 우리는 얼마나 심금을 울렸습니까? 고난의 역경 속에서 한을 딛고 일어나 인류에게 한줄기 빛이 된 사람을 우러름은 그 한풀이의 고결함에 대한 찬사이며 동시에 우리들의 가슴에 쌓인 한을 대신하여 풀어준데 대한 경의의 표현이 아니겠습니까?

자! 우리들 가슴속에 응어리진 한은 어떤 것이며 어디에서 비롯된 것 입니까? 나 자신으로부터 비롯된 것인가 아니면 다른 사람으로부터 인가? 그것도 아니면 사회 또는 역사로부터인가? 그리고 그 한이 자리 잡게 된 본원적 요인은 나의 가치와 존엄성에 얼마나 손상을 입혔는가를 깊이 생각하여보는 것이 좋겠습니다.

나에게서 비롯되었다면 자성(自省)의 뉘우침으로 거듭남 (Renew)의 계기로, 남으로부터라면 이해와 관용으로 화해의 길을 모색하는 기회로, 사회로부터라면 그 사회에 대처할 수 있는 자신의 능력을 향상시킬 방법의 모색을, 역사로부터라면 정의에 입각한 공분(公憤)의 표출로 이어질 수 있다면 얼마나 바람직하겠습니까? 그럼으로써 사람들의 한풀이가 무거웠던 한의 짐을 내려놓고 자기 존엄성을 드높이는 에너지로 승화시킨다면 이것이야말로 전화위복(轉禍爲福)이 아니겠습니까?

 불행한 역사를 지닌 민족들의 깊은 한 또한 그렇지 않겠습니까? 유대민족의 수천 년의 고난과 그 고난으로 하여 쌓인 한, 우리 민족의 오천년의 형극의 역사와 그 험한 역정에서 쌓인 그 깊은 한은 민족의 정신 속에는 무서운 폭발력을 발휘할 수 있는 에너지가 잠재하여 있는 것이며, 이것이 폭발하여 공분(公憤)의 도도한 흐름이 이루어진다면 세계사를 바꿀 수도 있지 않겠습니까?

6.25와 3.26을 겪으면서 「한」을 다시 생각하여 봅니다.
2011. 3. 26.

얄미운 것들

세상 살다보면 얄미운 꼴을 많이 보게 됩니다. 허 허 웃어버릴 것도 있지만 어느 때는 속이 뒤집어질 때도 없지 않습니다. 몇 가지만 들어볼까요?

어느 모임에서 조개구이 음식점에 갔습니다. 가운데에 불을 피우는 철판으로 만든 둥그런 탁자에 네 명씩 짝을 지여 앉았습니다. 각자에게는 장갑이 주어졌고 불판에는 여러 종류의 조개가 얹어졌습니다. 시간이 흐르자 탁탁 하면서 조개가 입을 벌리기 시작하였습니다. 그중 한 사람이 '이거 익었다'며 냉큼 가져다 먹었습니다. 대화가 오가는 가운데 '이거 익었다'와 냉큼은 반복되었고, 그 사람의 시선과 신경은 조개 벌어지는 것과 조갯살 씹는 것에 집중되어 있을 뿐입니다. 어이가 없는 다른 사람들은 멍하니 그런 양을 지켜보면서 쓰디쓴 깡 소주만 몇 잔 들이켜고 일어섰습니다.

버스를 탔습니다. 승객이 많아 비좁았습니다. 자리를 양보하던 때가 엊그제 같은데 벌써 자리를 양보 받을 부끄러운 나이가 되었습니다. 앞에 앉았던 젊은 여인이 일어서며 자리를 권합니다. 좀은 민망하여 사양하였지만 재차 권하기에 앉으려는 순간, 서너 사람 건너에 서있던 양보하는 여인 또래의 여인이 비집고 들어와 냉큼 앉았습니다. 양보한 여인은 나를 보면서 작은 소리로 '미안합니다'. 나는 그녀의 어깨를 살짝 치면서 미소를 보내는 것으로 감사를 표했습니다.

예전에 강습을 갔을 때의 일입니다. 거의 매일 과제가 주어져 저녁에는 과제물정리로 시간을 보내야 하였습니다. 같은 강습생 중에 아주 싹싹한 젊은 여자가 있어 아침마다 과제물을 취합하여 교수에게 전달하겠다고 자청하였습니다. 그 성가신 일을 자청하는 것이 기특하고 고마워 아침이면 그녀의 책상에 여러 수강생이 과제물을 가져다 놓았습니다. 문제는 이 여자가 틈새 시간에 옆방에 가서 여러 과제물을 놓고 짜깁기 과제물을 만든다는 것입니다. 이 사실이 알려지면서 부터 그 여자 수강생은 자기 과제물을 직접 써야했고 얌체녀가 되었습니다.

요즈음 전철은 늙은이들에게 무임승차의 혜택을 줍니다. 그래서 천안이나 춘천이 늙은이들로 벅적인답니다. 전철 안에는 경로석이 마련되어 있으며 젊은이들은 설혹 빈 자리가 있어도 앉지 않습니다. 그러면 늙은이들은 젊은이들이 앉을 자리는 가급적 가지 않는 것이 상식이고 예의일 것입니다. 왜냐하면 늙었다고 젊은이에게 짐이 되어서는 안되기 때문입니다. 그런데 어떤 늙은이는 자리가 없을 때면 일반석의 젊은이 앞에 서서 힘든척합니다. 심할 때는 양보를 강권합니다. 요즈음은 젊은이들이 더 힘든 세상이 아닙니까? 늙은 것은 권리가 아닙니다. 젊은이에게는 짐입니다.

70년대, 대통령 선거 때의 일입니다. 선거운동이 치열했고 결과의 전망은 오리무중이었습니다. 자칫 한 발만 잘못 디디면 급전직하할 수 있는 아슬아슬한 순간들이었습니다. 그런데 투표일 일주일 전날 난데없이 공약이 하나 추가되었습니다. '이중곡가제를 도입한다. 임기 내에 생산된 모든 농산물의 시세가 낮아지면 모두 국가가 매수한다'. 이 얼마니 쇼킹한 공약인가? 당시는 조국 근대화 정책으로 중화학부문이 위주였고 농어업정책은 뒷전으로 밀려 농어민의 불만이 팽일하던 시대였으니 농어민의 환호는 불문가지가 아니겠습니까? 그런데, 그런데 말입니다. 아무리 계산을 하여보아도 4년간의 예산을 다 털어도 창고도 짓지 못할 것 같습니다. 환호 속에서 한숨 소리는 들리지도 않습니다. 그저 허허 웃읍시다.

눈 물

「남자는 눈물을 아무 때나 흘려서는 안 된다」는 말을 들으면서 자랐습니다. 아마도 남자는 감성적인 것이 바람직하지 않다는 유교적 전통의 영향이리라 생각됩니다. 그런데도 나는 눈물이 많은 사람입니다. 아이들과 함께 텔레비전을 보다가도 주책없는 눈물로 하여 자리를 떠야할 때가 많고, 슬픈 사연이나 감격할만한 장면 앞에서는 말할 것도 없고, 이상하게도 애국가를 제창할 때조차 눈물이 나옵니다. 그것으로 하여 조금은 창피할 때도 있고 어색한 입장이 될 때도 있지만 조건반사적으로 나오는 것을 어찌하겠습니까? 본래 그런 사람인데 나이 들면서 더 난처한 것은 '나이 들어 심약해졌다'는 오해까지 더하여지니 조금 억울하기도 합니다. 그래서 눈물에 대하여 생각을 정리하여 보았습니다.

눈물은 사전적으로는 '눈을 보호하고 이물질을 씻어내어 청결을 유지하기 위해 눈물샘에서 분비되는 체액의 한 종류이며, 모든 포유류는 눈을 보호하기 위해 눈물을 분비한다. 사람의 경우 감정의 변화에 의해 눈물을 흘리기도 한다'고 합니다. 그러나 눈물을 이렇게 사전적인 언어로만 본다면 눈물이 감당하는 역할을 너무 과소평가하는 것이 아니겠습니까? 눈을 보호하는 역할은 제처 놓고, 인간을 인간답게 하는 감성(感性)의 표출에 장단(長短)을 맞추고 추임새를 넣는 고수(鼓手)의 역할을 간과하여서야 눈물의 진가(眞價)를 어떻게 설명하겠습니까? 아무리 유명한 명창의 소리일지라도 고수가 빠지면 소리가 소리 같지 않음과 같이, 눈물이 빠진 감성은 김빠진 맥주 같지 않겠습니까?

인생을 살아간다는 것이 어찌 보면 밥상을 차리는 것과도 같습니다. 생명을 이어가는 생존 자체야 그저 무미(無味)한 것이라고 할까? 삶이라고 하기에는 부족한 감이 있는 것이며, 이 생존에 희로애락(喜怒哀樂)을 더해야 비로소 삶이라는 생동하는 존재가 되는 것이 아니겠습니까? 어느 민족이나 주식은 자극성이 적고 담백한 것이 일반적이며, 부식은 달고 쓰고 짜고 시고 매운 오미(五味)를 더하여 풍미를 돋우는 것과 같이 생존을 밥상위에 주식(主食)이라고 비유한다면 희로애락은 부식(副食)과 같이 삶의 맛을 만들고 생활의 균형을 유지하게 함으로써 진정한 의미의 삶으로 되는 것 같이 말입니다. 그런데 밥상이 맛깔스러운 밥상이 되려면 요리하는 사람의 손맛이나 비법이 더하여야 되는 것 같이 인생살이에도 몇 가지가 더 있어야 합니다. 삶에 맛을 더하는 웃음이나 울음과 더불어 눈물이 그것입니다. 이것들은 희로애락을 표현하는 수단이며, 마음 움직임의 부수적 표현이지만, 이것들의 표현방식에 따라 삶의 맛, 인생의 품격이 좌우될 수도 있는 묘미가 있으며, 때로는 삶의 묘수(妙手)가 되기도 합니다. 여기서는 눈물이 주제이니 눈물의 묘미만을 생각하여보겠습니다.

인간의 삶이라는 것이 참으로 아이러니(irony)한 구석이 많아서 희로애락의 표현에 있어서도 천차만별이고 변화무쌍합니다. 기쁠 때 흐뭇한 미소를, 분노할 때 불같은 화를, 슬플 때 눈물을, 즐거울 때 큰 웃음을 보이는 것이 정상이라고 생각들을 하지만 그러나 그 반대로 표출되는 경우도 있으며, 그 두 가지가 혼재되어 갈피를 잡을 수 없는 경우도 있습니다. 이런 인간들의 다양하고 풍성한 감성의 표출은 인간의 삶에 폭 넓은 감정의 색깔을 보여 주지만, 어떤 것이 높은 차원의 것이고 어떤 것이 저차원의 것인지 선택기준의 모호성에 당혹감을 갖게도 합니다. 그러나 분명한 것은 이런 아이러니 속에서도 어떤 경우는 지극히 아름답고 감동적으로 보이는 관경도 있으며, 어떤 경우는 차마 보아 넘길 수 없을 만큼 비천하고 천박하게 비치는 광태도 있습니다.

눈물은 기쁨을 아름답게 장식합니다. 기쁠 때 눈물이 난다는 것은 얼핏 이율배반일 것 같지만 고조된 감정으로 눈물이 저절로 흐르는 것은 오히려 자연스러운 일입니다. 물론 자잘한 기쁨이야 웃고 즐거워하면서 남과 기쁨을 나누면 '기쁨의 축제'는 끝납니다. 그러나 앞에 맞은 기쁨이 험난한 고비를 수 없이 넘긴 끝에 얻은 큰 기쁨이라면 웃고 춤을 추는 기쁨의 표현만으로는 허전한 것이 아니겠습니까? 이 기쁨을 맞기까지의 과정에서의 인고(忍苦)의 괴로움, 성취를 위해 내딛던 힘들었던 고비 고비의 아픔 등의 서러운 감정들이 기쁨을 맞는 순간 한꺼번에 밀어닥치고, 또한 누르고 눌렀던 묵은 감정의 찌꺼기들이 왈칵 분출하는 것이 인지상정(人之常情)이 아니겠습니까? 기쁨을 만끽함과 동시에 이런 격앙되는 감정을 단번에 씻어버릴 세제(洗劑)가 필요한 것입니다. 그것이 바로 눈물이며, 눈물은 아팠던 어제의 응어리진 마음들을 어루만져 치유하는 '약손'이 되어 기쁨을 배가시키는 묘약이 됩니다. 그래서 이산가족 상봉의 눈물은 헤어졌던 한을 씻어내는 눈물이기도한 것이며, 금메달 선수들의 눈물은 고되었던 훈련의 아픔을 위무(慰撫)하는 눈물이기도 하고, 오랜만에 해후하는 연인들의 눈물은 기다림의 원망을 씻어주는 눈물이기도한 눈물이야말로 어제의 아픔을 씻어주는 꿀비 같아 기쁨은 배가(倍加)되는 것이며, 보는 이들 조차 감동을 받게 되는 것입니다. 눈물은 큰 기쁨을 아름답게 장식함과 동시에 묵은 감정을 씻어내는 씻김굿이 되기도 하는 것입니다.

　눈물은 슬픔을 다독여서 슬픔을 삭혀줍니다. 슬픔이 극(極)에 달하면 눈물도 말라버립니다. 슬픔이 속으로 파고들어 애간장을 태우기에 눈물이 될 체액마저 마르게 하기 때문일지 모르겠습니다. 자식을 잃고 가슴에 묻어야하는 부모의 충혈진 눈에는 차라리 눈물이 없습니다. 애링톤 국립묘지에 섰던 검은 상복의 재크린의 그 애련한 눈에는 눈물이 없었습니다. 그러기에 더욱이 보는 이들의 가슴을 아프게 하지 않았습니까? 차라리 눈물이라도 흘렸으면 그 슬픔이 조금이라도 씻겼을 것을. 가슴속에 서리서리 엉킨 슬픔을 달래주는 묘약은 눈물입니다. 닥친 슬픔은 훗날 까지도 마음속 어딘가에 응어리로 남아있겠지만 그러나 언젠가는 조금씩 잊어가야 하는 것이 사람의 삶이 아닙니까? 그러기에 눈물로 조금씩이라도 씻어내야 하는 것입니다. 씻고 씻어 아픈 기억들은 지워 버리고, 정화된 좋은 기억만을 가슴속에 간직하였다가 언젠가는 문득 그리움으로, 애수(哀愁)로, 애틋한 추억으로 들쳐보게 만드는 것이 눈물의 소임입니다.

슬픈 사연을 안고 있는 사람들이여! 슬픔이 밀어닥치면 조금씩 눈물을 흘리십시오. 막혔던 가슴이 조금은 후련하여질 것입니다. 그리고 후련하여져 생긴 조금 빈 자리에 좋은 기억들을 채워 가십시오. 그러면 훗날 이 슬픔이 그립고도 아름다운 사연을 담은 추억으로 될 수 있을 것입니다. 눈물은 슬픔을 지닌 사람을 어루만져 위로하고, 천근 무게의 슬픔, 짐을 덜어주는 묘약이니까요.

눈물은 사람의 심금을 울리고, 감동을 주는 묘약이기도합니다. '여인의 눈물에 남자는 약하다'는 말도 있고, '경국지색 미인의 눈물 한 방울이 나라의 흥망을 좌우한다'는 말이 있습니다. 그만큼 눈물은 사람의 마음을 움직이는 힘이 있으며 공명(共鳴)이 잘 되는 속성이 있어 가짜 눈물이 횡행하게 되고, 또 많은 사람들이 속아 넘어 가는 경우가 허다하지만 그러나 진심이 담겨있는 눈물은 만인의 가슴 속 깊숙이 파고들어 심금(心琴)을 울리고, 그 심금소리는 널리 퍼져 많은 사람들의 마음에까지 공명을 일으키는 것입니다. 목숨을 걸고 충언하는 충신들의 눈물, 빗나가는 자식의 종아리에 회초리를 치는 어버이의 눈물, 호소하듯 응시하는 눈가에 맺힌 한 방울의 눈물 등은 우리의 가슴을 뭉클하게 하지 않습니까?

눈물이 많은 나는 눈물의 대부분이 의미를 붙일 것도 없는 객쩍은 것이었으니 조금은 부끄럽기도 합니다. 그러나 생각하여 보면 비교적 평탄하게 살아온 나였지만, 평생을 살아오면서 어찌 자잘한 고통스런 일이나 맺힌 마음이 없겠으며, 풀어야할 것들, 씻어내야 할 것들이 어찌 없었겠습니까? 나 자신이 당면하였던 희노애락이나 남의 사연으로 하여 객쩍게 흘린 눈물이지만 그 눈물의 일부는 나 자신이 살아온 여정에서 겪었던 아픔, 슬픔, 기쁨에서의 앙금을 씻어내는 구실을 하였을 것이고, 또 다른 일부분은 남의 아픔, 슬픔, 기쁨을 나의 그것으로 치환(置換)하여 흘린 눈물로서 내 마음속에 가라앉았던 응혈의 찌꺼기들을 조금씩 조금씩 씻어냄으로써 지금과 같은 마음의 평정(平靜)을 유지하고 안온(安穩)한 여생을 즐기게 되지 않았나 하는 생각도 듭니다.

양은 냄비

　1940년대에 여의도에는 비행장이 있었습니다. 광복 후 미군이 주둔하면서 군용 경비행장으로 사용하였습니다. 그런데 비행기가 밤사이에 감쪽같이 사라지는 것입니다. 경비를 강화하고 망원경까지 동원하여 밤새 감시하는데 이거 귀신이 곡할 노릇이 벌어지고 있는 것이 아니겠습니까? 비행기가 저 혼자 울타리 쪽으로 굴러가는 것입니다. 실인즉 발가벗은 도둑이 울타리를 넘어 와 철사를 걸어놓고 울 밖에서 당겼고, 밤사이에 비행기 한 대를 해체하여 꿀꺽 하였다고 합니다. 이런 일이 왜 일어났을까요? 알루미늄 때문이었습니다. 알루미늄은 양은의 원자재입니다. 자원이 부족한 우리나라, 거기다가 광복직후의 물자공급이 원활치 못하였던 현실 속에서 급속히 폭증하는 양은그릇의 수요를 충족시키기 위하여 이런 기발하고도 대담한 도둑이 등장한 것입니다.

　50년대로부터 80년대 어름의 서민들 주방(廚房)의 주역은 양은그릇이었습니다. 값이 싸고, 가벼우며 찌그러질지언정 결코 깨지지 않는 장점으로 하여 예로부터 사용하여왔던 무겁고 깨지기 쉬우며 값이 비싼 사기(砂器) 유기(鍮器) 옹기(甕器) 질그릇 등을 밀어냈습니다. 주방 구석구석 주부들의 손길이 닿는 곳에는 어디나 양은그릇이 있었으며 주방의 상좌에는 양은 냄비가 자리잡고 있었습니다.

양은그릇의 내구성 또한 장점으로 꼽을 수 있을 것입니다. 지금도 많은 가정에 비록 쭈그러진 부분이 있을지라도 삼사십 여년의 연륜을 지닌 양은냄비나 양은그릇을 사용하고 있는 주부도 있을 것입니다. 떨어트려도 집어던져도 깨지지 않고, 쭈그러들어도 살살 펴주면 그런대로 사용할 수 있습니다. 50년대의 군부대 사병 식기는 양은양재기 두벌에 스푼 하나였습니다. 하나에는 밥, 또 하나에는 나이롱국(젊은 세대는 잘 모를 것임)이 전부였던 식단이더라도, 식기는 신주단지 뫼시듯 보관합니다만 그래도 쭈그러지고 일그러집니다. 회식이 있거나 흥이 나면 스푼으로 식기바닥을 치면서 장단을 맞추니 양재기바닥은 오목 렌즈가 되고 이것은 배식 분량의 감소를 유발합니다. 먹고사는 문제이니 식기 성형수술을 합니다. 안쪽에서 밀면 볼록렌즈가 되어 식탁에서 다소 불안하지만 배식 분량은 손해를 입지 않습니다. 내구성이 이만하면 훌륭하지 않습니까?

무엇무엇 하여도 양은그릇, 특히 양은냄비의 제일의 장점은 열전도율이 높다는 것일 겁니다. 종전의 가마솥이나 뚝배기는 열 손실이 얼마나 많았습니까? '빨리 빨리'가 모토였던 시대, 이 모토가 생리화 되다시피 된 우리에게 요리를 하는데 안성맞춤이지 않습니까? 불질을 하자마자 파르르 끓어버리는 이 높은 열전도율은 주부들의 시간절약과 동시에 오일(oil)이나 가스(gas) 사용과 궤를 같이 하는 시기이니 에너지절약에도 일조하였습니다. 라면을 뚝배기에 끓인다는 것을 상상하여 보십시오. 조금은 웃음이 날겁니다. 금방 끓여서 금방 먹는데에는 양은냄비가 제격입니다.

그러나 장점만 있는 것은 아닙니다. '빨리 덥는 방이 쉬 식는다'는 말이 있습니다. 말을 바꾸면 '빨리 끓는 양은냄비는 쉬 식는다'가 됩니다. 열을 오래 동안 보전할 몸집이 없기 때문입니다. 그래서 자칫 한눈을 팔면 태우기 십상인 반면 한참동안 따뜻한 음식 먹기나 구수한 숭늉은 단념하여야 했고 깊은 맛의 음식이 차츰 사라지게 되었습니다. 파르르 뽀글뽀글하다가 눈 깜짝할 사이에 차디차게 식어버리는 양은냄비는 장점이며 단점, 단점이며 장점을 지닌 그릇입니다.

양은냄비 같은 성격의 사람도 있습니다. 흥미로우면 불길같이 흥분하여 덤비다가 금방 시들해하고, 잡아 죽일 듯 싸우다가도 몇 분 후면 해해하고, 어떤 일에 미친 듯 열중하다가 금방 집어 던지고… 이런 사람을 양은냄비라고 합니다. 뒤끝이 없는 장점은 있지만 너무 얇아서 같이 일하기가 어렵습니다.

그런데 우리 국민을 양은냄비 같다고 하는 말을 많이 듣습니다. 좀 듣기가 거부하지만 그런 일면이 없는 것도 아닙니다. 어떤 분이 TV에서 채식이 좋다고 하니까 금방 푸줏간이 파리를 날리고, 1박 2일 연예단이 지나간 곳은 하루아침에 대박이 터지며, 미국 쇠고기를 먹으면 광우병에 걸린다하니까 유모차까지 끌고나와 악을 쓰며 세상을 발칵 뒤집어 놓지 않았습니까? 요즈음에는 컴퓨터 스마트폰 등으로 검증 같은 것은 무시한 무책임한 정보들이 세상을 요란하게 뒤흔들어대며 진실과 거짓, 사실과 허위가 무엇인지 헷갈리게 하지 않습니까? 국민은 국익이건 국가정책이건 민주주의건 선거건 줏대 없이 이리 휘둘리고 저리 휘둘려 갈피를 잡을 수가 없는 상태까지 되었습니다. 얼마 후면 "언제 그런 일이 있었나?" 라고 할 정도로 잊겠지만 마치 동물농장의 짐승들의 내달음 같아 웅덩이에 빠지지 않을까 걱정스럽기도 합니다.

양은냄비는 좋은 기명(器皿)중에 하나입니다. 그러나 이것에 요리를 할 수 있는 것과 그러기엔 합당하지 않은 것이 있습니다. 빠른 시간에 끓여 식혀야하는 음식물 요리에는 제격일 것입니다. 그러나 은근히 끓여 깊은 맛을 내야하는 것이나 따뜻함을 유지해야하는 것, 푹 익혀 구수한 맛을 배가시켜야하는 요리엔 적합지 않습니다.

우리 사회가 튼튼히 유지되려면 떠도는 풍문에 놀아나거나 무책임한 선동가의 장단에 춤을 춘다든지 어느 이슈 하나에 일희일비하는 양은냄비가 되어서는 아니 될 것입니다. 대체로 그런 것들은 늑대소년의 "늑대가 나타났다"고 외치는 소리와 성격이 비슷하니 말입니다. 우리 사회에 '양은냄비'적 성향을 다 나쁘다는 것은 아닙니다. 그 열정과 의사표시의 과감성 등이 얼마나 좋은 점입니까? 다만 동물농장의 동물모양 군중심리나 전시효과, 선동선전에 맹목적 무비판적으로 우르르 몰려다니지 말기를 바랄뿐입니다. 사회의 일부 부류에서 본체는 알 수 없지만 어떤 이슈를 내걸고 사회에 불을 지펴 부글부글 끓이고 있지만 머지않아 차갑게 식을 것이며 땀이 식고 이성이 눈을 떴을 때 깊은 한숨소리를 듣지 않기를 바랄뿐입니다.

수석(壽石)

　70년대에는 수석의 붐이 대단하여 강변이란 강변은 탐석꾼들이 몰려들어 북적였고, 수석 전문 점포들이 들어서고, 전시회도 자주 열렸습니다. 명석(名石)이라 하면 엄청난 가격에 거래가 되었고, 수석산지의 청년들은 농사를 걷어 치고 탐석으로 수입을 올렸다고 합니다. 80년대에 직장동료 중 수석애호가인 한 분이 수석예찬과 더불어 탐석의 묘미를 설파하면서 탐석을 권유하였습니다. 틈을 내기가 어려운 직장인지라 일요일에나 겨우 몇몇 동료들과 소풍삼아 탐석을 나갔습니다. 그러나 부지런한 사람들이 붐을 타고 강바닥을 다 뒤집고 훑어간 후이니 '다 파먹은 김칫독 들여다보기'지 그럴듯한 돌이 남아있겠습니까? 그저 새벽에 나가 밤중까지 근무하는 별보기 직장이니 주중의 고된 직장을 벗어나 강바람을 쏘이는 것으로 만족하는 탐석을 몇 차례 하였습니다. 애초에 수석이라는 수(壽)자도 모르는 사람들이니 그저 이상한 돌이면 산더미 같이 주어다 쌓아 놓으면 수석 애호가 동료가 핑핑 던져버립니다. 종일 강가 뙤약볕 아래서 주워 모은 돌이 날아가는 것을 바라보는 마음이 씁쓸합니다. 그래도 욕심은 있어서 몇 개를 가방에 주워담습니다. 왜 그리 무겁기는 무거운지. 강변을 떠나고 싶지 않은 돌이 강변을 붙들고 놓지 않는다는 느낌이 들 정도입니다. 집에 와서 돌을 펼쳐 놓고 아내와 아이들에게 억지 의미를 붙여 돌 감상을 늘어놓으면 아이들은 킬킬대며 저희들 방으로 도망가고 아내는 김칫독에 들어갈만한 돌을 들고 나갑니다. 어떤 때는 아이들에게 용돈을 주어가며 나의 돌 품평에 동의를 구하기도 하였으니 지금도 하나의 에피소드로 아이들이 나를 놀립니다. 지금은 김칫독 안에 아내의 애장품이 몇 개 있고, 좌대위에 얹혀진 선택 받은 것 몇 개와 몇 번의 이사로 버리고도 차마 못 버린 몇 개는 장독대 부근에서 눈비를 맞고 있습니다.

창밖을 내다보니 눈 속에서 검은 얼굴을 내밀고 하늘을 쳐다보는 돌이 보입니다. 억겁(億劫)의 풍상(風霜)을 겪으며 만들어진 저 모습으로, 제 혼자의 힘으로는 반보(半步)도 움직이지 못하고 남의 힘으로만 옮겨져야 하는 그가 어떤 힘에 의해 구르고 옮겨져 끝내는 이 장독대 옆 구석에 앉게 되었는지 그 이력(履歷)을「말 없는 말」일지라도 은근한 교감으로 나마 듣고 싶습니다. 곧이듣기 어렵겠지만 저 돌의 나이는 지구의 역사와 동갑이 아니겠습니까? 과학자가 아닌 나로서는 짐작도 할 수 없는 생성과정은 차치하고 어느 산자락에 서 있던 큰 바위에서 떨어져 나온 때부터 이야기를 듣는다 해도 물과 바람, 추위와 더위, 거기다가 풀과 나무, 짐승과 사람에 의해 깨지고 부서지고 갈리고 깎이고 하여 저 모양으로 되기까지의 아픈(?) 역정과 이력을 들을 수 있다면 몇 날, 며칠을 들어도 끝이 없을 것이고, 그 고단한 과정에 고개를 숙이지 않을 수 없을 것 같습니다. 그에 비한다면 짧은 인간사(人間史)쯤은 하루살이의 이야기, 아니 찰나(刹那)에 불과한 것이 아니겠습니까?

깊이 생각하여 보면 저 돌을 놓고 잘생겼느니 못생겼느니 하는 것은 인간의 주관일 뿐, 어떤 돌은 좌대를 깎아 거실에 모시고, 어떤 돌은 장독대에 방치하여 눈 속에 묻혀 있어야하는가 생각하면 웃음이 나옵니다. 억겁의 세월로 빚어진 저 돌들의 모습을 찰나적 존재인 인간이 평가한다는 것이 좀은 가소롭다는 생각이 들지 않습니까? 만약 저 돌들에게 생각이 있다면 이런 상황들을 어떻게 생각할까? 더욱 허탈한 웃음이 나옵니다. 눈 속에서 하늘을 쳐다보는 돌을 안방에 들여놓을 마음은 없습니다. 그것이 나의 주관에 의한 미적 문제로 그런 것은 아닙니다. 어찌 보면 둥글넓적한 것이 가장 정상적 모습일지 모릅니다. 가장 못생기고 비정상의 형상을 한 것을 사람들이 억지 의미 부여를 하여 가치여부를 논하는 사람이 비정상일지도 모릅니다. 저기 장독대 옆에 그대로 있어 꽃나무들과 어우러진 모습도 조화롭고, 눈 속에 묻혀 머리만 내밀은 모습이 얄팍하나마 감상(感想)을 돋우는 것도 싫지 않기 때문입니다.

집 안에 있건 밖에 있건 저 돌들을 바라보면 그 긴 세월의 역정과 이력이 암시(暗示)하는 속뜻은 인간이 얼마나 유한한 존재인가를 일깨워 주는 것이 아닌가 생각됩니다. 비록 수석으로서는 가치가 없다고 수석 수집가들로부터 천대 받는 돌일지라도 그 앞에서 겸허한 자세여야 하겠다는 마음이 듭니다. 우리의 지혜가 너무 얄팍하고 경망스러워 알아채지 못하지만 저 돌은 지구하고 동갑이고 그것의 이력은 많은 이야기를 담았을 뿐 아니라 우리 삶에 교훈을 주기 때문입니다. 어떤 시인은「다 탄 연탄재를 발로 차지 말라」고 읊조렸습니다. 나는 이렇게 말하고 싶습니다.「길가의 하찮은 돌이라도 업신여기지 마라. 그것들은 영겁의 인고를 감내하였느니라. 너는 순간의 인고도 힘들다 하지 않느냐?」라고.

송탄유(松炭油)를 아는가?

깊은 계곡, 절간으로 들어가는 길가에 아름드리 소나무가 줄지어 서있습니다.
하나같이 그 밑동에는 큰 상흔(傷痕)을 껴안고 서있습니다.
아이들은 묻습니다. 무슨 상처이고 왜 났느냐고. 가슴이 쓰리고 아픕니다.
결연히 대답해 줍니다. 저 상처는 침략자의 수탈의 증거이고,
'자기 나라를 지키지 못한 민족'의 슬프고도 치욕스런 역사를 잊지 말라고
그 깊은 상처를 입고서도 살아남아
우리에게 교훈을 주려고 저렇게 서있는 것이라고.

송탄유를 아십니까? 소나무의 광솔, 썩은 뿌리의 고주박, 산 나무의 송진을 쪄서 만든 콜타르 형태의 기름입니다. 이차대전 말기에 석유가 부족했던 일본은 우리 강토의 소나무의 피까지 수탈했습니다. 아름드리 소나무 밑둥치의 저 흉터는 무엇인지 아십니까? 저들의 야욕을 위해 수탈한 흔적입니다. 아니 그것은 하나의 상징일 뿐, 이 강토에서 온전한 것이 무엇 하나 있었던가요? 인명, 재산, 자원, 문화 등 그 무엇 하나 우리가 지킬 수 있었던 것은 하나도 없었으며, 일본의 국가 목적의 수단에 불과한 것이 아니었던가요?

징병에 끌려간 청년들은 솔로몬군도, 인도차이나반도, 필리핀, 중국에서 총알받이가 되었고, 징용 간 장년들은 북해도, 오사카, 히

로시마에서 고된 노동에 지치고 병든 몸마저 폭격세례를 받아야 했고, 우리들의 누이들은 정신대로 끌려가 치욕적 생존에 몸부림치지 않았던가요? 그 뿐입니까? 농사 진 곡식은 공출(供出)이라는 이름으로 몽땅 수탈해가고, 굶주린 배는 만주에서 빼앗아 온 수수, 대두박으로 채우라고 했습니다. 광솔, 머루덩굴, 주선이풀, 영삼넝쿨 등 섬유, 기름, 약초로 쓰일만한 것은 채취가 할당되고, 파쇠, 놋그릇, 수저는 물론 학교와 교회, 사찰의 종, 집안의 문고리 까지 눈을 부라리며 빼앗아 갔습니다.

창씨개명으로 우리의 성(姓)과 이름을 일본식으로 바꾸고, 우리 말 우리글을 말살하려고 온갖 수단을 다 동원했으며, 우리의 미풍양속, 전래의 의식, 절기(節期)에 따른 풍습 등을 이런저런 핑계로 왜곡하고 폄하하고 폐지했습니다. 무엇이던 우리 것이다 싶은 것, 우리가 내세울만한 것은 말살시키고 그 위에 저들 것을 들씌우려했고, 우리는 이등국민, 마늘냄새나 풍기는 조선인(닌니꾸 쿠사이 센징)이요, 목욕도 안하는 더럽고 야만적인 인종이라 비하(卑下)하고 저들은 우월한 일등국민이라 특별대우를 받아 마땅하다고 우쭐대며, 우리가 고개를 들면 그 고개를 짓누르려 발악했습니다.

3.1운동과 같은 평화적 시위를 총칼로 눌렀고, 사람들을 교회에 몰아넣어 불태워 죽였습니다. 우리글을 연구한 학자는 감옥에 처박았고 독립을 꿈꾸는 사람은 왜경의 감시와 폭압의 타겟이 되었고, 신사참배를 거부한 목사는 교수대에 올려 세웠으며, 비위에 맞지 않는 신문은 폐간시켰습니다. 오직 일본말 일본글을 쓰고, 신사참배와 천황에 대한 충성만이 내선일체(內鮮一體)가 되는 길이며 징

병, 징용, 정신대에 자원하는 것이 황국신민의 본분을 다하는 길이 었습니다. 재산가, 상공업인, 봉급생활자는 전비(戰費)헌금, 농어민은 농어물 공출(供出), 소년 소녀들을 군수물자조달을 위한 노력동원과 가미가제(神風)특공대의 영웅적인 희생을 본받는 것이 지상(至上)의 덕목이라고 종주먹을 대었습니다. 그러나 그들은 결국 패퇴(敗退)했습니다. 불의(不義)는 정의(正義)를 꺾지 못하는 법, 우리는 광복의 빛을 얻었고, 그들은 참담한 패전국이 되었습니다.

그러나 역사는 참으로 아이러니하지 않습니까? 그들은 미국의 핵우산 밑에서 다시 살아났고 우리의 6.25, 베트남전 등 남의 불행을 딛고 졸부가 되었으며, 미국의 극동에서의 발판구축과 맞아떨어져 세계 최부국(最富國)의 반열에 서게 되었습니다. 70여년이 지난 그들은 우리에게 씌웠던 그 참담한 오욕에 대한 반성은 커녕, '보호조약은 조선이 원했다'했고 '일본은 조선의 근대화에 공헌'했다고 망언을 하지 않나 '독도는 일본 땅'이라고 생떼를 쓰고 있지 않습니까? 이 땅에는 아직도 일제하에서 질곡(桎梏)의 멍에를 지고 신음하면서 살아 왔던 그 시대의 1세대들이 아직도 눈을 시퍼렇게 뜨고 있음을 잊고 있는 것인가? 피멍들게 한 저들이 들고 있던 몽둥이가 썩지도 않았는데 저들의 양심과 이성은 썩어 없어진 것인가?

생각해보면 분하고 원통하기 그지없어 한풀이라도 하고 싶은 마음이지만 세월이 그 아픔을 많이 어루만지고 상처도 아물어가니 흉터만 들여다보고 있을 수만은 없는 일이 아닙니까? 파리의 노트르담사원에 「용서하자, 그러나 기억하자」라는 푯말이 생각납니다. 혁명기에 학살된 50여만 명의 영령 앞에서의 프랑스인들의 마음가짐일 것입니다.

세대가 바뀌어 지금의 무대 주인공들이야 그 아픔을 체험하지 않았던 세대이니 우리들 마음의 상처나 저 소나무의 흉터가 잘 보이지는 않을 것입니다. 그러나 말입니다, 자기를 자기 힘으로 지키지 못한 사람의 운명이 어떻게 된다는 것, 자기 민족의 운명을 자기 민족 스스로가 수호하고 개척해 가야하는 사명을 다하지 못한 민족의 역사가 어떻게 된다는 것을 결코 잊어서는 안 된다는 교훈만은 가슴깊이 새겨 두어야 하는 것입니다.

노송 그루터기의 그 흉한 흉터를 들여다보면서 아픈 어제를 상기해봅시다. 그리고 우리에게 깊은 상처와 한(恨)을 준 자들의 만행을 질타하고 원망하기에 앞서 우리의 역사를 슬픈 역사로 만든 우리들 자신의 불민(不敏)하고 어리석고 유약했던 작태를 가슴을 치면서 깊이깊이 뉘우침이 더욱 중요하지 않겠습니까? 그리고 상기하기도 싫은 어제의 쓰라림을 깊이 기억하고 다시는 우리와 우리 후손들이 이런 불행한 역사를 반복하지 않게 하리라는 각오를 다지고 또 다져야 하지 않겠습니까?

우체부

십여 년 전만 해도 아침에 까치가 짖으면 '소식이 오려나?, 손님이 오시려나?'하며 살짝 기대감을 가져보기도 하였습니다. 시골구석에 손님이야 오시겠습니까만 기쁜 소식이라도 왔으면 하는 마음이겠지요. 기다리는 소식을 가져오는 메신저(Messenger)는 우체부입니다. 우체부는 소식을 전달하는 단순한 직업인에 끝이는 것이 아니라 자기가 맡은 구역의 모든 주민들을 면대(面對)하여야하는 직업인지라 친분이 도타워야 하고, 소식의 내용에 따라서는 그들과 애환(哀歡)을 함께 나누며, 때로는 대필(代筆)도 대독(代讀)도 하여주어야 하고, 잔 심부름도 마다할 수 없는 것입니다. 그러기에 우체부는 모든 주민들과 가족과 같은 친애의 정(情)을 나눌 수 있는 사람이기도 합니다. 우체부가 붉은색 큰 가죽가방을 메고 동구(洞口)에 들어서면 전답에서 일하던 농부들도 허리를 펴고 인사를 건넵니다. 근년에야 별로 없는 정경이지만 험한 꼴을 너무 많이 보아온 연로(年老)들은 우체부의 안색을 살핍니다. 너 나의 희비(喜悲)를 공유하는 시골공동체에서는 너 나의 소식 또한 공유의 성격이 짙어 우체부의 안색에 따라 소식의 색깔을 짐작할 수 있으니까요.

우체부의 붉은 가죽가방 속의 내용물은 그 시대를 대변하는 사연들로 채워집니다. 시대가 밝으면 밝은 사연, 어두우면 어두운 사연으로 채워지고, 희망적인 사회에선 희망에 부푼 내용, 절망적인 사회에선 암울한 내용의 사연들이 가득할 것입니다. 그러기에 우체부의 직업상의 희노애락 또한 시대가 결정하는 것이 아닐까요?

일제시대에는 우체부의 등장은 염라대왕 행차인양 두려워하였습니다. 징병이나 징용, 아니면 정신대 징집영장의 배달이 십상이니 그렇지 않겠습니까? 죄인모양 도망치듯 동구를 빠져나가는 뒤에서 들리는 통곡소리에 얼마나 가슴이 아렸겠습니까?

6.25 전쟁 중에는 잿더미 속에서 이산가족을 찾아 헤매는 많은 초조한 군상(群像), 전사 전상자가 수 없이 나오는 세상에, 전하는 소식들이 어찌 기쁘고 밝을 수 있겠습니까? 우체부의 가방 속에는 한숨, 눈물, 통곡이 배인 사연들이 대부분이었을 것이고 우체부의 마음 또한 가방만큼 무겁고 우울하였을 것입니다. 전사 통지서를 전달하고 돌아서는 그의 마음도 통곡하는 가족만큼 아팠을 것입니다.

하고 싶은 말이 빗나가서 우울한 쪽으로 흘렀습니다. 6,70년대는 우리나라의 도약의 시대이고, 모험의 시대이기도 합니다. 모두가 지겹도록 고생들을 하였지만 내일을 기대할 수 있는 희망을 품을 수 있었던 시대였기에 붉은 가죽가방 속에는 '고통을 감춘 희망의 노래'가 많았을 것이고, 우리의 오천년 역사 속에서 편지 같은 편지가 가장 많이 오고 가지 않았을까 생각됩니다. (물론 추측입니다.) 시골의 수많은 청년들이 일자리 찾아 타향으로 떠났습니다. 얼마간의 돈과 함께 「부모님전 상서」로 시작되는 간간 밑받침이 빠진 글월에는 노동이나 타향생활의 고통이나 어려움은 뒤로 감추고 「건강하게 잘 있으니 염려 마십시오」로 끝나는 사연을 우체부가 서툰 문맥도

멋들어지게 각색하여 읽어주고, 못 읽는 글자일망정 한자 한자 눈속에 담아 넣으며 훌쩍이는 어머니의 모습이 연상됩니다.

이역만리(異域萬里) 타국에서 광부로, 간호사로, 건설 노동자로 일하면서 고통과 향수병을 숨죽이며 써 내린 국제우편을 손에 들고 아련한 그리움에 눈물짓는 가족을 위로하는 우체부의 마음을 그래도 가뿐하였을 것입니다. 「사랑하는 XX씨」로 시작되는 러브레터, 밤새 그럴듯한 문장을 차용(借用)하고 짜깁기하여 그럴싸하게 꾸며진 분홍색 내용은 보낸 사람이나 받는 사람을 달뜨게 하는 것은 물론 전하는 사람의 마음에도 봄바람을 붙어 넣었을 것입니다.

「XX 인형에게」로 시작되는 친구, 선후배간의 서신은 면전에서는 서먹한 속마음을 털어 놓을 수 있고 우의를 도탑게 할 수 있는 가교(架橋)가 되는 것이었습니다.

한통의 편지를 쓴다는 것은 허튼 마음가짐으로는 쓸 수 없는 법, 심사숙고 끝에 마음을 정리하고, 제각기의 개성이 넘치는 육필(肉筆)로 정성들여 글씨로 옮기는 것이 아닙니까? 그래서 이 편지에는 보내는 사람이나 받는 사람의 정(情)이 배고 정성과 진심이 묻어나는 것입니다. 이런 경우 우체부는 언제나 환영받는 사람이 되는 것이 아니겠습니까? 아침 까치가 집 앞 감나무 위에서 짖을 때 은근히 기다리는 사람은 바로 이런 메신저가 아닐까요?

요즈음은 우체부가 아니라 집배원이랍니다. 붉은 가죽가방 대신 오토바이에 붉은 통을 달고 붕붕거리며 달립니다. 옛날에는 편지 몇 통과 손바닥만한 소포 몇 개가 다였는데 이제는 전자우편물과 광고물, 그리고 택배화물로 통이 미여집니다. 그러니 집집의 우편함에도 도시 너 나의 정이 깃든 육필 편지 따위는 눈을 씻고 보아도 찾을 수 없고 일방통행의 인쇄물로 터질 것 같습니다. 주민과의 대면도 별로 필요치 않습니다. 그저 우편함에 넣고 가면 임무 완수입니다. 그렇게 반기던 우체부가 그야말로 반길 발판을 잃은 집배원이 되어 무미건조한 인쇄물만 나르고 있습니다. 에피소드 하나, 하루는 집배원이 모처럼 우편물 한 뭉텅이를 들고 집안까지 들어왔습니다. 받아보니 공과금 납부고지서 3, 신문 1, 기부권고 유인물 2, 국민건강보험공단 공시물이 전부입니다. 농담으로 '이런 것만 가져오려면 우리 집엔 오지 말게나'하였더니 집배원은 '그러면 갈 집이 한 집도 없습니다'라고하며 씁쓸한 미소를 지었습니다. 세상의 변화야 어쩔 수 없겠으나 우편함을 들추는 손길에 일 년에 단 한번만이라도 정겨운 육필의 편지를 받아보았으면 좋겠습니다. 그래서해도 바뀌고 하여 내가 먼저 편지 쓰기를 시도하여 볼까 생각하고 보니 안타까운 것은 나이 든 사람들의 공통점은 편지를 보낼만한 곳이 마땅치 않다는 것입니다.

그러나 좀 더 숙고하여 실행에 옮길 방도를 찾아보겠습니다. 기계가 찍어 놓은 사무적인 글씨가 담긴 종이쪽이 아닌 진짜 편지 말입니다. 그리고 그런 편지를 가져오는 우체부가 다시 우리 집을 드나들도록 문턱을 낮추어볼까 생각합니다.

우산 이야기

어렸을 때 비오는 날에는 우장(雨裝)이 별로 없어 어떤 아이는 도롱이를 걸치고 고슴도치 모양, 어떤 아이는 고양이가 대소구리를 쓴 꼴로 삿갓을 쓰고 학교에 왔습니다. 그것도 없는 대부분의 아이들은 비를 노바기로 맞으며 왔으며, 교실에서는 비 맞은 생쥐 같은 아이들이 젖은 옷을 체온으로 말리면서 오들오들 떨었지만 신기하게도 감기가 들은 아이들은 없었던 것으로 기억됩니다. 그때는 우산을 받을 수 있었던 사람은 몇몇 일본인뿐 이었습니다. 아마도 때가 2차 세계대전의 말기였으니 전시체제하에서 우장을 가출 환경도 아니었지만 면장이나 주재소 순사부장 등 관내 유지들도 비 오는 날에도 우산을 쓴 모습을 본 기억이 없습니다만, 살이 촘촘한 빨간 지우산(紙雨傘)을 바치고 게다(일본 나막신)를 신고 또박또박 걸어가던 일본 여인들과 농장주였던 다까하시(高橋)가 검은 박쥐우산을 쓰고 거들음을 피우며 지나가던 것을 본 것이 기억의 전부였던 것 같습니다.

빨간 지우산은 일본 여인들의 멋과 사치의 표현이었고, 검은 박쥐우산은 부와 권위의 상징 같았으니 가난한 시골 아이들에게는 감히 넘볼 수 없는 별세계의 사람같이 보였고 부러움의 대상이었습니다. 세상이 변하여 지금은 우산 쓴 사람을 부러워 할 사람은 한 사람도 없는 세상이 되었습니다. 간혹 외제 유명 메이커의 양산이나 우산에 침을 흘리는 사람이 있다는 말은 들었지만 우산은 비오는 날에는 필수품이 되고 부랴부랴 찾지만 귀한 대접을 받지는 못하는 물건이 되었습니다.

한때는 옛날에 맨몸으로 비를 맞은 한(恨) 때문인지 결혼식 답례품으로 될 만큼 우산선물이 대 유행이 되었었고, 비닐이 보급되면서 값싼 비닐우산이 대량 생산 되면서 우산이 점점 가치평가 절하가 되었으며 이제는 집집마다 비닐우산, 박쥐우산, 접이우산 등 몇 개씩은 가지고 있습니다. 따라서 상인들은 시대에 맞게 한 편으로는 내구성이 약한 일회용 비닐우산을 만들어 비 오는 날 길에서 염가 방매하였고, 한편에서는 고급화 하여 박쥐우산이 2단 우산, 3단 우산으로 진화하고, 천도 철저한 방수(防水)천으로, 디자인도 점점 세련되게 고급화하는 상술을 발휘하게 되었습니다. 마치 사회가 부나 계층이 2분화 되듯 우산도 2분화되어 고급으로 만들어진 것은 아직도 좋은 대접을 받지만 저급우산은 일회용인양 비가 끝나면 길바닥에 살이 부러지고 천이 찢긴 채 나뒹구는 불운을 겪어야 합니다.

그렇지만 비가 내리는 날이 있는 한 우산은 우리 주변에 있어야하고, 햇볕이 내려 쪼이는 한 우산의 누이뻘인 양산은 여인들의 주변을 맴돌 것입니다. 남자들이 폼 잡으려고 단장삼아 손에 들고 휘두르던 박쥐우산이 악세사리로서의 지위는 상실하였으나 여전히 그 쓸모는 살아있고, 여인들의 꽃무늬 양산은 더욱 고급으로 진화하고 더욱 화사하게 치장을 더 할 것으로 전망되기도 합니다.

어쨌든 어린 날에 우산에 대한 한이 있다손 치더라도 우산을 서너 개씩을 쓰고 다닐 수는 없겠지만, 우산이 없어 비로 하여 후줄근한 꼴이 되지 않아도 되는 것에 감사하고, 비록 못쓰게 된 우산이라도 손을 보아가며 오래 써야겠다고 마음먹습니다.

　우산이란 말은「보호」를 암시하기도 합니다. 비로부터 사람을 보호한다는 것에서 차용한 말이겠지만 국제적으로는「핵우산」이란 말이 널리 쓰이고, 사회적으로는「초록우산」등 복지개념으로, 연인들은「너의 우산이 되어주겠다」는 감언(甘言)에 이르기까지「보호」라는 단어를「우산」으로 대체(代替)하는 경우가 꽤 많습니다. 우산이 비로부터 사람을 보호하듯 누가 누구를 보호한다는 것은 선행임에 틀림없습니다. 그러나 무조건적 보호는 절대적 선(善)만은 아닌 것임은 알아둘 필요가 있다고 생각됩니다. 부모는 자기 자녀들에게 온갖 풍상(風霜)을 몸을 던져 막아 주는「우산」의 역할을 다하기에 최선을 다하는 것은 동서고금(東西古今)을 불문합니다. 거기에는 조건도, 셈도 없습니다. 그러나 그「우산」이 너무 커서 자녀들이 전후좌우(前後左右)조차도 구별할 수 없을 정도로 들씌워 버리는 겨우도 있고, 세상에는 비바람, 눈서리가 있다는 것 조차 모르게 하는 경우를 많이 보지 않습니까? 과보호(過保護)로 하여 인내심이나 끈기가 부족하고, 독립심과 자립정신을 잃은 마마보이, 배려나 협력을 모르는 독불장군을 만든 것은 누구의 책임입니까?
　어떤 사람은 요즈음 비는 산성비라서 맞으면 금방 죽을 듯이 호들갑을 떨지만 폭우를 견디는 초목은 비를 맞을수록 더욱 푸르러집니다. 어떤 여인들은 햇볕을 쬐면 자외선으로 얼굴이 탄다고 야단들이지만 햇볕을 쪼여야 비타민D를 합성하여 건강에 좋다는 사실을 간과할 수 없습니다. 자녀에게 무조건의「우산」역할을 하는 것은 오히려 독이 되는 경우도 비일비재하니「우산」을 받쳐주는 것도 중용(中庸)의 도가 있을 법도 하지 않습니까?

어린 자식에게 우산을 씌워주면 제 옷에 빗방울 떨어지는 것을 탓하지 어버이의 등짝이 다 젖는 것은 알지 못합니다. 자기만 알고 남을 배려할 줄 모르는 이기적 인간이 되기 쉽다는 말입니다. 때로는 적당히 비를 맞는 것을 경험하여야 하고 우산을 씌우는 어버이의 젖은 등을 일깨워 줄 필요가 있다고 생각됩니다. 또한 우산을 받쳐주는 어버이도 언젠가는 없어질 존재라는 것을 일깨워주어야 합니다.

학생들을 인솔하여 행군(行軍)을 하였던 적이 있었습니다. 대열을 지어 군가를 합창하며 질서 정연히 가던 대열이 별안간 쏟아지는 폭우로 지리멸렬(支離滅裂)이 되고, 가로수 밑으로 기어들고, 노래 소리는 목구멍 너머로 기어들었습니다. 그러나 머리부터 발끝까지 흠뻑 젖어 생쥐 꼴이 되어가니 오히려 보무도 당당해지고, 질서 정연해지며 군가소리는 더욱 우렁차게 되었습니다. 마음가짐에 따라서는 폭우 따위는 극복할 수 있는 힘이 나오는 것입니다. 세상 풍파는 강한 저항력을 높여 극복의 힘을 길러주고, 인내심을 길러 강인한 사람으로 만들어 주는 것입니다.

자녀에게「우산」이 필요한 것은 더 말할 것도 없습니다. 그러나 세상은 폭우와 폭양이 내리 쪼이는 곳입니다. 그러니 우산 속에서 세상의 폭양도 폭우도 모르고 자란 나약한 자녀는 약한 햇볕도, 가랑비도 견디지 못합니다. 그들이 타 죽거나 짓이겨지지 않게 만들려면 온실의 화초를 뜨거운 햇살에 내어 놓기 전에 점진적으로 햇볕에 노출시켜 적응력을 길러 주어야 폭양에 타죽지 않고, 폭풍에 쓰러지지 않는 것입니다. 그래서 자녀의 양육에서도 점차 우산을 거두고 비를 맞히는 지혜도 있어야 하는 것이 부모의 할 일이 아닐까 생각됩니다. 비를 피하는 우산은 폐기처분을 할 수 있습니다. 그러나 누가 누구를 보호하는 「우산」은 결코 폐기할 수 없는 귀한 행위입니다. 하지만 그 우산은 적절한 크기의 것인가, 고장이 난 것은 아닌가 생각하고 또 생각하여야 할 것이며, 거두어들일때는 거두어들일줄도 알아야하는 것임을 명심하여야합니다.

거 울

　요즈음 젊은이들은 그렇지도 않지만 남자들은 일반적으로 거울을 별로 보지 않습니다. 아마도 외모에 관심이 크지 않기 때문일 것입니다. 가끔은 세수를 하다가 거울을 보게 되는 경우가 있어도 그저 심상한 마음으로 볼 뿐입니다. 그런데 아침에 면도를 하다가 새삼 늙어가는 거울 속의 자신을 보면서 흘러간 세월을 보는 것 같아서 돌아서다가 얼핏 전일 교단에서 있었던 에피소드가 생각나서 다시 돌아서서 자신의 몰골을 찬찬히 들여다보았습니다.

　여학생 반에서 한참 강의를 하는데, 저 뒤에서 한 학생이 열심히 거울을 보고 있었습니다.
　"ㅇㅇ야! 거울 속의 공주와 놀고 있느냐?"
　교실은 한바탕 웃음바다가 되었고, ㅇㅇ은 홍당무가 되었습니다.
　"그래 거울을 자주 보아야한다. 잘했다."
　교실 안이 조용해졌습니다. 불벼락이 떨어질 것으로 짐작하였던 아이들이 의외의 상황전개에 얼떨떨하여진 모양이었습니다.
　"그런데 거울을 잘 보는 방법을 알려 주마"
　여기저기서 수군대는 소리가 들렸습니다.
　"거울은 얼굴만 보는 것이 아니란다. 외모도 보아야 하겠지만 그 뒤에 보이지 않는 마음을 보는 것이 더 중요하단다. 거울 속의 너를 보고 물어보라. '너는 누구이고, 무엇을 하기 위해 살며, 바르게 살고 있는가?'라고. 거울에 비친 너의 이목구비(耳目口鼻)를 보고 그 생김새에 일희일비(一喜一悲)하지 말고, 이렇게 물어보아라. 귀는 그 많은 정보 중에서 옳고 바르고 좋은 소리는 듣고 그렇지 않은 소리는 흘러보냈는가? 눈은 '무엇 눈에는 무엇만 보인다'는데 숙녀로서 마땅히 보아야 할 것을 제대로 본 눈이었는가? 아니면 쓸데없는 것에 한눈을 팔았는가? '입은 모든 화근(禍根)의 근원'이라고도 한다. 내 입은 옳은 말, 바른 말, 참말, 고운 말을 한 입이었는가? 아니면 해서는 아니 될 그른 말, 거짓말, 험한 말을 한 입이었는가? 코는 무엇을 위하여 숨을 쉬는가? 또 무슨 냄새를 맡고 있는가? 깊이 생각하며 거울을 보는 것이 정말 거울을 잘 보는 것이란다.…다시 말하면 거울은 내 얼굴이 예쁜가 아닌가를 보기도하지만 내 마음이 예쁜가 아닌가를 성찰하고, 자기 마음의 미운 점을 고쳐가면서 자기를 아름답게 가꾸어 가는 것이 더 중요한 것이란다. 마음이 예뻐지면 얼굴은 저절로 예뻐진단다"

교실 안은 물을 끼얹진 듯 조용해졌습니다.

우리들이 자신의 실상을 비추어보는 거울이 어디 수은을 입힌 유리 조각 거울뿐이겠습니까? 기독교에서는 예수와 성경이, 불교에서는 석가모니와 불경이, 회교에서는 마호메트와 코란이 그 신자에게는 절대적 거울이 되는 것이며 그 거울 앞에 서서 자기의 초라하고 죄 많은 모양새를 보면서 참회의 눈물을 흘리며, 거듭 나기를 다지고 전능한 힘의 도움을 청하는 것이 아니겠습니까? 뿐만 아니라 많은 성현, 성철의 가르침 또한 우리의 마음과 행동을 비추어보고 반성의 계기가 될 거울이 되는 것입니다. 아니 그렇게 거창하게 말할 것도 없이 자기 양심이야말로 가장 가까이 있는 거울이 아니겠습니까? 마음을 비우고 자기의 내면의 소리에 귀를 기우리면 지금의 자기 행태의 꼴을 적나라(赤裸裸)하게 직시할 수 있지 않겠습니까? 이런 자성의 과정을 통하여 이제까지의 자신을 탈피할 수 있는 지양(止揚)의 원동력을 얻을 수 있고, 거듭남(renew)이 가능한 것이 아니겠습니까?

거울을 들여다봅니다. 거울 속에는 백발과 백수(白鬚)에 검버섯이 드문드문 핀 얼굴의 늙은이가 있습니다. 전날에 아이들 앞에서 '거울을 잘 보는 방법'이 이런 것이라고 설파(說破)하던 사람이 이제야 자기의 이목구비를 찬찬히 뜯어봅니다. 그리고 생의 토막토막들을 떠올리며 아이들에게 하였던 말들 앞에 부끄러움이 없는가를 묻고 또 묻습니다.

생각하여보면 절대적 거울 앞에서는 말할 것도 없고, 자기 자신의 양심에 비추어 본다고 해도 부끄럽지 않은 사람이 어디 있겠습니까? 누구나 부끄러움을 남에게나 자신에게마저 감추고 살아가는 것이겠지만 거울 앞에서야 감출 수 있겠습니까? 그러나 어찌 하겠습니까? 거울 앞에서 부끄러운 자신을 보면서 자성(自省)에서 오는 회한, 반성에서 오는 쓰라린 속앓이를 하는 것만으로도 구도(求道)의 입구에는 온 것이 아닌가 자위하면서 거울 앞을 떠날 수밖에.

No Problem

언젠가 세계공항평가위원회인지 어디에서 인천공항이 공항 운영 세계 1위로 선정 되었다는 보도가 있었으나 그 때는 그저 심상하게 들어 넘겼습니다. 세계의 수많은 공항중에서 그 운영의 실태를 평가한다는 것은 어느 부분에서는 잘 된 것도 있고 또 어느 부분에서는 미흡한 점도 있는 법인 즉 어느 일부분에서 1위이거니 생각이 들기도 하고 PR의 일환일 것이라는 일종의 불신감도 조금은 있었기 때문입니다. 그런데 세계의 공항중에서도 이름 있는 로마공항에서 겪은 세 시간의 조마조마한 경험을 한 후에야 인천공항이 같은 업무를 15분내지 20분에 해치우는 업무처리 능력을 보고 가히 1위 감이구나 하고 속으로 어깨를 으쓱 하였습니다.

이탈리아 여행의 마지막 날입니다. 로마공항이 출국수속이 좀 늦는다 하여 출국 세 시간 전에 공항에 나갔습니다. 지정 된 화물 탁송 부스에 가서 대기를 하는데 20분이 지나도록 대기하는 사람이 적었습니다. 이상히 생각 되어 옆에 부스에 문의를 했더니 변경되었으니 xx번에 가보랍니다. 물론 안내문도 없었습니다. 힘들게 물어물어 찾아가니 줄이 20m가 넘습니다. 그런데 30분이 지나도 줄의 길이가 줄지는 않고 내 뒤의 줄만 늘어 갔습니다. 또 20여분이 지났습니다. 하도 답답하여 부스 앞에 가 보았습니다. 부스 앞에서는 노년 부부가 짐정리를 하느라 땀을 흘리고 있었습니다. 트렁크 두 개 중 하나가 40kg이 넘었답니다. 그래서 다시 꾸려야 하는 것인데 과정 이 희극을 보는 것 같았습니다. 부인은 핸드백을 들고 짜증스런 표정으로 서 있고, 남편은 땀을 뻘뻘 흘리며 쩔쩔맸습니다. 중량 초과 트렁크의 지퍼를 열자마자 와르르 쏟아지는 짐 속에서 하이힐 대 여섯 켤레나 섞여 뛰어 나옵니다. 이쪽 것을 빼어 저쪽에, 저쪽 것을 빼어 이쪽으로. 짐 중 일부를 버려야만 맞출 수 있는 80Kg이상의 짐을 이분(二分)하여 40Kg씩 두 개로 만드는 산술 공부의 반복, 그러나 어떻게 맞추든 한쪽은 중량초과, 다시 반복. 결국은 부부의 친구가 짐의 일부를 맡음으로서 산술공부는 끝나고 지루했던 탑승수속의 행진은 다시 시작되었습니다. 공항직원의 행태는 어떤지 아십니까? 우리 상식으로는 문제가 있는 손님은 옆으로 제키고 다음 손님의 수속을 하여주는 것이 보통이 아닙니까? 그러나 이 공항 직원은 의자에 걸터앉아 화물 트렁크가 저울에 올라오면 OK와 No만을 반복할 뿐, 시선은 신문의 활자에 박혔고 전화로 잡담도 길게 늘어 놓는 그야말로 여유만만인 태도였습니다.

　탑승할 비행기는 암스테르담 경유 파리행이므로 한국인은 거의 없고 서양 사람이 대부분이었습니다. 여간한 상황이 아니면 느슨히 기다리는 것이 서양인들의 속성이지만 참다못한 중년 신사가 격한 음성으로 공항직원에게 항의를 하였습니다. 직원은 고개도 들지 않고「no problem!」하는 것이 답이었습니다. 탑승 40분전이 되어서야 줄이 한 발짝씩 움직였고 25분 남직에 겨우 통과하여 출찰구로 땀을 흘리며 뛰었습니다. 줄 끝의 손님은 아마도 총알 택시를 탔어야 탑승하였을 것입니다. 이러고도 봉급을 받을 것이니 철밥통 중에 철밥통이 아니겠습니까?

남의 흉을 실컷 보았습니다만 외국인이 본 우리는 흉이 얼마나 많겠습니까? 세계 1위의 인천공항으로 입국한 외국인이 보고 느낀 한국, 그런 공항으로 출국한 한국인의 외국에서의 행태를 곰곰이 생각하여보면 결코 한국인을 선진 문화국민이라고 좋은 평점을 줄 것 같지 않습니다. 외국인이 그 시원스런 공항의 입국수속을 마치고 흐뭇한 기분으로 들어오자마자 택시요금 바가지를 홀딱 썼다면 돌아가서 무엇이라 하겠습니까? 휘황한 쇼윈도를 믿고 산 상품이 질 낮은 것이었다면 한국을 어떻게 평가하겠습니까? 구석구석 건건히 쉬쉬하지만 낯 뜨거운 꼴들이 수도 없이 많지 않습니까?

우리가 외국에 나가서의 행태는 어떻습니까? 목청 시합 같은 큰 소리와 주량 자랑대회 같은 술자리를 외국인들이 눈총을 준다면 그들이 우리 문화를 몰라서 그렇다고 변명할 수 있겠습니까? 뷔페에서는 욕심 껏 담아온 음식을 수북이 남긴 접시를 보고 설레설레 머리를 흔드는 쉐프는 한국인을 어떻게 평하겠습니까? 졸부근성으로 가난한 외국 사람들을 깔보는 눈초리를 경험한 사람들의 상한 심정은 우리에게 무엇으로 되갚겠습니까? 한 마디로 남의 흉을 보았지만「무엇 묻은 무엇이 무엇 묻은 무엇을 꾸짖는다」는 말이 생각이 나서 마음 한 구석 찔리는 점이 없지 않아 씁쓸합니다. 국민 여러분, 우리 하나 하나는 한국을 대표하는 외교관입니다. 일거수일투족(一擧手一投足)에 한국의 얼굴을 걸어야 함을 명심하십시오.

어머니 회상(回想)

'어머니'라는 말만 나와도 눈물이 나고, 애틋한 그리움과 사무치는 불효의 한으로 가슴이 메입니다. 그러기에 말로도, 글로도 감히 표현하기를 주저하였습니다. 그저 가없이 넓고 깊은 사랑을 가슴에 묻어두고, 두고두고 사모의 정으로 가슴을 적심이 옳을 것이며, 어설피 어떤 부분만을 표현하여 오히려 어머니의 참모습을 흐리게 하지나 않을까 하는 두려움이 있기 때문입니다. 그러나 그 사랑의 작은 편린(片鱗)이라도 글로 쓸 기회가 없을 것이라는 생각이 들어 비록 몇 개의 모래알을 모아 놓고 백사장을 보라고 하는 꼴이 될지 모르나 생각이 미치는 대로 어머니의 일면을 기록하여 추모의 정을 표하고자 합니다.

어머니는 홀로된 시아버지와 독자이신 스물 두 살 남편만이 살고 있던 소농의 집안으로 열 여섯의 나이에 시집을 오셨습니다. 이웃의 소작인들보다야 나았는지 모르지만 너댓 두락의 자작농(自作農)이야 가난하기는 매 일반이었으니 나이 어린 주부의 고생이야 말할 나위도 없었을 것입니다. 어머니는 스물 넷에 넷째 아들로 나를 낳으셨습니다. 두 아들은 이미 여의셨고, 셋째는 세 살, 태어날 때부터 약질인 넷째는 돌 무렵 홍역과 백일해를 앓고 있었습니다. 남편은 딴살림을 차려 집을 비우고, 사랑에는 홀 시아버지만 계신 쓸쓸한 집안에서 숨을 헐떡이는 아이를 간병하는 심정이 어떠하셨겠습니까? 한밤중에 숨이 끊긴 아이를 홑이불을 씌워 윗목에 밀쳐놓고 속으로 우셨다고 합니다. 자정 무렵 홑이불이 흔들려 들쳐보시고 숨이 돌아온 아이를 들쳐업고 이십리가 넘는 길을 단숨에 뛰어 한 의원의 문을 박차고 들어가셨다니 얼마나 황황망조(遑遑罔措)하셨겠습니까? 다행이 살아나기는 했지만 잔병치레로 무던히도 어머니의 애간장을 녹였고 약질이라는 특권 아닌 특권으로 나 대신 형이 매도 맞았고, 할아버지 진지상의 계란찜을 먹을 수 있었던 얌체가 되었습니다. 그나마 학교공부는 곧 잘하여 형은 일찍부터 가장이자 농부로 훈육되었지만 넷째는 먹물을 먹고 살아야한다고 치부(置簿)되었기에 심부름도, 가사노동도 면제되었습니다.

초등학교 6년 동안 아무리 아파도 교문까지 업어다 등교를 시켜 주시어 6년 개근을 하게 하셨고, 중학교 진학시는 개성사범학교로 학을 위해 보내지 못하는 것을 한스러워 하셨습니다. 중학생 아들의 기차 통시계가 없는 시대에 닭울음소리를 들으시고 새벽밥을 지으셨으니 밤잠을 제대로 주무시는 것을 보지 못하였습니다.

6.25사변으로 만 17세 밖에 되지 않은 형을 의용군으로 빼앗기시고 애통해 하심은 지금도 가슴이 아픕니다. 수복 후 돌아오지 않는 아들을 위하여 대문을 언제나 열어 놓으셨고, 집안에 불을 끄지 않으셨습니다. 새벽에는 정화수(井華水)를 떠놓고 비셨고, 평소 미신이라는 것을 모르시던 분이 인근의 점쟁이, 무당, 판수 할 것 없이 유명하다는 점술가는 모조리 찾아다니셨고, 거의 반 실성하신 것 같았습니다. 약 2년 동안의 어머니는 살아 계신 분이 아니었는지도

모릅니다. 그러나 만 2년이 지나자 본래의 이지적이고 합리적인 모습으로 되돌아오시면서 어떤 일에도 놀라거나 당황하시는 일이 결코 없는 차돌 같은 분이 되셨습니다. 큰아들을 잃은 통한은 속으로 삭이시고 겉은 언제나 안존(安存)하셨고 나머지 자식에게 온갖 정성을 쏟으셨습니다. 형의 생일이나 명절 때는 남몰래 통곡하셨지만 우리 앞에서는 결코 내색하신 적이 없으셨습니다.

고등학교에 다니는 동안 정작 어머니나 아버지는 농사 수입으로 학비조달도 어지간히 힘이 드셨겠지만 외지에서 하숙이나 자취를 하는 아들을 그렇게도 안쓰러워하시고 자식의 건강을 염려하여 병아리를 길러 약통이 앓으면 고아주시던 정성을 생각하고 잠시도 게으름을 피울 수가 없었습니다. 대학입시 직전에 인절미를 하여주시면서 '떨어져도 괜찮다. 다음 기회가 있으니까'하시며 보내 주셨지만 온갖 희망과 기원을 걸고 계신 그 속마음을 어찌 읽지 못하겠습니까? 그런데 이 무심한 놈은 합격증을 받고도 소식도 없이 일주일 동안이나 친구들과 어울려 놀았으니 어머니 아버지의 애간장을 다 녹여놓은 철없는 불효한 놈입니다.

대학 4년 동안 학비를 대시느라 소, 닭, 돼지를 치시고, 하숙생을 두어 잠시의 쉬실 시간도 없이 골몰하시는데, 그런데도 철부지 아들놈은 친구들을 몰고 와서 닭 목이나 비틀고 희희낙락하였으니 이 무슨 염치이며, 그래도 아들이 대학생 친구들과 놀러왔다고 흡족해하시던 모습을 회상하면 가슴이 저려옵니다.

대학만 졸업시키면 대성할 것이라는 기대를 걸고 계셨겠지만 정작 졸업을 하고는 고향의 그 작은 사립 중학교에 근무하겠다는 아들을 어떻게 생각하셨겠습니까? 뜻을 존중하여 주시고 격려를 아끼지 않으셨지만 마음속으로는 어지간히 실망도 하셨을 것입니다.

군 생활 일 년 동안에도 면회를 오신 적은 없지만 일 년 내내 무사귀환을 기원하는 정화수 기도를 끊이지 않으셨다고 합니다. 휴가로 돌아온 아들의 손등을 어루만지시며 '선비의 손도 틀 때가 있구나' 하시며 언짢아하시던 모습이 눈에 선합니다.

며느리를 맞으시면서 기뻐하시던 어머니. 며느리를 얻은 것이 아니라 딸을 하나 얻었다고 하시었습니다. 어머니는 본래 남의 험담을 입에 올리시는 분이 아니시지만 더욱이 며느리에 대해서는 밖에 나가시면 언제나 효부로 칭찬하셨고, 며느리 또한 시어머니를 친어머니 같이 모시고, 응석을 하는 사이였기에 남이 말하는 "고부(姑婦) 사이"가 아니었습니다. 잘못은 즉석에서 타이르시되 결코 속에 담아두시는 법이 없고, 어려운 일은 당신이 하시어 며느리를 마음 편하게 하여 주시려고 배려를 하셨습니다.

큰살림이라 조석(朝夕) 음식을 항상 넉넉하게 장만하시어 언제, 어느 때라도 드난 일꾼이 와도 식사 대접을 할 수 있게끔 손이 크셨고, 손님 접대에 너그러우셨으며, 심지어 걸인에게도 상을 받쳐 음식을 접대하셨으니 그 음덕(蔭德)으로 자손이 무고한 것임을 의심치 않습니다. 아버지 회갑연 준비를 위하여 돼지 두 마리를 잡아 각을 떠 광에 걸어 놓은 것이 다리가 하나 없어졌습니다. 어머니께 여쭈었더니 "장부는 조잡스럽게 그런 것을 따지지 않는 법이다. 장난꾼의 짓일 것이니 눈감아 두어라."하시는 것입니다. 비록 어머니의 타이름 이였지만 송구하고 부끄러워 몸 둘 바를 몰랐습니다. 비록 넓은 세상에 나가보신 분은 아니지만 탁 트인 마음씨와 포용하시는 품이 그렇게 넉넉할 수가 없으셨습니다.

손자손녀에 대한 사랑 또한 각별하시어 겉으로 표현을 없으셨지만 잔잔한 미소와 어루만짐으로 아이들이 푸근히 그 무릎에서 잠들었고, 연년생으로 나온 아이들을 품에 안고 키우시는 수고를 기쁜 마음으로 하여주셨고, 그 재롱으로 낙일(樂日)하셨습니다. 살림을 난 다음에도 그 바쁜 중에 손자손녀가 보고싶으셔서 나물 한 줴기라도 들고 버스를 타고 오셨습니다. 산과 들을 누비시며 나물을 뜯으시면서, 나물을 삶으시면서, 조기를 지으시면서 무엇을 생각하셨겠습니까? 아마도 손자 손녀의 모습을 하나하나 떠올리면서 그 놈들에게 먹여야겠다는 일념으로 정성들여 한 잎, 한 잎 따셨을 것이고, 어서 그놈들을 보아야겠다는 마음에서 그 손길이 분주하셨을 것을 생각하면 한 줴기의 나물은 정성을 뭉친 덩어리였으며 이것을 달게 먹었던 아이들이 무병하게 잘 자란 것은 할머니의 정성을 먹었기 때문이 아니겠습니까?

손자손녀들이 중, 고, 대학을 순차로 졸업을 할 때 불편하신 노구(老軀)에도 졸업식에는 꼭꼭 참석하시어 축하해 주시었고, 나이 50에 석사모를 쓰는 당신 아들의 학위 수여식을 지켜보시던 한 가정의 가모(家母)의 정성과 열성이 있었기에 가문의 아이들이 결코 빗나갈 수 없었고 나태할 수 없었음은 두말할 여지가 없습니다.

자식은 어버이 앞에서는 만년 아이. 직장이나 사회에서 당신 아들이 행여 그르침이나 없을까하여 몸가짐을 바르게 할 것을 늘 당부하시고, 욕된 삶을 경계하시던 가르침이 있었기에 항시 스스로를 돌아보는 자성하는 태도를 갖게 되었고, 언제 어디서나 바로 서기 위하여 노력하게 되지 않았나 생각됩니다. 가슴이 저리도록 깊은 모정, 용돈을 아끼시어 40이 넘은 아들 주머니에 찔러주시는 어버이 마음을 어찌 헤아릴 수 있었으랴. 지금에서 그 깊은 애정에 목이 메이니 나이는 무엇으로 먹었나 가슴을 칩니다.

당신의 아들이 국민훈장을 수상하고 당신의 가슴에 빛나는 훈장을 달아드렸을 때, 교감 발령장을 들려 드렸을 때,(교장 발령장을 못 보시고 돌아가심을 가슴 아프게 생각한다) 며느리가 알뜰히 모아 집을 늘리고 집들이를 할 때, 손자손녀가 받아온 상장을 헤아리실 때 지으시던 그 자애로운 미소가 뇌리에 인각되어 지워지지 않습니다. 아마도 소시로부터 겪으셨던 온갖 풍상(風霜)도 이때만은 다 잊으시고 그저 흐뭇하고 보람을 느끼시지 않았나 생각되지만, 모든 표현은 잔잔한 미소로 대신하였으니 그 작으신 체구에 깊으신 속마음은 측량할 수가 없었습니다.

손자손녀가 결혼할 때에도 손자며느리, 손자사위들의 손을 잡고 다정스레 조언하여 주시던 모습이며 증손들의 재롱을 자애로운 눈길로 어루만지시던 모습에서 한 가정의 흔들리지 않는 안주인, 어머니, 할머니로서의 더 할 수 없는 꿋꿋한 기품이 있으셨습니다. 한 가정의 가풍이나 기품이 호령이나 회초리, 고집이나 권위주의에서 서는 것은 아닙니다. 어머니의 무언의 언어, 무형의 덕이 가정의 기틀을 튼튼히 하여 감을 새삼 느낍니다.

병환이 나시고 3개월, 의사들도 치료의 방법을 찾지 못하는 노환, 특별히 통증도 호소하시지 않으시고, 비교적 정신도 맑으신 데 식사 양이 차츰 줄고, 식사시간도 차츰 길어지며 야위어 가셨습니다. 실금하시는 것이 부끄러워 아들은 기거하시는 방에 들어오지도 못하게 하시던 깔끔하신 성벽, 가끔씩 정신이 흐리시다가도 정신이 돌아오시면 가족걱정을 하시던 모습이 눈에 선합니다. 작은 병원 의사의 말을 믿고, 큰 병원에 입원 한번 제대로 시켜드리지 못한 것이 한이 됩니다.

운명(殞命)하시던 날, 내외분이 겸상을 하고 식사를 하시는 중에 출근 차 평상시와 같이 "다녀오겠습니다."라고 인사를 하였고, 어머니는 손짓으로 다녀오라는 표시를 하셨던 것이 생존하신 어머니의 마지막 의사 표시임을 어찌 알았겠습니까? 직원회의를 마치고 자리에 앉았는데 전화가 왔습니다. 아내의 떨리는 음성이 건너왔습니다. 가슴이 콱 막혔습니다. 앞이 캄캄해졌습니다. 허둥지둥 달려오니 유체는 식지도 않았는데 말씀은 없으셨습니다. 내외분이 조반을 드시는 시중을 들던 아내가 보니 어머니가 수저를 놓치시고 모로 쓰러지셨더랍니다. 놀라 눕혀드리고 옷을 갈아 입혀드리니 곧 운명하시더랍니다.

나는 이렇게 하여 어머니의 임종(臨終)도 지켜보지 못한 불효자가 되었습니다. 통곡이 무슨 소용이랴. 가슴속에 큰 한을 묻고 평생을 살 수 밖에...

어머니는 순흥(順興) 안씨로
1911년 10월 17일에 이천시 마장면 해월리에서 태어나시고
1994년 6월 24일에 돌아가셨다. (향년 84세)

思 母 曲

學校工夫는 하시지 못했지만 資質이 聰明하시어 世上의 흐름을 논하시고,
合理的인 思考와 바른 言行을 평생 지켜 오셨으며,
자녀 敎育에 心血을 기울이시어 빛나가는 子孫이 없었습니다.
모든 이에게 관용적이시고 包容하셨지만
사리에 어긋나면 결코 默過하지 않으셨습니다.
평생 農夫의 아내요, 당신 자신이 農婦이면서 평생 勤儉 節約하셨지만
베푸시며 살아 오셨고, 당신을 위하여 하신 일은 하나도 없으시고
오직 子息을 위해 獻身하시었습니다.

한 家庭의 家母로서 家門을 굳건히 하시고
반듯한 家風을 세우시기에 盡力하시었습니다.
子女에게 잔잔한 타이름으로
「부끄러움을 모르면 사람이 아니다」라고 訓育하시어
흔들리지 않는 基盤 위에 이 家門을 서게 하셨습니다.

어머니! 당신이 계셨음에 당신 子女들의 오늘이 있고,
당신이 계셨음에 이 家門과 子孫에게 祝福이었습니다.

편안히 쉬십시오.

마디 휜 손가락

한 사람의 얼굴은
그 사람이 겪어온 희노애락(喜怒哀樂)의 기록이며,
그 사람의 손은
그 사람이 지내온 인고(忍苦)의 세월의 기록이랍니다.

한 여인의 손을 잡아보았습니다. 나무껍질 같이 거칠고 두꺼운 손은 손가락마저 마디가 휘어져 있습니다. 나는 그녀의 인생을 책임지겠노라 약속했던 사람입니다. 그런데 오십년을 책임진 결과는 그렇게 곱던 손을 이렇게 만들어놓았습니다. 내색은 하지 않았지만 아릿한 아픔이 가슴을 옥조여 왔습니다.

그녀는 전형적인 서울의 반가(班家)에서 당시로는 고등교육을 받은 부모슬하에 태어나 유년기를 보냈습니다. 태평양전쟁이 절정일 무렵 서울시민의 소개(疏開)정책으로 시골(용인군 양지면)로 이사를 하게 되어 초등학교 일학년에 전입하게 되었습니다. 자그마한 체구에 세일러(sailor)복을 입은 단발머리의 예쁘장한 소녀의 출현은 시골학교에 큰 파문을 일으키는 충격이었습니다. 남루한 무명 바지저고리에 손 부리에는 콧물을 문질러 번들번들 더께가 앉은 차림들의 소년들은 한 대 얻어 맞은 듯 멍한 눈으로 쳐다보았고, 꿰맨

무명 치마저고리의 소녀들은 선망의 눈들을 하고 우르르 몰려가서 소녀를 둘러싸고 왁자지껄 떠들었습니다. 그녀는 단연 신데렐라가 되었고 선배언니들은 다투어 후견인을 자청하였습니다. 그리고는 광복과 함께 서울로 훌쩍 떠났습니다.

6.25사변에 그녀는 다시 이 시골로 내려오지 않을 수 없는 운명이 되었고, 차차 뭇 총각들의 선망의 대상이 되는 처녀로 바뀌어져갔습니다. 하얀 피부에 동글한 고운 얼굴, 앙바틈한 체구에 얌전한 자태는 총각이라면 한번쯤은 눈독을 들일 만 하였습니다.

1961년, 그녀는 봉급도 제대로 받지 못하는 시골 교사의 "당신 인생을 내가 책임지겠소"라는 꾐에 빠지고 말았습니다. 그리고는 고된 생활의 함정에 빠졌습니다. 십년 동안 시부모 밑에서 농사바라지를 하느라 하루에도 네댓 번의 끼니 준비를 하느라 우물가로 부엌으로 달음질을 하느라 종아리에는 알이 배고, 보리쌀을 닦느라 손톱이 다 닳아 피가 뱄습니다. 연년생으로 다섯 아이를 출산하여 키우자니 업고 안고해도 모자라 한 놈은 포대기 띠로 허리를 묶어 기둥에 매어 놓고 일을 하여야 하였으며, 쌓이는 빨래와 허드레 옷가지의 손질로 밤잠을 설쳤습니다.

1971년, 마침내 용인으로 결혼 십 년차에 살림을 냈습니다. 열 평도 안되는 국민주택에 일곱 식구가 자리 잡으니 처음에는 홀가분하였겠지만 짐은 별로 덜어지지 않았습니다. 아이들은 하나씩 둘씩 학교에 입학을 하게 되고 농번기에는 부모님 농사를 거들어야하니 생활 반경(半徑)은 더욱 확산되었고 발품을 더 팔게 되었습니다. 뿐만 아니라 부모 슬하에서는 경제적 짐은 없었으나, 봉급만 던져 주고 살림은 모르쇠 놓는 서방을 대신하여 가계(家計)의 짐까지 하나 더 등에 지게 되었습니다.

본시 알뜰한 그녀는 얇은 봉급봉투에서 반을 떼어 저축을 하고 밀린 지출을 하고나면 봉급 이튿날이면 바닥이 났다고 합니다. 그러니 아이들의 간식은 밖에서 사들이는 법이 없이 집에서 만들어 먹여야했고, 과일은 값이 싸고 숫자가 많은 파치나 사들였고, 탄산음료는 일 년에 두 번(아이들 소풍 때) 맛이나 볼 수 밖에 없었습니다. 지금도 아이들의 회고담의 주제가 되고, 그녀는 아이들에게 미안하다고 합니다. 하지만 그렇게 하지 않고는 가계를 운영할 수 없게 한 무능한 가장의 탓이지 어찌 그녀의 탓이겠습니까?

1975년, 사립학교에서 공립학교로 전출하게 되어 수원으로 다시 이사를 하였습니다. 아마도 이때로부터 사오년간이 그녀로서는 정신적으로나 경제적으로 가장 힘들었던 시기가 아니었는가 생각됩니다. 2년간은 교사 초임봉과 액수가 같은 전임강사 보수로 살림을 꾸려야 했고, 또 2년간은 가장이 백령도로 전출하여 홀로 사춘기에 접어든 다섯 아이들을 건사하는 노고를 감내하지 않을 수 없었던 시기였으니 말입니다.

80년대야말로 그녀에게는 잠시의 휴식도 허용되지 않는 세월이었습니다. 학생이 여섯(남편까지 대학원에 입학), 학비도 어려웠거니와 도시락을 아홉 개나 싸야 했고, 사춘기의 아이들, 머리 커가는 딸들 단속에 잔소리꾼이 되고 호랑이 어멈이 되었습니다. 학교밖에 모르는 남편은 별을 보며 출근하고 별을 보고 퇴근하는 일 벌레이니 아이들의 훈육은 그녀의 몫이었고 어쩔 수 없이 악역(惡役)을 도맡을 수 밖에 없었습니다. 이런 규모(規模)있는 살림과 엄한 훈육이 있었기에 아이들이 건강하게 자라주고 학업에도 뒤지지 않았습니다. 다섯 아이가 모두 육년 개근을 하였고, 각종 상장이 쌓였으며, 차례로 명문대학에 합격하여주니 작으나마 보람을 느끼고 위안을 받았을 것입니다.

자기를 위해서는 한 푼이 아까워 변변한 화장품도 없었고, 구멍난 내의를 꿰매 입고도 불평 한번 없던 그녀에게 남편은 기껏 88년에 훈장을 받았다고 그녀의 목에 걸어주며 그간의 내조(內助)에 감사를 표했지만 그것으로 보상이 되겠습니까? 교사의 봉급이야 뻔한 것인데 겹치는 가정의 대소사(大小事), 아이들의 학자금, 부모님 봉양비 등으로 빠듯한 살림에 골몰하는 그녀에게 위로의 말조차 건네지도 못하였고 그저 이심전심(以心傳心)으로 마음을 전했을 뿐이었습니다. 다른 사람들은 믿을지 모르지만 이런 가족들(그녀는 물론이거니와 아이들 또한 얼마나 궁색하고 힘들었겠습니까?)에게 위로의 파티를 한답시고 84년 어름에서야 남들은 다반사(茶飯事)로 하는 외식을, 그것도 그 흔한 돼지갈비 집에 가서 갈비를 먹었습니다. 온 식구가 그리 맛있게 먹는 모양을 보면서 속으로 울었습니다. 이런 너덜대는 살림을 이리 꿰매고, 저리 맞추어 용하게도 조각보를 만들어가듯 꾸려가는 그녀에게 합당한 보상이 무엇이겠습니까?

그럼에도 일이 끝나지 않았습니다. 80년대 후반에는 큰딸과 아들의 결혼으로 애를 태워야했고 맞벌이 큰딸의 아이를 길러 주어야하는 또 다른 짐이 지워졌습니다. 여러 번 겪은 일이지만 나이 들어 아이를 기른다는 것은 힘겨운 일입니다. 집에서 아이의 울음소리가

나는 것은 집안에 활기를 띄우고 꼬물대는 것이 귀엽기는 하지만 노
고와 상쇄하기는 어려운가봅니다.

90년대에는 기쁨과 슬픔이 거듭되는 시기였습니다. 두 번의 딸들
의 혼사, 시어머니의 병간호와 장례, 시아버지의 장례를 치르게 되
니 몸은 망가지고 정신적 부담으로 늙음의 그림자가 드리우기 시작
하였습니다. 남편이란 사람은 교감, 교장으로 자리를 바꾸었지만
집안에 도움이 되기는 커녕 부모의 임종(臨終)조차도 혼자 지켜야
할 만큼 분주다사(奔走多事)하기만 하였습니다.

1999년, 손님 같던 남편이 퇴직하여 집으로 돌아왔습니다. 그리
고는 곧바로 부모의 유업(遺業)인 농사를 하겠다고 설쳤습니다. 부
모님 묘소 끝자락에 예쁜 집을 짓고 그녀의 이름으로 등기된 등기서
류를 건넸습니다. 명목상 청혼할 때의 약속을 지켰지만 눈감고 야
옹하는 격이겠지요. 어설픈 농사일이지만 그녀도 전원생활에 만족
하였습니다. 채소를 가꾸고, 장을 담구고, 가축을 키우는 데에도 심
혈을 기울였고 그 결과물을 옛날 시어머니가 하였듯 자식들에게 보
따리 보따리 싸주는 것을 기쁨으로 삼았습니다. 허리가 아파도, 무
릎이 저려도, 눈이 침침해도 아이들을 위한 일이라면 무엇이나 사
리지 않습니다. 성가(成家)한 아이들이 다 모이면 열 일곱 식구, 남
편은 사위들과 술잔을 기울이며 허허만 연발하고 딸들은 저들끼리
히히덕거리고 주방에서는 그녀만이 손에 물이 마를 틈이 없으면서
도 행복한 얼굴을 짓고 있습니다.

2000년에는 아들네가 집을 짓고 들어왔습니다. 어쩔 수 없이 그
녀의 집에서 아들집으로 오게 되었고 그녀는 주방에서 해방되었습

니다. 그렇다고 평생 하던 일손을 놓겠습니까? 수저만 놓으면 일을 찾아다닙니다. 자세는 좀은 굽었지만 내 눈에는 아직도 어여쁜 구석을 읽을 수 있습니다.

결혼 50주년이랍니다. 그녀와 함께 걸어 온지 반 세기, 둘이 다 머리가 백발이 되었으니 "머리가 파뿌리가 되도록 해로(偕老)하라"는 주례사는 지킨 셈입니다.

그러나 그녀의 손은 마른 나무껍질 같아지고 손가락은 휘어졌으며, 그 아름답던 용모와 자태는 시들었습니다. "당신의 인생을 책임 지겠다"고 장담하던 사람 앞에 "책임을 진 것이 이것이냐?"라는 듯 쥐어진 이 손 앞에서 그저 미안하고 부끄러울 뿐입니다. 다행이 그녀의 얼굴에서 찌들고 어두운 티는 없는 것으로 볼 때 그리 불행하지만은 않았던 것 같아 조금은 위안이 됩니다.

"여보! 당신의 그 거칠어진 손, 그 휘어진 손가락이 있었기에 오늘의 이 안온하고 행복한 우리 집, 우리가정이 있음을 가족들은 알고 있으며 그러기에 감사한 마음을 가슴속에 품고 살아가고 있소이다. 당신은 우리 가문의 밑거름이며 동시에 기둥입니다. 고맙소이다!"

2011. 10. 18. 금혼(金婚)에 붙여

자식(子息)들에게 부치는 글

　독자(獨子)이셨던 할아버지나 외롭게 자랐던 어머니나 자식 욕심이 많았다. 줄줄이 오남매를 두었으니 요즘 세상는 많은 편이 아니냐? 첫 아이는 난산이었다. 새까만 솜털투성이의 계집애를 낳기 위해 산모는 진통으로 사선을 넘나들었고, 외할머니와 할머니는 버둥대는 산모를 팔과 다리를, 아범이 될 사람은 머리를 붙들고, K의사는 감자로 집어 줄다리기를 해서 이 세상에 왔다. 할아버지는 주점에 자리잡고 '나 할아비 되었다.'고 지나가는 친구분께 약주를 대접하시면서 손녀의 출생을 자축하셨다. 둘째는 사내아이. 할아버지는 힘주어 왼새끼를 꽈서 큰 고추를 골라 금줄을 매시면서 '나 진짜 할아비 되었다.'고 동네방네 자랑을 하셨고 할머니는 싱글벙글하시면서 첫국밥을 끓이셨다. 셋째는 희끄무레한 계집애. 할아버지의 왼새끼 꼬시는 품이 '아들이었으면 좋을 걸' 하시는 것 같았다. 넷째는 머슴애 같은 계집애. 할아버지는 홧술을 드셨고 할머니가 왼새끼를 꼬셨다. 다섯째, 새까만 계집애. 할아버지는 '딸밖에 못 낳았냐?' 하시며 둥구미를 내던지셨고 할머니도 새끼를 꼬지 않으셨다. 이렇게 하여 얻은 자식 1남 4녀. 할머니 할아버지는 손자를 조금은 편애하셨지만 어미, 아비는 모두를 근중하게 생각했고 공평하게 길렀다.

박봉의 교사로 다섯의 아이를 기른다는 것은 힘에 부치는 일이었으나 그래도 어머니는 농사 뒷바라지와 아이들 건사를 잘 해주었다. 농번기 바쁜 철에는 아이들은 마당을 기어다니며 흙이나, 닭똥도 집어먹고도 잘 자라 주었다. 밥은 모듬밥, 콜라는 소풍 때나 사주는 것으로 알면서도 콩나물 같이 자랐다. 말썽부리는 아이도 없었고 처지는 아이도 없었다. 다섯이 초등학교, 중고등학교 모두 개근, $5 \times 12 = 60$, 개근상장 60장을 받을 만큼 건강했으니 박봉으로도 견딜 수 있었고 우등상장도 그와 비슷하였으니 궁색한 속에서도 웃음이 가득할 수 있었다. 옷 한 벌이면 층층이 내려 입어 막내의 소원이 '새 옷을 입는 것'이며 과일이라야 밤톨만한 하품이나 먹어본 아이들이, 머리통만한 사과 하나 구경해 보았으면 좋겠다던 아이들을 생각하면 지금도 미안하다.

이제 아이들이 장성했다. 오남매가 하나도 낙오됨이 없이 힘들이지 않고 대학을 나와 주었으며, 며느리, 사위들도 마음씨 착하고 제 몫을 감당할 만한 아이들이 들어왔고, 손자, 손녀들도 그들먹하다. 아이들을 기르느라 고생은 하였지만 고생 중에도 잘 자라주는 아이들을 바라보는 것만으로 행복했으며, 장성하여 일가를 이루고 사는 모습 또한 바라보는 것으로써 더할 수 없이 행복을 느낀다. 이제 우리 내외는 아이들의 살아가는 모습을 지켜보며 흐뭇한 미소를 지을 수 있게 되었다. 그리고 보면 우리 내외는 축복 받은 늙은이임에 틀림없다. 그러나 자식을 둔 사람은 죽을 때까지 자식을 위한 기도를 끊을 수 없는 법. 늙은 아비로서 어찌 자식에게 일러줄 말이 없겠는가? 기도하는 마음으로 몇 마디 적는다. 자상한 아비가 아니었으니

'이렇게 이렇게 살라'고 말로 표현한 기억이 없다. 그저 생활 속에서 수범을 보이려고 노력하였을 뿐. 글로 옮기자니 앞뒤가 맞지 않는 것도 있겠지만 생각나는 대로 적어본다.

첫째, 내 자식들은 명예(名譽)를 지키기 위해서는 어떠한 희생도 감수할 수 있는 사람이 되기를 바란다. 어떤 사람이라도 자존심을 가질 자격은 다 가지고 있다. 사람은 우주 속에서 누구하고도 같지 않은 외모와 능력과 자질을 타고난 유일성(唯一性)이 있으며, 누구하고도 자리바꿈을 할 수 없는 독자성(獨自性)이 있는 것만으로도 존엄한 존재이며, 뿐만 아니라 수 없이 많은 역경과 고난과 수난을 겪으면서도 면면히 피의 바톤을 넘겨준 조상들의 귀한 아들딸이며 동시에 아직 오지 않은 수많은 자손들의 어버이요 조상이라고 생각해보면 얼마나 근중한 존재인가. 그럼에도 불구하고 많은 사람이 자기의 귀함을 인식하지 못한다. 귀함을 인식하지 못하니 자기 스스로 자기를 존중하는 자존심을 지킬 줄 모르며, 자존심을 지키지 못하는 사람이 어찌 명예를 중히 여길 줄 알 것인가? 사람이 욕되게 되는 것은 다른 사람에 의한 것이 아니라 자기 자신에 의하여 욕되게 될 뿐이다. 많은 사람이 자기 스스로 자신을 욕되게 하고, 망치게 하며, 쓰레기로 만들어 가는 것이지 누구도 자존심을 지켜 가는 사람을 욕되게 하고, 망치게 하며, 쓰레기통에 처박을 수 없다는 말이다. 내 자식들이야말로 자신이 존엄한 존재임을 자각하여 강한 자존심을 갖고 자신의 명예를 어떤 형태로도 손상시키지 않을 뿐 아니라 명예를 높이겠다는 굳은 의지를 지닌 사람이 되기를 바란다. 흔히 자기 자신을 위한답시고 하는 생각, 하는 행동이 자기의 존엄성과 명예를 훼손하는 경우가 허다하다. 자신을 스스로 못된 수렁으로 밀어 넣고 스스로 오물 통으로 기어 들어가는 우를 범하는 것이다. 어떠한 유혹, 어떠한 이익이 있다 하더라도 결코 자기 인격, 자기 명예에 먹칠을 하여서는 안 된다. 그것은 자신뿐 아니라 조상들과 자손들을 동시에 욕보이는 것이다. 때로는 엄청난 희생이 따를 수도 있겠지만, 생명이 걸린 일이 아니라면 명예를 지키기에 최선을 다하기 바란다.

둘째, 늘 감사하는 마음으로 살아가라. 감사하는 마음은 겸허(謙虛)에서만 나오는 것이다. 겸허란 스스로 낮추는 것이다. 사람은 누구나 불가침의 존엄성이 있기 때문에 상호 존재가치를 인정하여 주어야 하며, 그러기 위해서는 내 존엄성과 존재가치에 앞서 남의 그것을 존중해 주어야 하는 것이며 스스로 낮추는 겸허한 자세가 필요한 것이다. 그럴 때 남이 나의 삶에 얼마만큼 공헌하였는가를 알게 되고 감사하는 마음이 우러나오는 것이다. 이 세상에 나 혼자 이룰 수 있는 것은 아무 것도 없다. 자아실현이니 자아확산이니 존재가치니 하는 것도 남이 있어서야 가능한 것이다. 그러기에 나 자신의 존재가치나 존엄성을 내세워 자고(自高)하고 자만(自慢)하는 것이야말로 우행(愚行) 중의 우행인 것이며 삶의 이법 자체를 모르는 철부지인 것이다. 겸허한 마음으로 주위를 돌아보면 자녀는 부모에게, 부모는 자녀에게, 아내는 남편에게, 남편은 아내에게, 나는 이웃에게, 이웃은 나에게 감사하는 마음이 저절로 우러나게 될 것이며, 누구라고 지칭할 수도 없는 절대자에게도 항시 감사와 경외감을 갖고 겸허한 자세로 생활하게 될 것이다.「敬天愛人」이라는 말이 있거니와 이는 겸허한 자세로 자기를 낮추고 만사에 감사하면서 살아가라는 선조들의 교훈인 것이다.

셋째, 힘써 일하라. 어떤 형태로든 남의 도움을 받음을 부끄럽게 생각하고, 남을 도와주지 못함을 빚진 마음으로 여겨야 한다. 내 땀과 피가 밴 수입, 내가 들인 노력의 대가만이 귀한 것이며 그 이외의 것은 삶을 망치면 망쳤지 결코 도움이 되지 않는 법이다. 내가 흘린 땀의 대가만이 귀하고, 귀하기 때문에 아끼고 애정을 느끼는 것이며, 땀이 배지 않은 것은 귀함을 모르니 허비하고, 낭비하게 마련이며 생활에는 거품이 일고 마음에는 바람이 들게 되는 법이다. 물론 생활을 하다보면 남으로부터 정신적, 물질적 지원이 없을 수 없겠지만, 결코 '남의 도움은 생에 도움이 되지 않는다'는 신조로 생활하라는 말이다. 언제, 어느 때건 하는 일에 최선을 다하고 힘써 일한 대가 이외에는 바라지 않겠다는 생활자세만 갖는다면 혹 어려운 역경에 처하더라도 뚫고 나갈 길을 찾을 수 있을 것임을 확신한다.

넷째, 자녀를 잘 키워야 한다. 자녀는 인간이 영원한 생(永生 : Eternity Life)을 이어주는 피의 계주자인 귀하기 그지없는 존재들이다. 그러나 귀하다고 동물적, 본능적 애정을 쏟는 것으로 잘 키우는 것이 결코 아니다. 귀하기 때문에 교육적 양육이 필요한 것이다. 자칫 모성애, 부성애라는 본능적 애정 때문에 아이들을 그르치는 경우가 많다. 어릴 적부터 '되는 것'은 '되는 것', '안 되는 것'은 '안 되는 것'을 철저히 교육시킴으로써 도덕적 가치기준을 철저히 습관화시켜야 하는 것이다. 가치기준과 기본 생활습관을 바로 세워 주는 것을 일컬어 가정교육이라 하거니와 가정교육 방법의 핵심은 부모의 수범 이외에 더 좋은 방법이 없는 것이다. 부모가 보여주는 모든 것은 바로 자녀의 교과서인 점을 명심하기 바란다.

다섯째, 온 가족이 합심하라. 생활을 하다보면 별의별 장면에 부딪치게 된다. 생각해보면 행복을 느끼는 순간보다 불행을 느끼는 순간이 더 많은 것이 생활이다. 그러나 이런 장면에 봉착하며 극복할 수 있는 것은 온 가족이 합심하는 것 이외에 너 좋은 방법이 없다. 상처받고 피 흘리는 고통 속에서 서로서로 상처를 쓰다듬으면서 위로하고, 쓰러질 듯 지칠 때는 서로 어깨를 끼고 일으켜 세우는 격려가 있으면 칠전팔기의 용기를 찾을 수 있는 법이다. 본시 인간 존재는 엄격하게 말하면 외로운 존재란다. 주위에 아무리 많은 사람이 있어도 지켜보는 사람일 뿐, 아파도 혼자 아프고, 죽을 때도 혼자 죽지 않는가? 아무도 대신 걸어줄 수 없는 인생의 길. 외로운 존재들이 서로서로 외로운 존재들이라는 연민의 정을 갖는다면 서로 의지하고 격려하면서 행복을 만들어 가는 동반자가 될 수 있는 것이며 능히 행복한 가정을 만들어 갈 수 있다고 확신한다.

생활은 밑을 보고, 뜻은 위를 보고 살아야 한다고 한다. 땀 흘린 자는 땀의 귀함을 뼈저리게 느끼는 법이니 어찌 분수에 넘치는 생활을 하겠는가? 그러나 마음속에는 넓고도 큰 원과 이상을 지니고 있는 이상주의자가 되어야 삶의 가치를 높일 수 있는 근거가 마련되지 않겠는가? 땀 흘린 만큼의 분수에 맞는 생활을 하되 가슴속에는 더없이 큰 뜻을 간직하고 살아갈 것이며, 항시 하늘(어떤 절대자라도 좋을 것이다)을 경외하는 자세로 겸허하게 살아감이 사람이 살아가는 참 삶이다.

아비가 씀

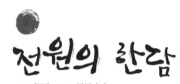

전원의 한담
田園의 閑談

초판 1쇄	2015년 10월 1일
지은이	신충교
펴낸이	박시혜영
디자인총괄	차승기
편집디자인	김호섭, 박선
펴낸곳	수디자인커뮤니케이션
출판등록	2012년 2월 25일 제 2012-000009호
주소	경기도 수원시 영통구 신동 486-1
	디지털엠파이어2 103동 705호
전화	031)695 - 5821~2
팩스	031)695 - 5823
홈페이지	http://www.soocom.co.kr
ISBN	978-89-968485-3-0